AF155806

Quand la vie veut pas

DU MÊME AUTEUR

L'Héritage de pierre
    Essai - Autoédition Bod 2017
Quelques histoires de Toïdi
    Contes philosophiques - Autoédition Bod 2017

ERIC HEINE

QUAND LA VIE VEUT PAS

ROMAN

Partagez vos impressions sur ma page Facebook
Eric Heine

Pour me contacter :
ericheine@orange.fr

Aux Géraldine.
Aux Dieuses.

Juin 2018.

Une douce, rassurante, intemporelle tranquillité parfumée couvrait le versant de la colline qui dévalait vers la large vallée. Sur ce promontoire caillouteux, aride, calcaire, quelques églantiers et des romarins tout aussi sauvages réinvestissaient le lieu depuis que les paysans en avaient arraché les vieilles vignes à piquette. L'endroit était vibrant de toutes ces petites choses invisibles foisonnantes de vie. Pollens et fragrances de saison, bourdonnements et froissements des petites occupations animales, chatoiement des pierres et des herbes se partageaient lumières et ombres de l'instant.

Il avait garé la Triumph sur la corniche. Un peu plus bas, dix pas sous le sommet, étendu sur l'herbe sèche et craquante de ce chaud mois de juin, Tristan contemplait les troupeaux de petits moutons blancs et dodus qui traversaient le ciel. Au gré des caresses régulières du vent d'ouest joueur, les nuages se modelaient dans une surréaliste *battle*. L'un imitait un cheval galopant, d'autres des fauves rugissants ou des masques grotesques ; toutes sortes de paréidolies aléatoires dont le jeune homme se refusait de figer l'image, préférant les contempler à se fondre lentement l'une dans l'autre. La magie des transformations avait plus d'intérêt que les caricatures éphémères.

Caché près de lui, un grillon en mal d'amour entama sa lancinante rythmique. Le garçon se laissa bercer par les stridulations du petit animal. Tout était léger. La nature avait un gîte là. Le jeune homme se sentait bien, « stabil » comme disait son prof de boxe.

Pour partager cet instant, il dégagea sa main de sous sa tête et vint enlacer la hanche de Lisa assise tout contre lui, le menton posé sur les genoux et, elle aussi, la tête dans les nuages.

Lisa était plus que la *meuf* de Tristan. Elle était maintenant son amoureuse, sa partenaire de jeux de vie, son égérie. Elle était la main qui pouvait saisir la sienne pour qu'ils soient plus forts, pour qu'ils aillent plus loin. Elle était l'amour tout neuf. Elle était le sourire. Elle était l'aube. Elle était la violette qui annonce le printemps et en même temps la fin de la longue nuit hivernale dont le garçon s'extrayait depuis peu. C'est fou comme une bouffée de bonheur peut éclipser des années d'affliction.

Elle émit un léger ronronnement de plaisir surpris et continua sa contemplation.

– C'est *cool*, les petits nuages. C'est moins lassant qu'un ciel constamment bleu auquel on finit par ne plus prêter attention. Heureusement qu'on peut encore compter un peu sur les papillons et les oiseaux pour colorer tout ça.

En plus de son charmant petit accent, elle avait une voix douillette, optimiste, rassurante et enjouée en même temps.

Elle devinait les hauts sommets des Pyrénées, là-bas, loin, au sud, au bout de l'horizon. Elle y promena quelques instants ses songeries avant de ramener son regard en contre-bas, sur la plaine, sur la marqueterie de maïs et de tournesols tous bien alignés en rangs militaires, sur des champs déjà mis en sommeil, quelques terres en jachère, et de rares pâturages où des petites taches noires et blanches ruminaient paisiblement à l'ombre d'une haie. Le tout était parsemé presque régulièrement de bosquets en patchwork de verts, de vieilles fermes massives couplées de hangars métalliques couverts de panneaux solaires. Quelques hameaux vieillissants semblaient inoccupés. Hautes dans le ciel, deux buses aux ailes immobiles tournoyaient en larges et lents cercles.

– D'ici, on dirait qu'il n'y a plus personne. Où sont passés tous les gens ?

Elle suivit un moment la longue et double rangée de platanes qui cachait la route serpentesque menant à la ville, s'arrêta un instant sur les bâtiments silencieux de la Malart & Co, et s'apitoya sur la cinquantaine de peupliers gisant encore près de la Donzelle, comme fauchés par un rasoir géant.

– J'aime bien les peupliers, surtout le chant cliquetant des feuilles argentées, dit-elle sans interrompre son cheminement visuel qui se portait maintenant sur les toits de tuiles aux cent teintes de rouge et de rose.

Le clocher marquait le centre du village. Lisa devinait le parvis entouré de ses arcades ombragées. Pour parfaire le décor, les hirondelles menaient leurs courses exubérantes. Le couple pouvait entendre leurs cris stridents.

– C'est beau le monde, hein ? constata-t-elle.

– C'est toi qui es belle, parce que c'est ton regard qui fait la beauté. La beauté que tu vois autour de toi n'est que le reflet de la beauté qui est en toi, philosopha Tristan.

– Ils doivent être sacrément malheureux ceux qui ne voient que la laideur.

– Sûrement. Mais je crois qu'il est toujours possible de découvrir les quelques étincelles de beauté cachées en chacun de nous.

– Et on va souffler sur les braises, l'artiste ?…

N'obtenant pas de réponse, Lisa se pencha, posa un baiser sur les lèvres de Tristan et proposa :

– … Allez, on se *move* ? Ils nous attendent chez Lulu.

Le centre du monde

Longtemps interdit aux femmes vertueuses plutôt
tenues de fréquenter les églises, un vrai bistrot est aujourd'hui un espace public, un chapiteau où quiconque
peut passer le temps à sa guise, parfois plus que de raison. Montres et horloges y sont peu invitées. Le temps
s'arrête là.

Il est de plus en plus rare que le rideau de ce théâtre
soit une immémoriale façade en bois peint rouge sang
de bœuf et aux vitres habillées de macramés brodés,
mais quelle que soit sa nature, il s'ouvre toujours sur
une scène où évoluent des acteurs naturellement mas-
qués, des premiers rôles aux simples figurants, venant
y jouer les beautés et les laideurs, les comédies et les
tragédies de notre monde.

Avec un peu d'attention et d'écoute, parmi les ca-
botins, les bouffons et les histrions qui s'y présentent,
il est aisé de reconnaître le philanthrope et le béotien,
le Pierrot et la Colombine, le Pan et l'Andromaque.
Quelques égocentriques s'auto-élisent dans ce système
de démocratie populaire anarchiste aux ministères
aussi volatiles que les vapeurs d'alcool qui flottent
entre bouches et oreilles. Des idéalistes illustrent ces
marins au long cours qui viennent faire le plein de
bons sentiments au risque de confondre le calme d'une

plage et l'hypocrisie des sables mouvants. Des bien-pensants pointent les hurluberlus de leurs sarcasmes, leur conformisme toujours à la merci d'un Pâris prêt, en retour, à flécher leur talon d'Achille. On y entend des misérables se saouler de contes à boire debout et des bourgeoises agrémenter leurs papotages de beaux et gros mots crus ou cuits.

Ici, chacun-chacune est libre de tout exprimer à condition de respecter un minimum de règles. Pour qui s'abonne à ce club d'initiés aux aléas de la vie, c'est l'endroit de tous les possibles, de toutes les rencontres, de tous les réconforts, de tous les discours enflammés, de toutes les discussions sans fin. C'est la résurgence de tous les passés, l'affirmation de tous les présents, l'innovation de tous les futurs. Et vice versa.

Une fois un bistrot choisi, ou échu, il est judicieux d'y prendre sa place. Il est alors indispensable de connaître et de comprendre la géographie du lieu autant que les rites des habitants séculiers.

Ainsi la salle est tout un univers pour le public aventurier comme pour l'anthropologue curieux de représentants indigènes. S'y rencontre et se retrouvent des êtres de toute nature pour lesquels l'endroit peut devenir l'habitation principale, le foyer réchauffant ou la source rafraîchissante, parfois le vestibule de sombres abîmes.

Dans cette salle se répartissent quelques tables, de boire, de manger, de jeux, et surtout de verbes où gagner et perdre ne sont que prétextes au partage.

Pour des raisons évidemment pratiques, la plus convoitée de ces tables est à égale distance du comptoir et des toilettes. Plus cette position stratégique est proche, plus l'habitué atteint les sommets de la reconnaissance générale. Une invitation à prendre place à cet autel est un adoubement reconnu par tous les prétendants. C'est en général un carrefour d'où les parrains apprécient tout le spectacle : la porte d'entrée, la salle, le comptoir, le côté cour et le côté jardin. Les tables du fond sont réservées aux affaires privées et les alentours de la porte, aux clients pressés. Les beloteurs préfèrent être près des fenêtres.

Pour ceux qui s'adonnent aux délices tabagiques, la terrasse autorise la pipe et la cigarette. Elle offre également un horizon aux claustrophobes. La bonne place est alors le dos au mur, face à une plus vaste représentation, surtout les jours de marché où se pressent les proies excitées et les inévitables petits et gros prédateurs, tous à l'affût de la bonne affaire.

Quant au comptoir, s'il est l'abreuvoir de quelques espèces migratrices, il est surtout l'estrade où, le dos tourné aux verres bien alignés qui scintillent en attendant leur tour, un coude appuyé au zinc et un pied sur la barre en cuivre, la poitrine gonflée à demi tournée vers l'indispensable public obligé mais ravi d'assister au spectacle, le tribun de l'heure, envoûté par quelque Bacchus en mal de refaire le monde par l'intermédiaire de ce porte-parole momentané, dirige un doigt accusateur vers ses propres fantômes descendant du ciel ou remontant des enfers, prenant l'univers entier à témoin de ses infortunes ou poussant d'aucuns à quelque révolution radicale par des harangues mirifiques.

« Chez Lulu » est un de ces petits bistrots de village. Un lieu résistant, hors du temps. Un microcosme où celui ou celle qui ouvre la porte et franchit le seuil fait tinter la clochette comme les trois coups d'un nouvel acte. L'arrivant est alors identifié, reconnu, et, si le rôle et l'acteur sont plaisants, adopté. Car, bien sûr, tout le monde est accepté dans ce bistrot, mais adopté n'est pas si facile, et mal en prendra à celui qui aura l'intention d'imposer une trop triste prestation ou de troubler outre mesure les habitudes établies.

Y consommer de l'eau, du thé ou de la tisane, inspire la méfiance et peut même être considéré comme une offense ; il y a peu d'honneur à jouter contre l'apathique. La bière, naturellement à la pression, est le billet pour les longues tirades en solitaire ou avec barreur. Le vin détient les arguments du discours ; rouge et c'est le terroir que l'on honore, blanc et c'est le système qui dérouille. L'anisette échauffe la convivialité qui s'épanouira sans doute pendant le repas qui doit suivre. Le digestif aide au monologue, poussant le rêveur à s'enfoncer voluptueusement dans les bras de son Morphée préféré. Dis-moi ce que tu bois, je te dirai ce que tu es.

Attention. Chez Lulu, pour participer ou jouir du spectacle, l'obole est inévitable, et, régulièrement, le coup de torchon sur la table vient signaler qu'il est temps de régler le loyer ou que l'un ou l'autre doit « remettre la sienne », jusqu'à la fin d'un cycle mystérieux où c'est « la maison » qui offrira sa tournée sous les silencieux applaudissements consensuels.

Mars 1965

En ce tout début de printemps, les rayons de soleil matinaux perçaient à peine les gros nuages qui couraient au-dessus du village depuis une dizaine de jours. Ils causaient une température bien basse pour la saison mais ils n'étaient pas assez gris et lourds pour étouffer le brouhaha du jeudi matin qui accompagnait les activités du marché hebdomadaire où venaient se côtoyer les divers clans de la petite société.

Les fichus et les foulards, accompagnés de quelques marmots et armés de leurs paniers en rotin ou cabas en osier, zigzaguaient entre les cageots à la recherche de la plus belle endive et du plus beau poireau tout en échangeant allègrement nouvelles et rumeurs. Des informations qui auraient paru tout à fait inconsistantes, voire inutiles, dans une conversation masculine. Tout à leur marché, les femmes confirmaient un ragot, dévoilaient un potin, se passaient le témoin d'une calomnie, d'une jalousie, d'un tracas, cherchant toujours à préciser et compléter leurs indispensables investigations.

– C'est sûr, la fille de la Gabode fricote avec le garçon de Mariette. Pas le brun, non, l'autre, le grand…

– Le petit Jojo a les oreillons…

– … et Étienne la varicelle…

– … et presque tous des poux.

– Tu sais pour le gros Valentin ? On a vu…

– On dit que…

Les pipelettes butinaient tout leur soûl avant de se séparer, le panier plein de légumes et de fruits, pour en rejoindre d'autres autour des fromages ou devant la camionnette du poissonnier. Tout à leur excitation de tisser leurs fils d'Ariane, elles prenaient aussi plaisir à se libérer de leurs hommes, tous attablés à boire et bavasser autour de l'esplanade envahie et grouillante.

La bande de jeunes, qui n'avaient pas encore les cheveux longs, s'excitait au passage d'une première mini-jupe. Les bigotes criaient au scandale et en appelaient à la morale qui foutait le camp. Les vieux râlaient de n'en avoir pas eu autant à contempler quand c'était leur tour. Les riches, qui n'exposaient pas leurs ors, buvaient à la table des pauvres qui n'étalaient pas leurs misères. Les bons trinquaient avec les mauvais. Le curé riait avec le garde champêtre. Tout le monde se reconnaissait en ce qu'il était, chacun à sa place, et tout semblait ronronner sans que ni dieu ni maître s'en mêle.

Sous les arcades de la place de la Halle, les verres tintaient et quelques rires fusaient. Le ciel incertain n'empêchait pas bérets et casquettes de s'éterniser aux terrasses du « Balto », du « Bar des Amis » ou de « Chez Raymond », pendant que le vieux Théophile et son piano à bretelles enjôlaient les oreilles de ses valses musettes.

Dans cette petite commune où les deux tiers des habitants étaient paysans, nombre de conversations tournaient autour des dernières municipales. Comme prévu, Louis Malart, d'« Union pour le renouveau », avait été réélu maire avec soixante-huit pour cent des voix, devançant largement une liste d'« Union de la gauche » menée par un trop jeune *estranger* débarqué de la ville

18

l'année précédente. Face au poids de ses cent quatre-vingts hectares, tous en fermage, personne n'avait eu à cœur ou aurait osé ôter cet honneur à celui que tous respectaient. Riche de ses terres et de son entreprise de bois, Louis Malart était plus qu'un enfant du village, il en était le père nourricier. En d'autres temps il en fut le châtelain.

Né pendant la Première Guerre mondiale, il avait bien failli perdre la vie pendant la Seconde. Il n'y avait laissé que deux doigts de la main droite, l'index et le majeur, emportés par un tir de mitrailleuse. Pour salut militaire, le soldat ne pouvait plus que planter son pouce dans sa tempe et dresser son petit doigt vers le ciel. Il proposait ainsi un effet des plus comiques. Beaucoup devaient réprimer leurs moqueries pendant les célébrations militaires.

Expatrié par les Anglais lors du miracle de Dunkerque, il avait rejoint le général de Gaulle à Londres. Puis il fut arachuté en 44 au-dessus de sa région natale afin de prendre la direction de la résistance locale. Ses succès furent récompensés à la Libération par la médaille militaire et celle de la Résistance française.

Sitôt le nettoyage des festivités guerrières terminées et un système plus républicain réinstauré, c'est en uniforme et paré de ses décorations qu'il s'unit à la jeune Maryse Delacour et à sa modeste mais convenable fortune constituée d'un manoir agrémenté d'une vieille tour moyenâgeuse, des terres et bois alentour, et d'un petit blason baronnial. Un nouveau statut qui apporta largement au bidasse de quoi dilater un orgueil déjà mis en chauffe par la reconnaissance de ses exploits guerriers.

Louis Malart était ce que toutes considéraient

comme un « bel homme ». Identifiable à son borsali-
no, il arborait fièrement sa belle écharpe tricolore, la
moustache chevron fraîchement taillée au-dessus d'un
sourire rayonnant. De sa main mutilée volontairement
dégantée, il serrait l'une après l'autre celles de ses ad-
ministrés croisés tout au long de son parcours triomphant. Le maire était aujourd'hui accompagné par celle
que chacun appréciait comme « madame la baronne ».

Maryse Delacour était belle. C'était une bonne chré-
tienne – depuis six générations, l'église abritait les prie-
Dieu gravés du patronyme des Delacour –, toujours
élégamment vêtue, délicatement maquillée, poliment
souriante. Elle se soumettait avec grâce et raffinement
à ses devoirs d'épouse honnête et exemplaire. Une ru-
meur félicitait la patriote pour une supposée participa-
tion aux services de renseignement. Les enfants, habitués aux vieilles blouses et aux tabliers sales de leurs
mères, admiraient les habits et surtout les chapeaux de
Madame. La plupart des autres femelles la jalousaient
et essayaient de retenir les excès émotivo-libidineux de
leurs mâles qui révéraient cette dame d'exception. Elle
n'avait pas le marché à se taper, la baronne. Ni la lessive. Ni la traite des vaches. Ce soir, elle n'allait pas se
faire monter dessus par un homme qui banderait pour
une autre.

Aucun de ces hommes n'avait jamais pu vérifier,
mais tous assuraient que la baronne avait « tout ce qu'il
faut là où il faut ». Les mêmes « tous » pensaient que
pour qu'une telle femme accepte de prendre votre bras,
il fallait pour le moins être un héros, ou un saint. Ce
que les « tous » ignoraient, et là où la Maryse aurait
perdu beaucoup de points sur l'échelle de la Femme
dans l'opinion masculine générale, c'est que la don-

zelle, ravissante, éduquée, propre sur elle et tout et tout, n'avait aucun goût pour la bagatelle.

Un regard averti l'aurait soupçonné. Le masque trop bien entretenu de la « poliment souriante » cachait une orgueilleuse, une suffisante, une vaniteuse petite châtelaine au cœur froid. De la pointe de ses escarpins à celle de sa mise en plis, elle était tout entière « Madame la Baronne ». Elle était un blason, elle était une histoire, elle était la France. Et la « Mère Patrie » n'était pas une « couche-toi-là ». Maryse avait la monarchie dans le sang, la République dans le faciès, une justice aveugle dans la tête, un missel dans la main, pas grand-chose dans le cœur, et encore moins entre les cuisses. Nul feu n'y brûlait, nulle braise n'y sommeillait, nulle étincelle n'attendait d'y allumer son désir. Les plus pessimistes l'auraient certifiée frigide. Les plus moqueurs l'auraient dite mal baisée.

Malgré son manque d'appétence, après une première fille, prénommée Louise et baptisée – heureusement, merci mon Dieu – juste avant son décès tout aussi prématuré que sa naissance, Maryse Malart offrit à son époux un garçon, Jean, puis, deux ans plus tard, un second, Christian, tous deux éduqués de main ferme mais juste, parce que destinés à reprendre un jour les rênes du patrimoine familial et de l'entreprise du papa.

– Pour un bon château fort, il faut de solides fondations, ne manquait-il pas de rappeler à sa progéniture.

Le notable couple atteignit enfin la terrasse de « Chez Raymond ». Ils passèrent de table en table avant de terminer leur tour d'honneur en s'asseyant près de Marcel en grande et forte conversation avec quelques-uns de ceux qui animeraient le futur conseil municipal. Maryse se trouva la seule femme assise au milieu de bonshommes plus ou moins rasés, plus ou moins peignés, plus ou moins propres. Un lys au milieu des chardons.

Marcel Roussel, toujours couvert de son béret, toujours un bout de cigarette papier maïs au bec, n'était pas un pilier de bar. Pas le temps. Pas envie.

– Les bars c'est pour les fainéants et les voyous ! se plaisait-il à répéter chaque fois qu'il passait prendre ici l'apéro, c'est-à-dire chaque jeudi en amenant sa femme et sa fille au marché avec sa 403 à plateau.

Ses trois grands garçons restaient aux travaux de la ferme. À chacun sa charge. À eux les vaches, à lui la politique.

– Et ne va pas dépenser tous les sous en bêtises ! précisait-il régulièrement à sa Marie-Jeanne qui laissait la petite Lucienne aux soins de son père avant de partir prestement profiter d'une trop courte matinée de relâchement à vaquer aux commissions et papotages.

Ce jour-là, son mari se devait particulièrement de venir au village saluer le triomphe de Louis, son bailleur, qui lui accordait un loyer peu coûteux pour travailler à sa guise une vingtaine d'hectares de son domaine.

Grande gueule, surtout après ses trois ou quatre verres de vin rouge désinhibiteur, Marcel ne manqua pas, une fois encore, de mettre en avant leurs heures de gloire communes en tant que Francs-tireurs pendant cette dernière guerre mondiale dont, à leur grand regret, les souvenirs s'effaçaient déjà, doucement mais sûrement, de l'esprit des nouvelles générations. On n'en voyait plus beaucoup des jeunes pour les commémorations autour du monument aux morts. Qui donc allait se souvenir ? C'est qu'ils en avaient décanillé du boche lui et Louis.

– *Diou biban* ! Heureusement qu'on était là pour défendre notre beau pays ! brailla-t-il à la cantonade en relevant le menton. Quand les FFI sont arrivées ici, on avait déjà fait tout l'boulot, moi et les copains. Même que le lieutenant m'a fait avoir cette médaille…, rappela-t-il en pointant son doigt vers son couvre-chef poussiéreux où se balançait la breloque.

– … Que vous aviez bien méritée, caporal. Il est vrai que la bataille fut rude et que vous y fîtes preuve d'une grande bravoure. Ça pétaradait de partout et vous n'avez pas reculé. Après la bataille, il nous a fallu reconstruire la vieille mairie dont ils avaient fait leurs quartiers et qu'ils firent exploser en représailles, les bougres, ajouta le maire. Eh oui, malgré tout, ça a été bien utile, la guerre. Ça a offert du travail de reconstruction, et maintenant nous sommes tous fiers de notre nouvel hôtel de ville.

Pendant que Louis vantait l'utilité des massacres et des dévastations, les yeux de Maryse cherchaient l'approbation sur les visages du groupe. Assis à la table commune, Robert Bichet s'immisça dans l'apologie :

– Cette nouvelle mairie en est-elle plus solide ? Abrite-t-elle plus de valeurs morales et d'empathie ?

Il profita de la silencieuse réponse générale pour avaler une gorgée de son Casanis. Puis, se tournant vers Maryse :

– Qu'en pensez-vous, chère Madame ?

Personne d'autre que lui n'aurait jugé bon de demander à cette femme son avis sur ce genre de sujet. À part les dévergondées habituelles, elles n'étaient pas nombreuses à oser s'asseoir avec les hommes, au bistrot, à discuter politique d'égale à égal. La baronne le pouvait.

Robert était le professeur d'histoire du village. Il savait qu'avec le nouveau suffrage universel, les femmes auraient la possibilité de s'exprimer pour les prochaines élections présidentielles et il s'interrogeait. Dans son isoloir, Maryse, comme les autres, se rangerait-elle encore derrière l'avis de son mari ?

– J'en pense que les femmes ont, avec courage et abnégation, assisté les hommes dans ces années difficiles. Je pense qu'elles ont combattu autant qu'eux, et je pense qu'il manque quelques centaines de monuments pour leur en rendre les honneurs. Comme Paris, elles ont été outragées, brisées, martyrisées ! Les mères y ont perdu leurs enfants, les femmes leurs maris, les sœurs leurs frères…

– … Les fiancées leur avenir, les violées leur dignité, les torturées leur joie de vivre, récita Robert.

– Sans doute, sans doute… Mais, en bonnes donneuses de vie, elles ont pardonné et offert à la France plein de nouveaux beaux enfants. Le pays s'en trouve aujourd'hui renforcé.

Un rictus souverain et dédaigneux balaya les visages des témoins de l'agression verbale de ce Bichet.

– Je ne sais pas si le pays en a été renforcé, et je ne sais pas ce que ces nouveaux enfants pensent réellement de tout ça, mais pour moi une chose est certaine, gagnée ou perdue, mairie neuve ou pas, familles nombreuses ou pas, ce n'est pas beau la guerre. La guerre est une fort méchante femme. Quel homme peut en être amoureux, si ce n'est un tailleur de pierres tombales, voulut conclure le philosophe.

– Mais il fallait bien défendre le pays contre le joug nazi, mon cher Robert, et défendre nos valeurs républicaines de liberté, d'égalité et de fraternité, reprit Louis relayant Maryse.

– Et celles de travail, famille, patrie ?

– Ma foi, aussi. Quel honneur à être inutile, quel plaisir à être orphelin ou apatride ? Bon, passons. La période était exceptionnelle. Il est vrai que vous étiez bien jeune à l'époque. Mais vous n'êtes pas sans savoir que depuis la nuit des temps les hommes se font la guerre, et que la vie elle-même est un champ de bataille. N'est-ce pas ce que nous apprend la théorie de l'évolution ? Tout combat est une aventure. Ce fut très dur, mais ce fut une réelle aventure, et toute aventure est un combat.

– Les aventures amoureuses aussi ? Si l'amour est pour vous un combat, si la vie elle-même est un combat, qu'en est-il de ceux qui préfèrent l'entente et le partage ?

– Des rêveurs. Des utopistes. Des enfants en somme.

– Des enfants de la patrie forcés de partir au front sans comprendre et sans échappatoire.

Maryse s'irritait. Elle reprit la parole en montant la note d'une octave :

– À tout homme digne de ce nom de montrer sa vaillance et son abnégation. Sans guerre, pas de général de Gaulle, pas de Jean Moulin.

– Et pas de Pétain, et pas de collabos, insista Robert, n'est-ce pas, Marcel ? La guerre a toujours montré plus d'horreurs que d'honneurs, révélé plus de vices que de vertus, créé plus de veuves que de tombes à fleurir. J'insiste, la guerre, ce n'est pas beau.

– Si, môssieur Je-sais-tout, si c'est beau, parce que la guerre, comme dit madame la baronne, ça fait les héros, reprit Marcel échauffé par les remarques et les sous-entendus du pacifiste ajoutés aux verres ingurgités. Louis m'en est témoin, il m'en a fallu du courage pour dépasser ma peur.

– Parce que t'es un héros, toi ? Arrête de *galéjer*, Marcel. Vous étiez près d'une quarantaine de Francs-tireurs contre à peine une quinzaine d'Allemands. Même que vous leur vendiez vos œufs et votre lait. Pas vrai ?… lui rappela le provocateur avant d'ajouter :

– … Et l'Antoinette, cette pauvre gamine qui a été rasée et bannie parce qu'elle était tombée amoureuse d'un gamin d'en face. C'était beau ça aussi, Marcel ?

– *Macarel !* hurla le gras matamore en se levant dans un fracas de chaises et de verres avant de saisir l'outrancier par le col, le poing déjà armé mais retenu à temps par les autres attablés, maire compris, habitués qu'ils étaient aux incartades du sous-fifre.

L'accordéon du vieux Théophile s'en tut.

Maryse Malart fut fort perturbée par l'altercation. Mais ses sentiments déjà bouleversés le furent plus encore à la révoltante vision de sa robe tachée. Des hommes, personne ne connait le pire.

Pendant que les grands s'excitaient à l'extérieur et qu'à l'intérieur un beloteur ajoutait à la cacophonie avec un tonitruant « belote, rebelote et dix de der », Raymond junior et la petite Lucienne, assis au chaud dans un coin de la salle, partageaient une unique grenadine et s'amusaient des glouglous que chacun provoquait au bout de sa paille. Alors que le vacarme était à son paroxysme, le garçonnet arrêta subitement le jeu, prit tendrement la main de la fillette, la fixa droit dans ses étincelants yeux verts et lui confia :

– Quand je serai grand, je te marierai.

Juillet 1970.

Solange s'était arrêtée au village pour embrasser ses parents avant de reprendre le train. Elle descendit à la gare de Foix. Le temps était estival et même plutôt chaud. C'est en stop qu'elle rejoignit la petite route qui s'enfonçait sous les feuillages. Il y faisait plus frais et ça sentait bon le sous-bois. Elle glissa ses pouces sous les bretelles de son sac à dos et s'élança avec volonté.

Après presque une heure de marche pentue, elle entendit des bêlements et, cent mètres plus loin, d'abord un peu feutré, puis plus reconnaissable, un morceau des Pink Floyd. Ça devait être là.

Jean lui apparut en premier. Il était installé à peindre sous un gros chêne. Il entendit ses pas et la vit. Elle fut agréablement surprise de son élan un peu excessif.

– Solange ! Super ! Ça fait plaisir de te revoir. Houaou ! Si je m'attendais à ça !

Il posa son pinceau sur le bord du chevalet, se leva, renversa son tabouret et courut presque jusqu'à la jeune fille. Il la prit dans ses bras et l'embrassa sur la bouche, simplement, comme d'autres auraient serré sa main ou posé une, deux, « chez nous c'est trois », bises sur ses joues. Elle fit semblant de ne pas avoir relevé cette effusion de tendresse.

– Oui, moi aussi je suis contente d'être là et de vous

retrouver dans ce cadre bucolique.

– Ça faisait longtemps. Tu vas bien ? Pose ton sac là et je te fais faire le tour. Tu vas voir, c'est un chouette coin.

Ainsi, depuis une semaine, Solange vivait avec des garçons chevelus et des filles couronnées de fleurs dans une petite communauté retirée sur les hauteurs ariégeoises. Elle avait décidé de rendre visite aux frères, Jean et Christian, qui avaient investi une ancienne fermette perchée entre bois et nuages, abandonnée par les bergers locaux. Les trois jeunes gens étaient nés dans le même petit village du Lauragais et se connaissaient depuis l'école primaire. En ces temps, les gosses, filles et garçons mêlés, se retrouvaient à jouer ensemble à la balle sur la place de l'église autant qu'à la pêche dans la Donzelle. Un jour, Christian avait chapardé quelques carottes dans le potager du curé pour les offrir à Solange pour qui battait son jeune cœur. Dénoncé jalousement par son grand frère, ce diabolique larcin lui valut trois *Notre Père* et trois *Je vous salue Marie*, les trois coups de ceinture de son père Louis, et les puritains reproches apitoyés de sa mère. Mais il ne regrettait rien.

– Solange méritait bien ça ! se vantait-il.

Presque autant que la reconnaissance accrue de ses copains. Tous en pinçaient pour Solange, pour certains sans oser se l'avouer. Il faut dire qu'elle avait toujours été bien jolie. De longs et épais cheveux noirs entouraient un gracieux et avenant visage aux pommettes saillantes et toujours légèrement hâlé. Ses lèvres finement ourlées et aux coins légèrement relevés rappelaient le mystérieux sourire de Mona Lisa. Ses vingt et un ans la rendaient plus attirante encore. De plus, elle était loin d'être sotte. Il n'était qu'à voir le contenu de son sac à dos réduit au strict nécessaire vestimentaire, excluant les produits de maquillage et les fanfreluches inutiles. Elle préférait l'alourdir de plusieurs livres, dont au moins un de philo.

– Ça éloigne les mecs trop entreprenants. Une belle fille, ça attire les regards lubriques, mais une intello, même très belle, c'est ennuyeux et les mecs supposent que ça ne pense pas au cul, expliquait-elle à ses copines.

Elle avait adopté cette option préservatrice mais n'en usait qu'avec modération.

Emportée par l'éruption et les bouillonnements qui suivirent les planétaires mouvements de 68, toute une génération se disait en rupture de ban avec une société vieillissante. En fait, beaucoup refusaient surtout d'aller au boulot. Leurs envies optaient plutôt pour fêter les nouveaux rythmes musicaux, fumer des pétards et pratiquer le sexe avec un minimum de tabous. Des jeunes, étudiants autant qu'ouvriers, retournaient vers quelques supposées racines pastorales. Les paysans locaux rigolaient en voyant débarquer ces gugusses qui voulaient travailler la terre sans rien y connaître. Mais ils étaient bien gentils ces gosses. D'autres étaient poussés par une nouvelle quête spirituelle à partir loin, très loin, vers des pays inconnus où ils espéraient retrouver un savoir ancestral et des vérités oubliées.

Jean et Christian n'avaient pas ces ambitions. Ils suivaient la mode et profitaient simplement de l'élan général pour s'éloigner de l'oppression parentale.

Tous deux étaient grands, fins, cultivés, avec une allure aristocratique résultant sans doute d'une éducation rigoureuse plus que d'une trace de sang bleu dans leurs gènes. De l'espèce de monarchie démocratique instituée par Louis et Maryse Malart, Christian imitait le monarque, Jean copiait le démocrate. S'ils avaient été le soleil, le cadet en aurait été la lumière, l'aîné la chaleur.

Toujours derrière son frère, Jean paraissait timide malgré un regard perçant que l'on devinait entre ses longues mèches de cheveux bruns dont les pointes venaient se mêler à son épaisse barbe. Son regard noir cherchait au fond des choses et des dires, alors que celui de Christian était de ceux qui charment et glissent à la surface de l'essentiel. Le menton arrogant et la main un peu molle, sous une longue mèche qu'il relevait de temps en temps d'un mouvement de doigts aérien, se préservait un prétentieux, un arriviste, un séducteur et un libertin qui profitait allègrement des changements de mœurs de l'époque pour satisfaire les désirs libidineux d'un grand adolescent qui ne craignait rien de son avenir.

Un avenir que Jean ne souhaitait pas envisager. Lui était un idéaliste, un penseur, un artiste, toujours à la merci d'une sensibilité à fleur de peau que son second, ne manquant pas de se venger sur son « dauphin » frère de cet outrage hiérarchique, exacerbait par plaisir.

Au retour d'un service militaire qui ne les séduisit en rien, le lieutenant paternel voulu les initier au pouvoir entrepreneurial. Mais Christian se rebiffa :

– Je vous en prie, père. Pas maintenant. Nous n'avons pas du tout envie de nous enfermer prématurément dans la carrière. Par pitié, laissez-nous un peu profiter de la vie.

– Profiter de la vie ? Il n'y a donc que cela qui vous intéresse. Et vous croyez que ce que j'ai planté pour vous va fructifier tout seul. Savez-vous combien d'entreprises périclitent par incompétence ou mauvaise volonté filiale ? Ne vous ai-je pas assez sermonné sur les dérives engendrées par toutes les tentations et corruptions contemporaines ? Finalement, allez-vous me pousser, comme certains de mes amis, à penser que ce qu'il faut à cette jeunesse dépravée, c'est encore une bonne guerre ?

Le vieux militaire ne voyait pas qu'il l'avait sa « bonne guerre » de jeunes, et que c'étaient tous ces idéaux à lui qui allaient perdre la bataille.

– Bien sûr que non. Mais aujourd'hui vous menez l'entreprise d'une main de maître. Vous êtes encore jeune et tout le monde respecte vos directives. Nous avons juste besoin de dépasser quelques frontières, de découvrir nos forces et nos faiblesses afin de mieux répondre à vos exigences, argumenta Christian.

Parents et fils menaient souvent d'âpres joutes verbales au cours desquelles Jean mettait en avant des considérations affectives autant qu'intellectuelles. Pour atteindre ses fins, Christian préférait l'humour autant que la ruse, la rouerie, la fourberie, le mensonge, et tous les stratagèmes que doit maîtriser un disciple de Machiavel. Cette fois, il misait insolemment sur la flatterie.

Le patriarche resta un moment silencieux, circonspect. Maryse ne dit rien. Comme d'habitude elle laissait à son seigneur et maître le dernier mot. De toute façon elle était toujours d'accord, par principe, par fidélité, par respect. Une femme, ça suit son mari, pour le meilleur et pour le pire.

Finalement, pour des raisons qui restèrent obscures à Jean et totalement indifférentes à Christian, le paternel accepta la requête.

– Bien. Qu'il en soit ainsi. Partez visiter le monde et ses habitants. Je distribuerai vos rôles et responsabilités à votre retour.

Jamais Jean n'aurait osé contredire son père et il fut bien aise de s'en sortir à si bon compte. Tout en reconnaissant à part soi la faiblesse de profiter de l'hypocrisie de son frère.

– Je l'ai bien embrouillé le père, hein, frérot ? se vanta le négociateur après l'entrevue. Tu peux me remercier. Maintenant on va aller rigoler un bon coup.

– Mieux vaut en rire qu'en pleurer.

Forts de la rente allouée par leur père, ils étaient donc à l'initiative de la petite colonie, et, pour tous ici, celui qu'on écoutait béatement, c'était Christian, le beau parleur, celui qui savait, qui affirmait des certitudes que Jean essayait de modérer, toujours à l'affût de l'écart dénoncé par un de ses multiples proverbes dont la liste ne semblait pas avoir de fin.

– Blaise Pascal disait que les hommes se gouvernent plus par caprice que par raison.

Ici, au calme, loin de tout, Solange et les autres vaquaient à leurs occupations quotidiennes. Les quelques tâches indispensables étaient hebdomadairement attribuées et confirmées à la craie sur l'ardoise accrochée près du vieil évier en pierre. Entre les devoirs de ménage et de cuisine, les soins aux animaux, et un peu de restauration des bâtiments, les activités ne manquaient pas. Mais l'ambiance générale restait plus proche de la colonie de vacances que des travaux forcés.

– Quitte à porter un collier, autant qu'il soit de fleurs plutôt que d'esclave, ironisait Christian.

Blottis dans leurs sacs de couchage près du large foyer toujours entretenu, Kurtz et Kathleen dormaient encore. Ce couple de globe-trotters qui parcourait l'Europe d'une communauté à l'autre était arrivé hier en fin d'après-midi et avait raconté leurs aventures jusque tard dans la nuit. Solange prenait toujours plaisir à entendre ces aventures d'un ailleurs et d'un autre, au gré de ses rencontres imprévues, en toute connaissance de la facilité de chacun à exagérer, enjoliver, expurger, censurer, tout récit rapporté. Elle restait curieuse, avec juste la prudence nécessaire à ses projets et à ses apprentissages relationnels. Elle n'était pas timide, encore moins peureuse, mais malgré son jeune âge, elle connaissait déjà nombre des travers de l'espèce humaine et prenait soin de s'en préserver, suivant par là les préconisations de ses parents.

Ce matin-là, sur la grande table de bois, alors qu'en fond sonore Joan Baez remplaçait Neil Young, elle tissait un attrape-rêves, aidée par les suggestions de Christian assis tout contre elle. Jean achevait une aquarelle de la jeune fille. Ses mains étaient colorés façon palette.

Christian posa ostensiblement sa main sur la cuisse de Solange qui l'en ôta délicatement en ajoutant à son rejet son petit et mystérieux sourire avant de lancer :

– En quoi crois-tu, Chris ?

Semblant ignoré l'opposition de la jeune femme, il rajusta sa mèche et choisit de mettre ses mains en mouvement afin d'appuyer les mots qu'il sélectionnait toujours savamment selon son interlocuteur. Il avait une voix un peu trop aiguë, un sourire qui ne soulevait que le coin droit de ses lèvres, et un petit et sourd raclement de gorge que Solange savait précéder un mensonge ou une contre-vérité qui passaient souvent inaperçus. Comme en ce début de phrase :

– Hum. Je crois au progrès, en l'avenir et en l'amour. Je crois que la société va changer et je veux faire partie de ce futur plus fraternel. L'esprit hippie s'est réveillé en nous tous et rien ne sera plus comme avant, ça c'est sûr. Le vieux monde est foutu parce qu'on va le détruire, et moi je veux participer au nouveau monde de demain.

– Tu dis ça depuis qu'on est ici ; on va détruire, on va détruire. Mais tu vas construire quoi à la place au juste ? Et que crois-tu apporter à cette nouvelle société ? Changer de lit ne guérit pas la fièvre, rétorqua Jean sans même lever le nez de son travail.

– Mais c'est la société qui va m'offrir quelque chose.

– Tu parles. Faire l'amour pas la guerre, c'est un bon concept de société, mais les hippies sont comme les autres ; il y a un moment où il faudra qu'ils bouffent, et il y en aura toujours qui voudront manger plus que les autres.

– Fais-leur donc confiance, Jeannot.

Parmi les stratagèmes de lutte de pouvoir que Jacques utilisait face à son frère, le surnommer Jeannot était un des plus courants. Jean, qui détestait ce diminutif ridicule, considérait même ça comme un coup bas. Il résista à la tentation de répliquer et replongea dans sa peinture.

Christian poursuivit sa théorie :

– Tu ne sens pas cette nouvelle force qui plane partout dans le monde, de New York à New Delhi ?

– Je sens surtout l'esprit de papa qui va nous mettre au boulot dans sa boîte, et ça, moi je n'en veux pas, contrairement à toi qui n'attends que le jour où tu seras le patron, que tu auras du fric, et que tu pourras te taper toutes tes secrétaires.

– Eh bien, pars peinturlurer en Inde puisque c'est ton désir. Ou au Tibet, ou de l'autre côté de la planète, ou va retrouver les autres dingues sur la Lune, mais ne viens pas pleurnicher après, comme à ton habitude.

– Ça va. Calmez-vous, les frangins. On cause, temporisa Solange. Et puis il est temps de préparer le repas ajouta-t-elle, mettant ainsi fin au conflit qu'elle sentait poindre.

Agacé par la remarque de son frère, Jean, les mains multicolores appuyées sur la table, à demi levé de sa chaise et penché vers Solange, lui confia à mi-voix :

– Fais attention, ma belle. Il adore casser ses jouets. Pire, il préfère les casser que les prêter ou que quelqu'un d'autre en dispose alors qu'il ne s'en sert pas.

– Mais je ne suis le jouet de personne, Jean, lui rappela Solange avec un sourire amusé tout en rangeant son matériel de rêve.

Christian abandonna la lutte et s'approcha de la cheminée pour se rouler un nouveau joint en compagnie de Kurtz et Kathleen réveillés par l'échauffourée verbale.

Jean porta son index peint de rouge feu jusqu'à ses lèvres et souffla un baiser qui papillonna par-dessus la table jusqu'à Solange.

– Je sais que toi, tu crois en l'amour. Lui pas.

Mars 2010.

De son vrai nom, Athanase Garibaldi.

Personne n'avait jamais pris le temps de vérifier si sa généalogie le faisait héritier du général « père de la patrie italienne ». Ce qui est sûr, c'est que le jour où un inculte prononça en public son prénom suivi d'un jeu de mots péjoratif, l'irrespectueux reçut une telle châtaigne que personne n'osa plus réitérer l'expérience.

Il faut dire qu'il présentait un mètre quatre-vingt-trois de muscles sur une charpente en acier trempé, des cheveux drus et noirs coupés court, un poitrail aussi velu que les épaules, une souriante et fine moustache, et, sous des sourcils épais, un regard capable de se rendre tellement sombre que devant tant de ténèbres tout être vivant normal comprenait qu'il serait téméraire d'emmerder cet immortel. De fait, tout le monde l'appelait Gari, sans plus savoir pourquoi, et tous étaient certains que cette question n'était pas nécessaire. Gari avait le cœur sur la main, tous l'auraient juré, mais il avait montré ce jour-là que cette main pouvait être tout aussi réactive et lourde en cas d'excessif outrage.

Gari laissait cette légende lui offrir la tranquillité.

À la fin du XIXe siècle, son bisaïeul Giuseppe – en l'honneur de Verdi, pas du général – , fier et ruiné petit vigneron piémontais, fuit la famine et la misère qui sévissaient sur les collines d'Asti pour suivre le flot d'immigrés italiens. Les ravages des crises économiques sont intemporels. Pour ces paysans la vie n'était plus que souffrance, alors beaucoup espéraient améliorer leur sort en rejoignant les Amériques et leurs promesses de fortune facile.

Le voyage de l'arrière-grand-père prit fin sur de nouvelles collines, celles, calcaires, du Gaillacois. C'était le début des vendanges. Il savait y faire et il semblait honnête pour un rital. Le rital fut donc bien heureux de trouver du boulot, un bon petit salaire, et, six mois plus tard, une maisonnette où installer sa femme et ses enfants. Le vignoble bimillénaire avait besoin de travailleurs et Giuseppe se résolut à modifier ses habitudes. Il ne faisait plus son vin et c'était, selon lui, un vignoble bien moins noble que celui qu'il avait quitté, mais c'était un beau vignoble avec de bons patrons, ce qui rendit le déracinement plus supportable. Il n'oublia jamais son cépage mais il mena là une vie heureuse jusqu'à ce qu'en 1969 Giuseppe succombât au virus de la grippe de Hong Kong. Le cadet de ses fils, Alessandro, préféra s'installer comme artisan menuisier. Toute sa vie il exerça cet art avec rigueur et œuvra avec sagesse et modestie. Il confia son atelier à son fils aîné Gian, le père de Gari.

– Papa, c'était un modèle d'homme et de père. On allait ramasser des châtaignes, des noisettes, des noix, des nèfles et des faines… C'est comme ça qu'il m'a appris à reconnaître les arbres.

Bambin, Athanase rampa et apprit à pisser puis à marcher dans les sciures de tilleul, d'olivier, de merisier et de poirier qu'il goûta et mastiqua à loisir entre deux plats de pâtes fraîches farcies avec amour par Serena, sa *mama* adorée. Puis le garçonnet empila des cubes de buis, d'orme, d'acacia, et grandit au milieu de châteaux forts construits de chutes de chêne, de noyer, de sycomore et d'acajou, attaqués et défendus par des armées de clous tordus, de chevilles trop courtes et de vis émoussées. Ses yeux se nourrirent des couleurs chaudes des bois locaux et exotiques, son nez s'enivra des délices de leurs essences, ses mains en caressèrent les veines et le fil. C'était maintenant injure de l'inviter à l'apéro autour d'un mobilier de jardin en plastique.

Athanase ne reprit pas l'atelier du papa. Il disait qu'il ne voyait pas de quels plaisirs supplémentaires il aurait pu jouir. Or, c'est de jouissance de vivre qu'il vivait. Une vie qui ne tournait pas au futur, mais au présent, un présent bien bâti sur le passé, un truc de dedans, presque inconscient. Il ne parlait plus italien depuis longtemps – avec qui ? – mais il se souvenait des mots de Maria, sa *nonna*, sa grand-mère, qu'elle prononçait dans sa langue chantante :

– *Chi sta bene con sè sta bene con tutti.*

– Qui est bien dans sa peau est bien avec tous.

De ses ancêtres, Gari garda le goût de la musique lyrique, de l'ail, du bon vin et des Golia.

Il avait toujours dans la poche trois ou quatre de ces bonbons à la réglisse.

– La Golia, c'est comme une femme. Tout le meilleur est au milieu, dans le cœur.

Ce n'était pas tellement pour le goût, c'était pour sa *nonna*, droite et bonne comme un bâton de réglisse justement. Elle achetait pour son *piccolo* ses bonbons qu'en Italie les commerçants de l'époque utilisaient souvent en place de la petite monnaie.

– Le bonheur à petite dose, ça n'a jamais étouffé

38

personne, disait-elle en glissant trois de ces friandises dans la poche de son Athanase.

C'était aussi pour les gâteaux aux noisettes et les câlins de Serena, qui, elle aussi, avait inculqué au petit le goût des bonnes choses, mais surtout une inébranlable considération respectueuse pour les femmes.

– Un homme sans femme, c'est un bateau dans la tempête sans gouvernail, disait-elle en riant aux éclats.

C'était pour ces racines saines et profondes plantées par ces femmes d'or.

– Les racines, c'est là-dessus qu'on s'appuie. C'est ce qui permet de garder l'équilibre quand on grandit.

Voilà ce que l'une comme l'autre lui transmirent, chacune à sa manière, mais avec le même amour, et, grâce à elles, Gari savait qui il était, d'où il venait, et il en était fier.

C'est pour rejoindre la similaire perspicacité, l'identique joie de vivre, et les courbes harmonieuses de Céline qu'il s'installa avec elle dans ce calme petit village où il excella au sein des Établissements Malart.

Au sortir de la guerre, Louis Malart s'était engagé dans cette entreprise de caisses à primeurs traditionnelles dont la réputation s'étendit rapidement au niveau national. Grâce aux emplois ainsi créés, nombre de familles profitaient d'une vie plus sereine, loin des contraintes agricoles qui les avaient allaitées. Dans l'esprit de tous, Louis Malart fut toujours le héros, le sauveur du village. Mais le paternaliste assumé perdit sa dernière guerre, foudroyé par un cancer express et depuis presque vingt ans, son cadet, Christian, tenait les rênes de l'entreprise. Il y avait insufflé un esprit plus moderne, plus « libéral ».

Gari y faisait office de chef d'atelier. En plus d'organiser la répartition du travail de ses collègues, ses compétences particulières en la matière étant reconnues, il s'occupait des commandes de bois :

– Le peuplier de Picardie, c'est pour les cageots, le hêtre pour les caisses à jambon, le pin des Landes pour les caisses à vin…

Il ne savait pas si son père aurait été fier de lui, mais lui se sentait bien entouré de ses odeurs familières, de ses compagnons de travail, de ses amis.

La journée terminée, il rejoignait sa Céline et leurs deux filles pour une promenade le long de la Donzelle ou, toujours prêt à rendre service, il s'amusait à fabriquer un meuble, à réparer une porte, à menuiser une fenêtre. Il calculait la facturation en bouteilles de cépages et de crus mûrement sélectionnés :

– Comme le disait Serenita, les tiroirs, c'est pour ranger les souvenirs, les fenêtres permettent de voir le monde sans se mouiller, et les portes c'est pour passer du monde où on est à celui où on veut être…

– … Mais je ne suis pas le maître des clés.

Il fronçait alors les sourcils, ce qui faisait rire ses fillettes attentives. Gari pensait qu'il n'était pas besoin d'aller à l'école pour être philosophe :

– Suffit de bien regarder autour de soi et de bien écouter les autres. L'école, c'est juste pour apprendre à mettre les lettres et les chiffres dans l'ordre.

Aimé de sa femme, chéri de ses filles, reconnu par tous pour ses talents d'expert en bois et pour sa serviabilité, il se sentait bien dans son meilleur des mondes.

Compte tenu de l'inexorable baisse du chiffre d'affaires suite à la crise bancaire et au krach boursier de l'automne 2008, difficultés cumulées aux effets négatifs de la mondialisation, ajoutées à la concurrence des matières plastiques et à de nombreux autres prétextes, à soixante-deux ans, Christian Malart le beau, fils de Louis Malart le grand, choisit de jeter le gant et de s'assurer une retraite bien dorée. Il vendit la boîte de caisses à un fonds de pension américain qui, selon la méthodologie habituelle, s'empressa de se débarrasser de près de la moitié des employés en prenant soin de n'y conserver que les plus incompétents, les moins onéreux. Depuis cette infortune, la majorité des caisses et cageots dits traditionnels arrivaient d'on ne sait où dans la nouvelle Malart & Co ; un atelier devenu centre de stockage de ce qui n'était plus que des boîtes sans âme, revendues certes moins cher, mais :

– Leurs mauvais bois sont mal montés, dénonçait Gari.

– Fonds de pension, trous sans fond ! clamait-il.

– La révolution française de 1789, c'est l'accouchement dans la douleur du capitalisme libéral ! ajoutait-il avant de conclure par :

– Elle est belle la liberté, égalité, fraternité avec ces mecs. De quel droit nous volent-ils notre petit bonheur ?

Malgré ses dix ans de bons et loyaux services, après quelques semaines de grève inutile à s'époumoner de slogans contestataires sur fond de pancartes peintes de rouge et enveloppé des âcres fumées de vieux pneus immolés parmi les palettes, à trente-trois ans, Gari monta au Golgotha avec les autres innocents. Sa grande gueule, son poste de délégué du personnel, et même la visite compassionnelle d'un représentant syndical venu spécialement de Toulouse, ne lui apportèrent aucune circonstance atténuante et, son orgueil crucifié, il partit la rage au ventre avec une maigre indemnité. Il subit ce reniement comme un affront personnel de la part du

Malart duquel il avait reçu quelques promesses auxquelles il avait naïvement cru.

Les plus jeunes congédiés préférèrent voguer vers une autre terre promise. Les plus ancrés essayèrent de finir de payer leurs crédits avec leur prime de licenciement et leurs indemnités de chômage, tout en confiant leur avenir à des rendez-vous infructueux auprès de services pour l'emploi plus ou moins efficaces. Patrice, un quarantenaire père de trois enfants, embauché huit mois auparavant et qui venait de projeter ses certitudes financières sur les vingt cinq années à venir en signant le crédit de sa maison, choisit la pendaison. Quant aux seniors, ils vinrent « Chez Lulu » dépenser leur préretraite autour d'un verre et d'une partie de cartes où ils prirent l'habitude de se raconter en boucle leurs anecdotes d'une époque révolue.

Le dévouement et l'efficacité de Gari dont avaient bénéficié l'entreprise et son dirigeant se muèrent d'abord en colère ouverte :

– Un fils de pute. Un rien-à-foutre. Un gros blaireau avec sa grosse bagnole… étaient quelques-unes des insultes qu'il ne manquait pas de proférer à la moindre énonciation de son ancien patron et maire du village à la suite de son père, ce qui n'arrangeait rien à l'antipathie que Gari lui voua définitivement.

– Qu'il aille brûler en enfer avec le pognon qu'il a braqué sur le coup. Et ne me dites pas que vous allez revoter pour ce connard, hein ! gueulait-il à ses compagnons de peine qui remplaçaient au bar leurs heures de boulot perdues par du temps perdu à parler boulot.

Cette première et courte tornade de violence verbale passée, la perception de sa nouvelle situation de banni socialement inutile le rendit inquiet, coupable, paranoïaque, et pour l'excommunié, un orage cérébral tonitruant, titanesque, nucléaire, survint. Une espèce de surpression qui le poussa à ruminer de noires vengeances contre Malart, contre les fonds de pension, contre les patrons, contre la société en général et contre tout l'univers en particulier. Ce non-fumeur se mit à inhaler cigarette sur cigarette. Le proscrit emplit des pages de plans secrets, de statistiques, d'élucubrations économiques, de crimes terroristes sanglants. L'exclu monologuait des journées entières. Le paria dormait peu et mal. L'évincé se refusait d'entendre les craintes, les plaintes et les pleurs d'une Céline dépassée par ce cataclysme.

Puis, un jour, semblant d'un coup résigné, Gari s'enfonça dans le marécage glauque du canapé, devant de stupides séries télé, en compagnie de bouteilles de whisky de mauvaise qualité, ne s'extrayant de son alcoolisme naissant que pour sortir à petits pas et la tête basse jusqu'au bureau de tabac acheter une cartouche de cigarettes, un magazine télé, et investir dans les mirages de la Française des Jeux, répartissant ses maigres allocations chômage entre le Keno et l'EuroMillions, certain que « cent pour cent des gagnants ont tenté leur chance ».

Juin 2013.

La bienveillance et l'amabilité que madame Bichet dispensait dans ses classes n'affaiblissait en rien une autorité tranquille et ferme qui rassurait Tristan.

Le garçon était un élève à classer parmi les « Peut mieux faire ». Il était toujours assis en retrait, au fond de la classe, près de la fenêtre. Ce n'était pas un cancre. Il avait juste envie d'être pénard. Son cerveau gauche écoutait les cours par curiosité culturelle pendant que son cerveau droit remplissait ses cahiers de petits textes poétiques agrémentés de dessins d'humeurs et de styles divers. On lui avait toujours reproché de perdre son temps en gribouillages plutôt que de découvrir les richesses des vraies matières telles que les mathématiques et la physique-chimie. Tristan s'en foutait. Il ressentait ce qui émanait des gens et des choses qui l'entouraient, et ce *feeling* lui permettait d'identifier rapidement ce qui allait le faire chier. Or cette prof le laissait arpenter ses propres chemins de découverte. Alors, par réciprocité respectueuse, il ne se permettait que de rares écarts contrairement aux autres jeunes écervelés qui fréquentaient sans trop d'assiduité ce lycée technique de sciences et technologies du design et des arts appliqués situé en banlieue parisienne. Beaucoup avaient atterri là faute d'autre chose. Faute d'envie de quoi que ce soit d'ailleurs. Mais les arts, ça devait être cool…

Trimbalé de foyer en foyer, Tristan n'avait fréquenté que des élèves en perdition. Il n'avait jamais eu l'occasion de rencontrer des ados un tant soit peu heureux de leur sort, et encore moins de s'y chauffer le cœur. Lui disait qu'il préférait être seul, que comme ça il n'avait de compte à rendre à personne, qu'il n'avait pas à s'excuser, ni à pardonner. Mais il savait qu'il mentait à soi-même, et qu'en réalité la solitude lui pesait.

L'adolescent avait découvert que madame Bichet habitait à quelques centaines de mètres du foyer d'accueil où il logeait, et, selon la météo du jour, il l'apercevait occupée à gratter ses cinq mètres carrés de jardin pour y arranger quelques pauvres fleurs, ou à lire, installée près de la porte, assise dans un rocking-chair. Au passage de son élève, elle interrompait son activité et jetait vers lui un regard attentif, puis le saluait d'un petit hochement de tête, un sourire bizarre illuminant ses traits.

Tristan avançait d'une démarche souple, volontaire et voluptueuse. Son agréable visage à la mâchoire carrée oscillait au rythme de ses épaules qui balançaient alternativement comme pour un crawl à travers une foule résistante. En d'autres temps, on aurait pu croire qu'il « roulait des mécaniques », aujourd'hui, certains reconnaissaient le côté félin du boxeur thaï, avec ses pieds qui glissaient presque sans quitter le sol. Cette boule d'énergie se couvrait de la capuche d'un sweat noir, portait un petit sac à dos noir sur de larges épaules, et cachait des poings serrés dans les poches d'un épais blouson de cuir noir qui augmentait encore sa carrure.

Tristan se rêvait panthère.

Madame Bichet le savait chaton sauvage.

Un de ces mercredis où il rentrait plus tôt que les autres jours, elle le héla discrètement et l'invita à entrer grignoter des biscuits de sa confection. Elle prétexta quelques questions sur sa conception de l'art et de la beauté. Intimidé et soupçonneux, il resta un moment face à la demanderesse en se mordillant la lèvre avant d'accepter la requête, par reconnaissance, et par curiosité intrinsèque trop oisive.

Le mercredi suivant, il accepta sans autophagie.

De mercredi en mercredi, il prit plaisir à ces rendez-vous. Il s'y nourrissait de madeleines autant que de leurs conversations, sans perdre une miette des unes comme des autres. Pendant plus ou moins deux heures, il dialoguait avec cette belle et distinguée femme aux yeux perçants dont les dires louvoyaient allègrement de l'art à la botanique, de la cuisine à la philosophie, de l'astrologie à l'opéra. Par d'innocentes questions, il se risquait à mettre en lumière quelques-unes de ses préoccupations et interrogations existentielles auxquelles personne d'autre n'avait jamais jugé bon de s'intéresser, et c'est sans ambages qu'elle lui répondait en lui proposant quelques voies de sa connaissance.

Rapidement, Tristan apprit à voir derrière ses mimiques, derrière ses mots, derrière ses regards. Pour sa part, elle apprit que la moindre ombre pouvait lui hérisser le poil et le pousser à sortir les griffes. Ainsi ils se découvrirent, faisant de ces goûters des rencontres délicates, et jamais en ces instants magiques l'écolier ne la perçut comme la prof qu'elle était, mais plutôt comme un maître spirituel, en l'occurrence une maîtresse, dont le destin, sans doute par erreur, lui faisait exceptionnellement don.

Tout était toujours bien rangé chez cette sage femme ; chaque chose avait sa juste place.

– Ça évite d'avoir à les chercher, lui avait-elle préconisé. Le bazar dans une maison est à l'image de l'intendant qui règne dans la tête du maître des lieux.

Devant l'air dubitatif du garçon, elle poursuivit :

– Les neurones ont besoin de cohérence, de clarté, sinon ils causent des bugs dans ton disque dur. La vaisselle et les chaussettes sales qui s'entassent, les papiers qui traînent et les clés posées au hasard, ce n'est pas bon pour les neurones. Ils ont des choses plus préoccupantes et plus amusantes à faire.

Tristan se souvient encore du dernier trimestre précédant le départ de madame Bichet. Son cœur esseulé chavirait pour les yeux noisette et les taches de rousseur d'une jeune fille que l'on disait de parents irlandais ou gallois. Il *kiffait* le beau sourire taquin de ses lèvres coussinées. En fin de cours, il se levait souvent juste avant elle, rien que pour risquer de la percuter. Peut-être la toucher. Juste la frôler. Il n'osait pas adresser la parole à cette muse de peur de briser le charme de sa présence dans son univers affectivement vide. La belle Celte était toujours assise à la table juste devant la sienne et le regard de l'adolescent s'attardait à caresser la courte coupe de ses cheveux rouges couronnant une longue nuque nacrée qui s'enfonçait dans l'excitant inconnu par un col Claudine à vichy bleu et blanc. Pendant cet imaginaire et troublant voyage, les narines du garçon se saoulaient des effluves de chèvrefeuille qui flottaient autour d'elle comme une aura.

Un après-midi, alors que madame Bichet essayait d'intéresser la classe au vide existentiel de Proust, Tristan en profita pour laisser une vague poétique s'échouer sur la dernière page de son cahier :

Généreuse en sourires
Et si pauvre en baisers,
Radieux bouton de rose
Aux acides épines
Laisse mon cœur gémir
De te tant désirer,
Impatient et morose.
Narquoise Colombine,
En seras-tu chagrine ?

– Tristan, venez à mon bureau avec votre cahier, lui ordonna soudainement la professeure alors qu'il commençait à illustrer son petit poème.

Il fut surpris de l'injonction. Il se mordit la lèvre. Elle ne le quittait pas du regard. Elle attendait. Pourquoi lui faisait-elle ça ? Il la soupçonna de trahison. Il s'était avancé, péteux, sous les quolibets des autres élèves parmi lesquels il ne réussit jamais à se faire d'amis, en sentant sur ses épaules le regard de son inspiratrice qui, involontairement, le menait au pilori.

Pendant qu'il stationnait près de l'estrade professorale, la lèvre presque en sang de la pression dentaire qu'il lui imposait, les mains liées dans le dos et la tête baissée prête à être tranchée, madame Bichet saisit son cahier, l'ouvrit à la dernière page et lut silencieusement les quelques rimes. Un discret haussement du coin de ses lèvres et un léger haussement des sourcils marquant sa plaisante satisfaction conclurent la lecture :

– Bel acrostiche ! fut la sentence. Mais je crois qu'il est un temps pour le ressentir, un temps pour la réflexion et un temps pour l'action. Il ne faut pas avoir peur de donner réalité aux rêves, ajouta-t-elle en plantant ses doux yeux dans ceux du gracié avant de l'inviter à retourner à sa place avec son cahier.

La prof retrouva son statut familier et le poète retourna s'asseoir derrière la belle Géraldine, comète à chevelure de feu dans la galaxie des souvenirs érotico-sentimentaux de Tristan. Elle fut longtemps son fantasme masturbatoire préféré.

Tristan aimait bien madame Bichet.

Arguant de ses difficultés croissantes face aux institutions, face aux parents, face aux élèves eux-mêmes, elle lui avait confié que son désir de retraite était satisfait et qu'elle allait retourner sur les terres de son enfance :

– Retrouver un petit paradis, se promettait-elle.

Avant de quitter son dernier poste et la ville, elle invita son élève à une dernière rencontre qui débuta par une question qui le taraudait :

– Pourquoi vous êtes-vous occupée de moi comme ça, M'dame ? Je ne suis pas intéressant.

– Mais je ne le fais pas par intérêt, mon garçon. Je le fais parce que je souhaite t'aider et que j'ai confiance en toi.

– Personne n'a jamais eu confiance en moi.

– Peut-être parce que personne n'a jamais posé un regard aimant sur toi. C'est plus facile de regarder ailleurs que de chercher à comprendre. Aider, aimer, il y a juste une petite lettre qui change, une petite lettre centrale. Disons que je suis comme une reine des abeilles ; mon travail n'est pas de faire du miel, mais de donner naissance à des petites abeilles qui, elles, feront du miel.

– Il y a un max d'élèves qui ne vous *kiffent* pas, M'dame. Je ne sais pas pourquoi. Ils disent que vous êtes chiante. Pourtant vous n'êtes pas pareille que les autres profs.

– Est-ce moi qu'ils n'aiment pas, ou l'autorité que je représente ? Est-ce parce que je suis une mauvaise professeure ou sont-ils paresseux parce qu'ils ne croient pas en leur avenir ? Ou parce que je leur montre ce qu'ils sont ? Beaucoup de gens n'aiment pas se regarder dans le miroir. Ça ne ment pas un miroir. Mais ils préfèrent critiquer le miroir.

La conversation se poursuivit autour des rituels thé et café et de quelques madeleines. Les sujets abordés par l'hôtesse filèrent les uns après les autres sans que Tristan ne s'en saisisse. Une seule pensée le tourmentait :

– Elle aussi, elle se barre.

Tristan avait connu trop de ces vagues pour ne pas les reconnaître. Il allait encore être englouti dans le désespoir. Il allait devoir le supporter, une fois encore. La tristesse liée au sentiment de solitude à venir était toujours la même. Avant même d'y plonger, il était déjà intérieurement noyé. Jusqu'au ras des paupières. Mais jamais assez haut pour se vider. Jamais assez fortement pour briser le barrage. Il ne pourrait s'empêcher de se flageller, de se punir de sa faute, cette faute sans doute impardonnable qui poussait tout le monde à le rejeter. Une fois encore il était abandonné. Une fois encore son cœur se serra comme ses poings dans ses poches.

Vint le moment de la séparation.

– On ne se reverra plus jamais, alors ?

Madame Bichet prit sur le buffet une petite carte de visite beige clair à bords crénelés qu'elle tendit au garçon. Il hésita un instant sans comprendre. Son cerveau refusait de poursuivre les étapes. Un bout de carton. Qu'est-ce qu'elle voulait qu'il en foute de son carton. Ça ne partage pas ses madeleines les cartes de visite. Ça n'explique pas les choses. Ça ne console pas. Ça se glisse dans un tiroir et ça s'oublie. Tristan était déjà partagé entre retenue et pleurs, entre reconnaissance et colère. Sûr, il allait devoir retourner au club et défoncer les punching-balls. Il avait déjà vécu des moments comme ça où il valait mieux ne pas avoir à monter sur le ring contre lui. De ces combats-là il était toujours sorti vainqueur.

Il se saisit du petit gage comme d'un bois flottant avant le raz de marée. Au moins il aurait un souvenir.

– À toi de voir, mon enfant. Tu seras toujours le bienvenu chez moi. Mais pour l'instant, tu dois patienter jusqu'à ta majorité avant de pouvoir décider par toi-même.

Elle le prit tendrement dans ses bras. Il se laissa étreindre contre cette douce poitrine maternelle. Ses bras à lui aussi enserrèrent, naturellement, animalement, longuement. Faute de connaissance dans le domaine, il eût été incapable de nommer cette émotion oubliée. Il eût du mal à laisser Solange se libérer.

Elle l'embrassa posément sur le front. Il resta un moment pétrifié. Il se mordit la lèvre.

Elle convia son élève à transformer leurs rendez-vous verbaux en contacts épistolaires.

– Ça veut dire qu'on pourra se faire des mails ?

– S'écrire, c'est s'écrire.

Tristan obtint des responsables du foyer l'accès à une adresse mail. Il avait su plaider sa cause. Sa prof lui avait même écrit une recommandation. Alors l'élève profita du vieux PC et, régulièrement, dans sa boîte à lettres virtuelle, madame Bichet découvrit des dessins et de longues pages de prose ou de vers auxquels elle prit soin de répondre tout aussi régulièrement. Elle se permettait de corriger les quelques fautes d'orthographe, elle ajoutait ses avis littéraires ou artistiques, et, surtout, prenait de ses nouvelles comme le ferait une parente attentionnée. Elle prenait toujours soin de terminer son message par quelque formule motivante : « Je suis heureuse de tes progrès. », « Au plaisir de te lire. », « Avec toute mon affection. », avant de signer : « Solange Bichet ».

Juillet 1977.

La petite Lucienne Roussel, Lulu pour tous, était une rondelette, gentille et maligne blondinette qui aimait bien manger, profiter des bontés de la nature et rendre service lorsqu'elle le jugeait utile. Née et élevée trop durement à la ferme de ses parents, elle cachait ses déboires et une sourde mélancolie derrière une envie à toute épreuve de vivre ses plaisirs. Elle apprit vite à dérober le lait au pis sous le museau des veaux étonnés. Elle se gava de mûres qui griffent les bras et qui tachent les robes :

– On n'a rien sans rien !

Emprunter le chemin de l'école, c'était se livrer à des razzias sur les cerisiers qui riaient de voir ce drôle d'oiseau s'agripper à leurs branches. Elle posait toujours quelques fruits par terre, en petits tas :

– C'est pour les oiseaux qui ne peuvent pas voler !

Elle excellait à attraper les tritons, les têtards et les grenouilles de la mare aux canards :

– Mais qu'en fais-tu, Lulu ?

– Je les libère dans la Donzelle. Comme ça, ils peuvent rejoindre la mer.

– Que Dieu te bénisse, petite.

– J'y ai rien demandé.

Lulu n'aimait pas le catéchisme du jeudi après-midi que lui imposait sa mère même si elle y retrouvait quelques copines et copains, forcés eux aussi de lire et d'écouter les méchants épisodes de jugement dernier, de suppliciés et de martyrs décrits dans le gros livre noir à la couverture marquée de lettres dorées que les gosses n'ouvraient que ces jours-là, au grand dam du vieux curé.

La gamine avait tout de même été très intéressée par cette histoire de Marie et Joseph. Une belle histoire d'amour où tout le monde s'aime : une belle jeune fille, un gentil charpentier, un ange Gabriel, et ce bébé miraculeux, celui-là même qu'on lui demandait d'installer tous les Noëls dans sa petite crèche, entre le bœuf et l'âne. Un petit de la campagne, comme elle. Elle acceptait sans problème cette virginale version. En vraie petite campagnarde qui écoutait bien la maîtresse à l'école – qui ne faisait souvent que confirmer sa connaissance intuitive –, elle avait appris qu'une fleur-fille n'avait pas besoin de rencontrer une fleur-garçon, mais que c'étaient les abeilles qui transportaient la petite graine de vie d'une fleur à l'autre. Comme des anges Gabriel. En vrai, Lulu savait très bien comment viennent les bébés. Il ne fallait pas la prendre pour une cruche. Elle était chargée de nourrir les lapins qui se multipliaient dans leurs clapiers. Elle assistait souvent à leurs brefs ébats et en connaissait l'issue une trentaine de jours plus tard. Même que, une nuit, elle s'était réveillée d'un cauchemar et, en quête d'un câlin maternel secourable, elle avait ouvert doucement la porte de la chambre de ses parents. À la lueur de la petite lampe de chevet, son papa, en pyjama tout débraillé, gigotait des reins comme le lapin, à genoux derrière sa maman à quatre pattes dont la chemise de nuit était remontée jusqu'à la taille. La petite avait refermé doucement la porte et rejoint son lit avec plein de questions dans la tête. Tout le mois suivant, elle attendit secrètement une petite sœur qui ne vint pas.

La mère de Lulu, Marie-Jeanne, était une dévote soumise et fatiguée, les seins avachis par ses quatre allaitements, les fesses osseuses, le dos courbé et les épaules basses. Ses traits s'étaient creusés au fil des souffrances et brimades aussi nombreuses que variées distribuées par sa vie d'opprimée et son rustre de mari. Elle passait ses journées pliée : pliée pour la traite, pliée pour la serpillière, pliée pour le potager, pliée pour rentrer le bois, pliée pour ne pas rompre… Ses ultimes espoirs reposaient dans la miséricorde divine.

– L'espoir et la crainte s'unissent dans les souffrances des femmes, et tous les vingt-huit jours le ciel le leur rappelle, affirme encore Lulu de sa voix devenue un peu grave et rocailleuse.

À passer son enfance à galoper de l'étable à la basse-cour, des champs à la cuisine, et de l'église à l'école, Lulu acquit sa propre et indéfectible philosophie :

– Depuis des milliers d'années, la femme passe son adolescence à espérer un prince charmant. Résolue à celui que son père ou le sort lui destine comme co-géniteur, pendant neuf mois elle espère offrir au monde un petit être remarquable. Puis, pendant sept ans, elle espère que son enfant, faute d'être le messie attendu, entende et suive tous ses conseils. Les sept années suivantes, contrariée par les idiots qui entachent son éducation, elle espère qu'il sera tout de même intelligent et gentil. Devenu adulte, elle espère qu'il va revenir sain et sauf du travail, de la chasse, ou de la guerre. Pour finir, elle espère que le fruit de ses entrailles continuera cet affligeant cycle en lui offrant le déchirant et illusoire réconfort de beaux petits-enfants.

En combattante de l'égalité des sexes, et face aux moqueries des mal couillus, Lulu ne se privait pas d'ajouter :

– Malgré les justes efforts de toutes les Simone, depuis trop longtemps la femme se tape double journée, une au boulot, une autre à la maison. Mais il arrivera sûrement un jour où les garçons se nourriront plus de réflexion et de respect que de testostérone. Ce qui leur manque, c'est juste une bonne fessée.

Dans ses diatribes, Lulu pensait sans doute à son père, Marcel. Une barrique en salopette, le béret avec son colifichet militaire toujours vissé jusqu'à ses épais sourcils, la moustache en bataille soulignant mal un nez empâté et chapeautant des lèvres fines, inaptes au sourire, toujours collées à une Gitanes maïs. Jusqu'à sa mort il fut orgueilleux, fat, aussi lourd et imperméable qu'une pierre tombale en granit du Sidobre. Toujours soucieux de ses labours ou pendu aux mamelles de ses vaches avec ses larges et lourdes mains en battoirs à linge. Toujours à en appeler à Dieu. Toujours à vociférer sur la faiblesse des autres. Toujours à revendiquer ses hypothétiques exploits militaires. Il considérait ses trois garçons comme des bêtes de somme, sa femme et sa fille comme des bonnes à tout faire.

– Tu trouveras jamais un homme, ma pov' Lucienne, t'es ben trop feignante, promettait-il à sa cadette.

L'enfant était arrivée sur le tard et le vieux avait du mal à accepter cette nouvelle charge.

– Et une pisseuse, en plus ! ne se privait-il pas d'ajouter. Y a ben le Junior qu'a toujours eu un œil sur toi. L'est ni beau ni malin, mais un jour il aura le bistrot de son vieux. Tu seras casée et j'aurai plus à m'occuper de toi.

Il avait les mots à fleur de cœur, le Marcel.

Junior. Raymond junior. Il se traînait derrière Lulu depuis leur plus tendre enfance. Elle en avait l'habitude de ce petit copain. Il était gentil. Elle lui avait accordé quelques baisers, comme ça, pour essayer, pour le remercier d'avoir joué avec elle ou d'apporter des sodas chapardés au bar de son père. Même qu'un soir de feu de la Saint-Jean, derrière la grange d'Émile, elle l'avait laissé glisser sa main sous son corsage avant de le planter là dans un éclat de rire. Mais Lulu était d'accord ; Raymond n'était ni beau ni malin.

Au printemps de ses dix-huit ans, et au soir du bal du 14 juillet, Lucienne lui accorda trois valses amicales avant que Raymond le vieux rappelle Junior à l'ordre :

– Laisse tomber les filles. Elles n'apportent que du malheur. Retourne plutôt au service. Regarde celui-là là-bas. Amène-lui sa bière.

Mathieu était un bel étudiant en médecine, un beau brun aux yeux bleus. Il était monté au village avec une bande de copains en quête de jupons nouveaux. Il n'était pas un foudre de cette chasse, même s'il en connaissait l'usage et l'intérêt. Studieux autant que réfléchi, il considérait ne pas avoir le temps de batifoler. Mais ce soir-là, alors que le peuple fêtait une révolution, il s'en permit une et se laissa entraîner sans remords ni culpabilité.

Assis seul à la terrasse de « Chez Raymond », accoudé à l'une des tables supplémentaires improvisées de tréteaux et de planches qui investissaient la moitié de la place des Halles, il se laissa longtemps aller au simple plaisir de déguster sa bière en regardant, curieux et amusé, le gigotage des rockeurs souriants et les tribulations de ses amis à l'affût de biches à accrocher à leur palmarès, lorsque, de l'autre côté de la piste, il remarqua Lulu, ses longues boucles blondes, et sa robe à fleurs. Elle était en gaie et animée conversation avec deux autres filles tout aussi enthousiastes.

Plusieurs fois, inopinément, leurs regards se croisèrent, d'abord innocents, timides. Malgré les couples indifférents qui tournaient au milieu de l'esplanade, les premières flèches de Cupidon volaient à traits silencieux de l'un à l'autre. Moins craintive, c'est elle qui lui sourit la première. Ils laissèrent la magie opérer, et, bientôt rassurés, puis convaincus, les yeux verts et les yeux bleus se mêlèrent en pastels romantiques.

Ainsi, contre toute attente, c'est sur cette jeune fille proposant quelques appétissantes courbes, aux seins généreux et aux hanches prometteuses, que Mathieu jeta sans réserve son dévolu.

C'est un faux Joe Dassin qui donna le feu vert :

– On ira, où tu voudras, quand tu voudras,
Et on s'aimera encore, lorsque l'amour sera mort…

Mathieu se leva, slaloma entre les fêtards sans perdre son but du regard, et s'approcha de la belle.

Ils sentaient déjà leur cœur battre différemment. Plus vite ou plus lentement. Ils n'auraient su le dire. Il ne l'invita pas à danser. Un refus était impossible, inimaginable, incongru. Pendant que, complices, les amies s'éloignaient, Mathieu mena Lulu sur la piste où, toujours sans la quitter des yeux, sa main saisit délicatement celle de sa partenaire, posa l'autre sur ses reins, et la serra contre lui. Elle appuya aussitôt sa tête contre son épaule et laissa les pas de son soupirant conduire les siens à tournoyer confiants sur la longue série de slows exécutés par le petit orchestre local.

Lulu tournait, enlacée, entraînée, obéissante à la conduite de son cavalier. Elle ne pensait à rien. Elle se laissait bercer. Il sentait bon. Un agréable mélange d'odeurs d'homme et d'eau de toilette. Même l'odeur de sa transpiration était douce et tiède. Douce et tiède comme ses bras qui l'étreignaient toujours un peu plus. Elle sentit le visage du garçon se baigner dans ses cheveux, son ventre se coller au sien, sa cuisse se glisser entre les siennes sous prétexte de servir de pivot aux ronds de danse. Cinq, dix, cent danses ? Quand on aime, on ne compte pas.

Ils furent brutalement ramenés à la réalité par les cris des cuivres entamant une contrariante samba. Les sens trop échauffés, ils s'éloignèrent de la fête, de ses flonflons et de ses lampions. Blottis dans un coin tranquille et un peu sombre des arcades, ils s'enlacèrent, ils s'embrassèrent, ils parlèrent beaucoup, ils se racontèrent, ils s'embrassèrent encore, ils plongèrent à nouveau longuement leurs regards dans leurs cœurs tout chamboulés et ils comprirent qu'indiscutablement ils s'enflammaient à l'unisson. Toutes les flèches du dieu de l'Amour avaient fait mouche.

Le lendemain, les lèvres encore en souvenir de tous ces baisers, caresses et serments, Lucienne consulta discrètement les horaires du bus qui menait à la ville. Elle avait trouvé son prince. Il était beau, gentil, et bientôt docteur en plus. Elle avait la chance de vivre une vraie histoire d'amour, comme dans les romans-photos que sa mère achetait en douce et qu'elle cachait dans la remise à conserves et confitures où le vieux ne mettait jamais les pieds. C'étaient toujours des histoires à l'eau de rose. Le prince tombait amoureux de la femme de chambre, l'amoureuse enceinte attendait le retour de son marin terre-neuvier, ou la gravement malade était sauvée par un beau docteur. Eh ben voilà. C'était le tour de Lulu d'être sauvée par le beau docteur. Et elle allait le rejoindre à la ville, et elle y serait heureuse loin de la ferme, loin de son père, loin de l'avenir de merde que la vie avait prévu pour elle.

Lulu était déjà prête à offrir à Mathieu quatre beaux enfants aux yeux verts, ou bleus, ou bleu-vert.

Deux filles et deux garçons.

Bon poids, bonne mesure.

Novembre 1970.

Depuis six jours, Solange était de retour en Ariège. Elle voulait savoir où en était la petite communauté, son développement, ses acteurs.

L'époque était aux bouleversements. Il y en avait déjà eu. Il y en a toujours eu. Le grand dernier était la guerre mondiale conclue en apothéose par l'explosion de deux bombes atomiques. On en tremblait encore. Maintenant on greffait des cœurs – mais pas l'amour qui aurait dû aller avec –, et l'homme avait posé le pied sur la Lune – et les poètes avaient perdu le marché du rêve –. Pour les femmes, MLF ou pas, au foyer ou au boulot, dans la rue ou dans le lit, c'était la tempête aussi. Personne n'était capable de présager les réels effets de tous ces bouillonnements. Mais la pression était là. Solange s'interrogeait. Le monde sera-t-il plus beau demain ? En naîtra-t-il un nouvel esprit ? On verrait bien ce qui en découle, mais ça lui semblait intéressant et plutôt positif.

Beaucoup des adeptes qu'elle avait connus le trimestre précédent étaient partis remplir des obligations moins utopiques, plus terre à terre. Les plus engagés s'étaient fatigués. Les profiteurs s'en étaient allés les mains vides. Les frileux, pensant déjà à l'hiver, avaient rejoint leurs appartements bien chauffés. Les routards Kurtz et Kathleen avaient disparu des horizons.

Quelques nouveaux étaient arrivés, plus sincères ou plus naïfs. Ils entretenaient à grands coups de peinture sur soie et de poterie au colombin les charbons ardents de la contre-culture. Solange constata qu'ils ajoutaient toujours plus d'herbe sèche à fumer et toujours moins de bois de construction.

C'était aujourd'hui au tour de deux anciens, Dominique et Martine, de concocter le repas, de mettre le couvert et d'apporter les plats. Ils semblaient peu enclins à la besogne, mais tout était déjà en place quand, assis en bout de table, Christian prononça l'apologie traditionnelle prônant les bienfaits de la quête de la beauté intérieure et l'avenir radieux promis à ceux qui arpentent le chemin de lumière. Solange trouva ce discours mielleux, plus présomptueux qu'ambitieux. Elle se demanda même si le prédicateur pensait un traître mot de ce qu'il disait, assurait, garantissait à ceux qui écoutaient béatement. Elle n'avait rien contre la spiritualité énoncée, elle en connaissait la plupart des tenants et des aboutissants, mais elle en savait également les dérives et craignait les inévitables prises de pouvoir et les soumissions qui en découlaient. Quel que soit l'idéal prôné, on risquait toujours d'y rencontrer des bigots inconscients assemblés en sectes divines auto-élues, gouvernées par de grands prêtres (rarement de grandes prêtresses) omniscients. Cette autorité imméritée ouvrait la voie à des détournements d'argent, aux abus sexuels et de pouvoir. Pour elle, même les vrais maîtres, gourous et guides, pouvaient certes montrer l'exemple par leur connaissance et leurs actes, mais appelaient des réserves dues à de néanmoins simples humains. Elle savait Christian loin du compte, plus proche du simple humain de base que du sage.

– L'homme est toujours plus un singe qu'un sage, disait son papa Robert, souvent d'humeur misanthropique.

Après le souper, laissant leurs bouquets de réflexions s'épanouir dans les volutes de la marijuana, toutes et tous cherchèrent une nouvelle fois comment défaire ce monde où ils disaient étouffer.

– Il est peut-être souhaitable que cette société évolue et découvre de nouveaux horizons, mais si elle doit être changée, quoi mettre à sa place ? Le socialisme ? Le communisme ? L'anarchie ? demanda insidieusement Solange au groupe.

Elle aimait lancer ce genre de débats fumeux avec l'espoir d'entendre se révéler ce qui pouvait se cacher chez chacun derrière les brumes plus ou moins denses. Une sottise de plus, ou un trait de génie. Tout était possible.

– Pour l'instant on va tout détruire, promit Jean-Pierre, un fils d'ouvrier métallo dans sa phase lutte des classes.

– Mais sans violence, comme Gandhi, condamna aussitôt l'idéaliste Martine. Une *peace and love* convaincue que les CRS ont également un cœur qui ne demande qu'à se révéler.

– Comme dit Chris, l'important c'est la beauté intérieure, affirma Evelyne, une ingénue non encore avertie des risques passionnels.

Elle n'attendait qu'un signe pour se laisser aller, comme beaucoup d'autres, dans le lit de son maître.

Solange était aussi indécise que les courants de pensée qui couraient un peu partout. Elle pressentait qu'après les semences de mai et les chauds plaisirs de l'été viendraient peut-être un automne à compter la récolte, puis surement un hiver de souffrantes représailles.

– Vous croyez que la société va se laisser faire ?

Ils se mirent tous à parler en même temps et la conversation commençait à monter en mayonnaise quand Christian préféra enclencher un disque bien planant et prépara quelques joints réconciliateurs. Tous fumèrent et dansèrent. Les longs cheveux rayonnèrent dans tous les sens, les bras s'envolèrent, les corps ondulèrent, se frottèrent, se caressèrent. Tous décidèrent d'avaler un buvard de LSD. Solange fut surprise par les effets de la substance psychédélique et les différentes consciences qui se révélèrent à elle par ses variations sensorielles. Elle fut assourdie par le fracas de la marche des fourmis. Elle s'aventura à traduire en anglais le chant du hibou. Elle fut aveuglée par la brillance des vers luisants. Mais peut-être étaient-ce des étoiles de terre dessinant de nouvelles constellations. Elle s'unit au groupe pour, tous ensemble, fraternellement, parler aux arbres et prier la lune qui, souriante devant tant de dévotion, illuminait la vallée qui résonna des chants chamaniques de la tribu jusqu'à l'extinction du feu satellite.

À son réveil elle ne sut si c'était un merle alarmé, le bourdonnement d'un insecte ou le bêlement de l'une des brebis qui l'avait sortie du sommeil. La fraîcheur matinale des sous-bois se retirait doucement par la fenêtre ouverte de la chambre et retournait sous les frondaisons pour laisser place aux dernières douceurs solaires. Ce mois de novembre était exceptionnellement chaud. Solange était seule dans le lit. Elle consulta sa montre qui lui annonça qu'après une nuit agitée son corps avait décidé de traîner un peu plus que d'habitude. Elle affectionnait ces matins où rien n'était prévu, où elle pouvait se prélasser sans repentir, se laisser bercer à plaisir entre son monde onirique et la réalité. Ne pas réfléchir avant de, plus tard, peut-être, se mettre en mouvement. Elle se débarrassa complètement du drap qui la couvrait à peine pour laisser sa peau profiter des caresses du courant d'air qui portait avec lui les roucoulements des tourterelles conversant près de là. Elle chercha un moment à retrouver la quiétude du rêve qui avait précédé son réveil. Elle entraînait amoureusement Chris et Jean vers une rivière enchantée. Les pieds nus, mains dans les mains, ils marchaient sur d'épais coussins de mousse frais et moelleux dans une forêt magique dont la canopée laissait pénétrer des rais de lumière dans lesquels de petites choses étincelantes dansaient, virevoltaient, tourbillonnaient. Et elle disait :

– C'est beau la neige qui tombe au paradis !

Elle tenta un instant d'y décrypter un message prémonitoire mais son pragmatisme reprit le dessus. Elle ne laissa pas ses songeries s'enfoncer plus avant sur ce chemin. Après tout, le charme du rêve était suffisant. Peut-être n'y avait-il rien à ajouter. Ni à espérer. Sans doute était-il juste temps de se lever.

Solange était, de surcroît, revenue dans la communauté poussée par une interrogation qui la tenaillait : qui étaient vraiment les fils Malart ? Ces fraternels copains d'enfance étaient maintenant des hommes. Elle, une femme. Quels sentiments pouvaient les rapprocher d'elle aujourd'hui ? Certes, ils étaient aussi intéressants, aussi beaux, l'un que l'autre. Chris était fin stratège. Bon joueur d'échecs. Mais elle se méfiait tout autant de sa mégalomanie libido-narcissique actuelle que de la puissance de feu qui couvait déjà sous l'excessive modestie de son frère, Jean. En d'autres temps, choisir l'un aurait été dire non à l'autre. Aujourd'hui l'un puis l'autre, l'un en même temps que l'autre, était possible, envisageable.

Avant de sortir de la chambre où flottaient encore quelques senteurs d'encens indien, elle enfila une petite culotte et cette longue robe blanche ajourée de broderies que Christian lui avait offerte, avant-hier, après leur première nuit ensemble. Elle en avait souri intérieurement et remercié hypocritement le seigneur adoubant la vierge qu'il venait de déflorer. Elle s'était amusée de l'état de vaniteuse satisfaction qu'elle avait lu sur son visage. Certes il avait fait preuve de technique et d'endurance, mais elle n'avait perçu aucun abandon de la part de l'un comme de l'autre. Lui était resté dans la volonté de maîtrise et de l'exploit remarquable. Il était sûr que pour une première fois, elle n'aurait pu espérer mieux. Il avait pris toutes les précautions : douces caresses relaxantes, mots tendres rassurants susurrés, longs préliminaires déstressants, pénétration lente et mesurée, recherche de l'accord rythmique, attente et juste prévision de l'apothéose orgasmique commune. Baiser de remerciements. Pétard final.

À ces souvenirs érotiques, attisés au frottement du léger coton de sa robe, elle sentit le bout de ses seins réagir. Elle ne portait pas de soutien-gorge. Elle estimait ne pas avoir besoin d'orthèse pour soutenir sa beauté naturelle. De plus, les féministes luttaient contre ce qu'elles estimaient être un symbole du machisme, et cette idée l'amusait. C'était l'époque de la libération sexuelle et Solange en profitait. Elle mêlait la découverte des plaisirs charnels à ceux de cette nouvelle liberté accordée aux femmes. Avant son départ, elle avait pris soin de se faire prescrire les pilules contraceptives distribuées depuis peu. Mais Chris avait tout prévu. Même les préservatifs.

Après avoir chaussé ses ballerines et s'être couverte d'un grand châle de laine, elle sortit de la chambre et glissa jusqu'à la cuisine où, sans surprise, elle ne vit personne. Tous étaient déjà partis à leurs occupations extérieures. La cuisine était sombre et toujours fraîche avec ses murs épais à peine percés de petits carrés de lumière et son sol en larges pierres mal taillées. Elle s'assit sur un des bancs de bois pour ingurgiter un bol de ce mauvais café tenu toujours tiède au coin de la vieille cuisinière à bois. Elle accompagna le breuvage d'une demi-tranche de pain beurrée couverte de confiture de figues maison. Puis elle rangea toute trace de son passage, noua ses cheveux, en épingla le fagot avec un des pinceaux de Jean qui traînait là, puis s'avança jusqu'au seuil.

Christian était plus beau encore ce matin. Il se tenait debout face à la vallée que survolait un duo de rapaces en quête d'une proie à se partager. Elle lui trouva un côté biblique avec cet agneau dans les bras. Elle réfléchit un moment avant de s'approcher. Les constatations s'ajoutaient. Son cœur ne battait pas la chamade. Pas de pulsions exagérées. Une désagréable odeur de sueur d'homme et de tabac mêlés persistait. De fait, elle n'était pas amoureuse de Christian. Pas même influencée par son charisme, ses beaux discours, et ses talents sexuels. Bien sûr, dès leur enfance commune, elle avait compris que le charme du garçon lui servait surtout à manipuler les autres, copains et filles, petits et grands. Il s'évitait ainsi tout inconfort intellectuel, émotionnel et même physique. Quitte à laisser son frangin assumer auprès du père les brimades et les responsabilités qui lui incombaient. Non, Solange ne ressentait pas ces feux intérieurs qu'elle avait espérés sans trop y croire. Au moins aura-t-elle profité de ces vacances et de cette situation privilégiée pour découvrir un peu plus les forces et les faiblesses de chacun. Autant que les siennes. Solange était une jeune guerrière. Elle aiguisait ses armes.

Arrivée près du garçon, elle contempla un instant avec lui le magnifique spectacle de la nature qu'ils surplombaient. Elle était certaine qu'ils n'y voyaient pas les mêmes beautés. La nature était pour lui un patrimoine offert aux hommes qui devaient savoir en tirer profit. Il était prêt à tout dominer pour son seul intérêt : arbres, rapaces, moutons, et plus encore, corps et âmes.

– C'est dans ce genre d'instant que je sens la présence d'un dieu, dit-il d'une voix feutrée en caressant l'agneau.

– S'il y a un dieu je crois qu'il a des choses plus importantes à faire que de te donner ce plaisir.

Solange lui prit la boule de laine des bras.

– Tu as peut-être raison…, répondit-il avec cette habitude d'éviter les débats, puis il se pencha vers elle avec l'intention de l'embrasser.

– … Tu es belle.

Solange se détourna.

– Tu sais où est ton frère ? Je ne l'ai pas vu depuis mon arrivée. J'aimerais bien le saluer.

– Hum. Je ne sais pas trop. Il est parti la semaine dernière. En Angleterre, je crois.

– Tu ne lui as pas dit que je venais ?

– Si, bien sûr, affirma Christian en détournant le regard vers les buses dont les miaulements stridents résonnèrent dans toute la vallée.

– Je pars tout à l'heure.

– Déjà ? Et nous deux ? Tu n'es pas bien ici ?

– J'ai vu ce que je voulais voir.

– Et ça ne t'a pas plu ?

– Tu devrais les lâcher un peu, tous. Un jour, ils te cracheront au visage.

Novembre 2012.

Quand, après l'enveloppe « vacances », l'enveloppe « voiture », l'enveloppe « santé », Gari commença à piocher dans l'argent des courses, Céline compris que le pire était à craindre. Elle avait de plus en plus de difficultés à supporter les écarts atmosphériques à répétition qui balançaient son homme de courtes bourrasques colériques en larmoyantes lamentations finissant en pluies acides, le tout asséché par des mutismes désertiques. Elle constatait maintenant qu'il ne s'intéressait à plus rien. Il ne lui faisait plus l'amour en ronronnant ses « *Ti amo* ». Il ne jouait plus avec ses filles, Charlotte et Valentine. Sans parler des cendriers qu'il ne vidait jamais, contrairement aux bouteilles qui s'entassaient près du canapé avec les tickets de Loto perdants.

– Mais tu as vu dans quel état tu es ? Tu as complètement pété les plombs, mon pauvre Gari. Tu veux y laisser ta peau, c'est ton choix, mais moi, j'en ai marre, râlait Céline au précipice des larmes. Je ne sais pas encore de quoi tu vas mourir, mais tu y travailles gravement, et je ne souhaite pas t'accompagner sur ce chemin-là. C'est trop dur pour les filles et pour moi.

Il est vrai que quelque chose semblait déjà mort en Gari. Depuis toujours il donnait sans compter : du temps, des muscles, des services, des petits et des gros, en vrac et par paquets de douze. Il était né heureux et rassuré par les bons sentiments qu'il recevait en retour de son empathie chronique. Aujourd'hui tout était remis en question parce qu'il avait été exagérément trahi et rejeté. Même Céline ne le suivait plus. Il n'était plus son ours en peluche, son beau et fier cavalier du Palio, son Pavarotti à la voix d'or. Il n'était plus un père, plus un amant, plus un mari.

– Le Malart, il t'a appris à être bête et méchant, mais je sais que ce n'est pas ta nature.

Le jour où la lourde main du *loser* en colère se leva sur elle – mais sans s'abattre – fut la goutte d'eau de trop. Apeurée, désespérée, à bout d'arguments et de compassion, elle demanda le divorce et la garde des petites. Le combat fut vite gagné face à un homme sans plus de défense qu'un chêne abattu. Sitôt le jugement rendu, en lui abandonnant avec indulgence le versement d'une culpabilisante pension alimentaire, elle partit refaire sa vie au Canada avec ses enfants, entraînée par un bel assureur rencontré à la ville, lui aussi d'origine italienne. Gari obtint le droit légitime de voir ses filles pendant les vacances, mais faute des moyens de financer un voyage transatlantique aux petites ou à lui-même, il n'avait pas pu embrasser ses gamines depuis la séparation. Il n'acceptait pas cette punition supplémentaire à peine soulagée par de trop rares cartes postales.

Étant, par héritage, propriétaire de leur charmante maison, Céline la vendit sans regret à des Toulousains en mal de ruralité. Gari dut déménager. Il se débarrassa des meubles dont la plupart étaient nés de ses propres mains et, à contrecœur, il emménagea dans un modeste logement social qui venait de se libérer au second étage du petit immeuble que le maire, Christian Malart, avait fait construire à la périphérie du village, vers le lavoir. Un coup de poignard supplémentaire dans l'ego de Gari.

C'est grâce à Lulu qu'il finit par cicatriser, par reprendre peu à peu du poil de la bête, comme elle disait. Lentement elle l'aida à s'extraire du trou obscur où elle désespérait qu'il ne s'enfonça définitivement.

Quand sa tête, puis ses épaules, puis sa poitrine, se dégagèrent enfin du marais, il se débarrassa de sa voiture qu'il avait emboutie à cause des calmants qu'il ingurgitait sans plus les compter que les Jack Daniel's. Il la remplaça par une pétaradante BMW R50 d'occasion. Il investit dans un ordinateur grâce auquel il put revendre une partie de sa collection d'outils de menuiserie sur un site de vente en ligne. Il arrêta les médicaments, les cigarettes et le whisky. Il se contenta de quelques verres de blanc – toujours du gaillac, bien frais – chez Lulu, et de gratter régulièrement avec plus d'espoir de gagner le gros lot que d'illusions que les nouveaux patrons de la Malart & Co refassent appel à ses loyaux services.

– T'as pas un rond et tu joues encore à ces conneries de grattages. Tu rêves ou quoi ? T'es peut-être sorti de ta dépression, mais pour le cerveau, c'est toujours pas ça.

Lulu n'aimait pas prendre de risques inutiles.

– Le rêve, c'est tout ce qu'il me reste. Vous ferez moins les malins quand je serai milliardaire, rétorqua-t-il un jour à ses moqueries.

– La vie m'a pas fait plus de cadeaux qu'à toi, mon canard, mais t'as raison, faut y croire à la chance, comme aux licornes et aux amours heureux.

Il lui offrit un Golia et s'en déshabilla un autre tout

en se laissant emporter par ses pensées.

Il arrivait encore à Gari, avant de prendre place sur le coussin rouge de sa chaise attitrée, de passer doucement la main sur la table en noyer. Elle était pleine de rayures et de vieilles taches de tout ce qui peut se boire ou manger. Il caressait cette plaque de bois comme la croupe d'une vieille jument dont il aurait compris les déboires. Il disait que ce qui lui manquait le plus, ce n'était pas tant la fiche de paie que les odeurs de copeaux des différentes essences mélangées, la danse serpentine des nervures au passage du rabot, le tambourinage des coups de maillet, les cris stridents des scieuses et les tacatacs des agrafeuses. Parfois, un vent de tristesse ouvrait son portefeuille sur une photo déchirée un soir de cafard et rescotchée le lendemain matin. Céline, leurs filles et lui y souriaient par un beau jour d'été qu'ils passèrent ensemble dans la vallée du Verdon. Un court instant, chacun aurait pu voir la nostalgie perler au coin de l'œil du gorille.

Gari était un romantique. Un peu rustre, mais romantique. Un dos gris calme et olympien. Un taureau paissant dans les alpages. Un homme des bois décidé à reprendre une vie tranquille dans son microcosme reconstitué. Quand on faisait appel à lui, c'est qu'on avait besoin de quelque chose. Il l'avait compris, et ça le gonflait. Alors, maintenant, il sélectionnait ses fréquentations avec rigueur. Et il était encore moins recommandé de le taquiner sur certains sujets.

Pendant les deux années séparant son licenciement et son divorce de sa remise à flot, il ne travailla qu'un trimestre cumulé pour une société d'intérim qui avait rapidement assimilé son désintérêt pour le retour à une longue carrière. Pour lui, il était bien suffisant de payer ce qu'il appelait ses frais fixes : ses verres de blanc et ses repas chez Lulu, l'essence de sa moto, son abonnement internet, et ses tickets de Loto. Pour le reste, il comptait sur la compréhension et la patience des créditeurs.

– Ils m'ont déjà tout pris. Il ne me reste que mon honneur et ma liberté, assurait-il avant d'ajouter :

– Je ne crois pas en Dieu ; alors je suis libre de mes péchés, libre de mon éternité, libre de choisir mon paradis. Je n'ai plus de femme ni de famille ; alors je suis libre de mon corps, libre de ma fidélité, libre de mes soucis. Je n'ai plus d'emploi ; alors je suis libre de mon temps, libre de mon argent et libre de mes occupations. Être viré a fait ma fortune et je n'en ferai profiter que ceux qui le méritent.

– C'est bien beau la vie d'un chômeur, la vie d'un retraité ou celle d'un philosophe, mais qui c'est qui paye les routes, les écoles et les hôpitaux. Je suis la seule à bosser, ou quoi ?

– Je t'aime, ma Lulu.

Février 2014.

La tête engoncée sous la capuche de son sweat, son petit sac à dos sur les épaules, les poings serrés au plus profond des poches de son blouson, Tristan rentrait de son entraînement de boxe thaïe hebdomadaire. Pendant deux heures il y avait fortifié son corps, l'avait poussé à transpirer afin d'expulser le fiel de cette souffrance dont il eût aimé se soulager. Il en avait besoin. Même s'il n'était plus en colère. Il n'en voulait plus à personne. Il n'en voulait plus à ses parents de s'être absentés éternellement. Il n'en voulait plus aux psys de lui répéter toujours les mêmes conneries. Il n'en voulait pas à madame Bichet d'être repartie dans son village de merde. Il voulait juste rester seul. Ce qui devait sortir de ses tripes, de son *hara* comme disait le coach, il l'enfonçait à coups de poings, de genoux et de pieds dans le sac de frappe. Ce défoulement ménageait ses adversaires. Quand il avait craché suffisamment de venin, et afin de reprendre son souffle, il restait quelques instants dans la salle. Pas pour parler avec les autres boxeurs auxquels il ne souhaitait pas se mêler, mais pour lire et s'inspirer d'*Hagakure*, le livre secret des samouraïs qu'il avait toujours avec lui, prêt à combler ces moments de repos, d'attente ou de transport que d'autres préfèrent occuper à des jeux stupides sur leur putain de portable. Lui n'en avait pas de putain de phone. Juste un MP3. Un cadeau qui lui permettait d'écouter sa musique. De toute façon, pour le tél ou les mails, sûr que personne n'aurait jamais cherché à le joindre, et il n'aurait su avec quel numéro ou adresse en remplir l'agenda. À part celui de madame Bichet, bien tranquille sur le vieux PC.

Chaque jour le garçon se laissait remplir la tête au lycée. Le mardi soir, c'était cours d'arts plastiques, le jeudi de dix-huit à vingt heures, boxe. C'est le rythme auquel il s'était astreint depuis le départ de sa prof. Tous les soirs, en rentrant au foyer, les pensées lourdes de cette absence, il jetait un discret regard vers la maison maintenant habitée par un jeune couple qu'il savait n'avoir aucune intention de lui proposer les tièdes et fondantes madeleines dont les derniers parfums devaient survivre bien cachés dans un coin de la cuisine.

Ce jeudi soir là, tombant droites et serrées des nuages noirs et bas, de grosses gouttes glacées s'abattaient sur le bitume, se transformaient un court instant en couronnes de diamants liquides dont quelques pierreries rebondissaient au bas de son jean avant de se glisser dans ses *sneakers* qui flicflaquaient sur le trottoir ruisselant.

Au carrefour, dès l'entame de la rue qui le ramenait au bercail, l'adolescent vit les troubles éclairs bleus des gyrophares d'une ambulance et de deux camionnettes de flics garées à cheval sur le trottoir. Le tout était entouré d'une dizaine de silhouettes qui gesticulaient devant la double porte de l'établissement, grand ouverte et abondamment éclairée.

Avant de s'avancer, protégé sous l'auvent de la petite épicerie qui faisait angle, Tristan prit prudemment soin d'observer la scène en se mordillant la lèvre afin d'aider ses réflexions.

C'était sûr, Momo avait encore merdé grave.

– Qu'est-ce que tu fous là toi ? Reste pas là ! lança une voix nasillarde venue de derrière les cageots de légumes bien rangés à l'extérieur de la vitrine embuée.

Les gosses du foyer, c'étaient tous des racailles dont il valait mieux se méfier.

Sans répondre à l'injonction, Tristan stoppa les rappeurs qui hurlaient dans ses oreillettes qu'il ôta, remonta sa capuche et s'élança. Il était pressé de comprendre la situation dans laquelle s'était encore fourré son pote.

Depuis six mois Momo était son compagnon de chambre au foyer départemental où une trentaine d'ados attendaient ils ne savaient quoi. Trop jeunes pour être libres, trop vieux pour être adoptés, trop en colère pour être éduqués, trop instables pour être dominés, trop sauvages pour être dressés, ils étaient surveillés par quelques éducateurs trop peu nombreux et trop peu motivés pour être efficaces. Momo était un de ces sacrés *cas soc'* dénoncés par les gens bien, un petit *blackos* d'à peine seize ans, tabassé par son daron pendant trop longtemps. Il ne connaissait que l'injure et la baston pour se faire entendre. Pour lui, tous les adultes étaient des gros connards qu'il rêvait de défoncer les uns après les autres, et toutes les *meufs* étaient des salopes :

– En vérité, cousin, moi les *meufs*, j'les prends, j'les r'tourne, et j'les ruine au sol.

Une condamnation qui faisait rire la bande de branques qu'il fréquentait. En vérité, comme les autres, il avait seulement besoin qu'on le regarde avec un peu de compassion. Il n'avait jamais fait de mal à une mouche, et encore moins à une fille, mais il n'avait jamais hésité à foutre un bon coup de boule à un mec dont la tronche ne lui revenait pas.

Quand Tristan arriva près du groupe en fusion, les brancardiers sortaient, avec une précaution toute relative, un corps couvert d'une fine couverture dorée. Ils l'engouffrèrent dans la froide bouche illuminée et béante de l'ambulance. Malgré la tête couverte de sang séché que la pluie essayait généreusement de nettoyer, Tristan reconnut Régis, l'animateur que Momo avait pris dans le nez dès son arrivée. Le rejet était rapidement devenu réciproque, et les autres résidents restant trop indifférents, rien n'avait put éviter un affrontement final.

Tristan se sentit coupable. Entre ses deux passions, le *fight* et les arts appliqués, c'est de la première qu'il fit profiter son nouveau copain, supposant que c'était le meilleur moyen d'aider la petite taille et l'aspect gringalet de ce pitbull de trente-cinq kilos pour un mètre cinquante de haut qui ne voulait rien lâcher du peu de liberté et de plaisir que la vie lui octroyait.

Momo passait ses nuits sur Internet à mater des films pornos, mais surtout des films d'arts martiaux. Il insistait sans cesse pour que Tristan lui apprenne quelques nouveaux mouvements techniques. Il les répétait ensuite face au poster d'un ninja en colère punaisé au-dessus de son lit. Sa haine de tout et de tous, ajoutée à de constants reproches immérités, parce qu'imcompris, tant au foyer qu'au collège, faisait de Momo une bombe à retardement sur laquelle la raison n'avait pas grand pouvoir. Toute injustice était un détonateur, toute iniquité un appel à représailles.

– Les films de violence font appel à notre conscience

préhistorique. Il ne t'a pas dit ça, ton psy ? Ça nous fait redevenir des animaux qui ne voient plus dans le monde que des chasseurs et des chassés, lui expliqua Tristan un soir où il sentait son copain proche de disjoncter.

– Qu'il nique sa mère, ton psy. Moi, je préfère être un chasseur, répondit ce descendant d'une longue tradition de guerriers Mursi en tripotant la petite dent de pécari toujours suspendue à son cou.

Il n'avait jamais foutu les pieds en Éthiopie et il sentait bien que pour lui comme pour Tristan il serait toujours difficile de revendiquer quelque arbre généalogique. Mais le pseudo-Africain s'était inventé des ascendants.

– En vérité, mes ancêtres marchaient des jours et des jours pour chasser ou faire la guerre. Mais là, je commence à en avoir marre du changement, cousin. Je ne suis pas resté plus de deux ans au même endroit. Parole, ils ne comprennent rien à rien et toujours ils finissent par me virer. Ils m'ont dit qu'à la prochaine connerie c'est le tribunal. Tu vois la galère, cousin ?

Malgré leur forte sympathie réciproque, l'adolescent ne pouvait pas appeler Tristan « frère ». Pas à cause de leur couleur de peau – ça leur était tout à fait indifférent – ou par manque de confiance. Rien de tout cela. Juste par réserve émotionnelle. Pas facile de savoir aimer quand on n'a pas eu d'exemple.

– Franchement, tu devrais te calmer un peu, non ? Viens avec moi au club, ça déchire. Et puis le vieux *coach* est *cool*. Il dit qu'on est comme ses fils. Je sais que ce n'est pas vrai, mais, sérieux, c'est toujours mieux qu'ici où on nous traite de moins que rien.

– Va t'faire. Je suis le fils de personne, moi.

– T'es peut-être le fils de personne, mais il faudra bien que tu deviennes l'homme que tu veux être.

Une phrase toute faite sortie également de la bouche d'un thérapeute que Tristan se répétait parfois, sans trop de conviction, pour se redonner du courage les soirs de *bad trip.*

Il conservait précieusement au fond de son portefeuille la photo noir et blanc de sa conne de mère. Une adolescente souriante au petit visage rond et trop maquillé, encadré par de courtes et désinvoltes boucles de cheveux dans lesquelles était plantée une grosse marguerite. Il avait appris qu'elle s'était laissé engrosser par un mec qui, un soir où il était un peu plus défoncé que d'habitude, avait tellement cogné la jeune Chloé Hémery qu'elle en était morte avant d'arriver à l'hosto. Le petit n'avait que six mois.

Sans famille connue ou intéressée, sans un géniteur qui préféra ne pas le reconnaître et que la société compatissante envoya en taule pour un long moment, Tristan fut placé dans une famille d'accueil. Un coup de bol. Un couple de trentenaires infertiles, simples et équilibrés autant qu'attentionnés, le laissa profiter de leurs besoins affectifs quatre ans durant. Jusqu'à ce qu'un putain de camion-citerne conduit par un alcoolo déjanté croise leur route et propulse dans le néant la petite bagnole, les blaireaux de parents adoptifs, l'avenir et l'équilibre à peine stabilisé du gamin.

Cette accablante mésaventure mit fin au concept d'amour parental auquel il commençait à peine de s'habituer. Les professionnels de la petite enfance lui rebattaient dorénavant les oreilles de fumeuses théories expliquant son rejet de tout nouveaux faux parents. Ils excusaient son manque de confiance en lui, démystifiaient son goût pour la solitude, et symbolisaient ses crises suicidaires. Ou l'inverse. Tristan ne comprenait pas tout. Il y avait d'ailleurs longtemps que l'enfant, puis l'ado, ne cherchait plus à comprendre. Sa certitude était que le destin avait décidé de le punir par rejets et abandons répétés. Et Tristan n'acceptait pas cet injuste verdict.

Il aura donc passé toute son enfance et son adolescence en foyers et dans trois mois sonneront ses dix-huit ans.

Malgré son bon niveau scolaire et ses talents artistiques remarqués, son avenir n'avait rien de tracé. Si ce n'est une porte ouverte sur le trottoir. Étiqueté SDF. Comme la majorité de ceux qu'il avait croisés dans son périple et que, une fois la majorité atteinte, l'État remettait aux mains d'une providence déjà fort occupée.

C'est en criant « bande d'enculés ! » que Momo apparut, les poignets liés dans le dos, escorté par deux flics parvenant avec difficulté à contenir ses gesticulations frénétiques mêlant coups de pieds et coups de tête. Il continua de hurler et de se laisser traîner tout le long des quinze mètres pendant lesquels la pluie, toujours à l'œuvre, trempa son tee-shirt et plaqua ses courtes *locks* sur son visage où les gouttes de pluie dégoulinaient en se mêlant aux larmes. Avant d'entrer dans le fourgon, il eut juste le temps de voir son ami et de lui conseiller :

– Barre-toi, cousin, barre-toi !

Un éducateur surexcité ne put s'empêcher d'interpeller Tristan en arrêt devant la scène.

– Toi tu rentres. Dégage de là. Va dans ta chambre.

– Ça va. Fais pas *iech*.

– Tu veux rejoindre Momo ?

– Me pète pas les couilles, baltringue. Tu veux rejoindre l'autre con ?

Sans attendre la réponse, Tristan traversa la salle d'accueil où trois petits groupes racontaient chacun leur version de l'affaire à des flics faisant semblant de prendre des notes. C'était la quatrième fois que les bleus débarquaient ce mois-ci pour une marave et, lassés, ils ne prêtèrent aucune attention à cette ombre qui longeait le mur pour rejoindre le couloir menant à l'escalier.

Il n'y avait plus personne à l'étage. La porte grande ouverte, la chambre des garçons présentait le bordel résultant de la baston. Deux des vitres de la fenêtre étaient pétées et laissaient entrer le froid et les bourrasques de pluie qui ruisselaient sur le mur, sur le carrelage, et même sur les lits défaits où se mêlaient quelques affaires des deux camarades.

Après avoir décadenassé l'armoire qui lui avait été affectée, Tristan ôta son sac à dos, l'ouvrit, et y glissa quelques affaires sèches, ses carnets à dessins, la thune qu'il avait économisée et cachée entre les pages de son dictionnaire qu'il laissa à disposition de celui qui prendrait sa place dans cette cellule. Il n'oublia pas une petite boîte à cigarettes métallique dans laquelle il conservait son petit stock de *beuh*. Puis il rendossa son sac, ouvrit complètement la fenêtre, en enjamba le cadre, saisit à deux mains la descente de gouttière glissante dans laquelle il entendait la cascade rugir, se laissa glisser jusqu'aux parterres de fleurs endormies et détrempées censées décorer, au printemps prochain, l'arrière du bâtiment. Une fois atterri, il replaça ses écouteurs dans ses oreilles, rajusta sa capuche, envoya le son, et s'éloigna sans se retourner.

Tristan eut froid. Il ruisselait de partout, de dehors autant que de dedans. Il entrait dans l'inconnu.

Il aima se laisser pleurer sous la pluie.

Septembre 1978.

Enfant de parents chirurgiens et destiné à prendre la relève, Mathieu Lafayette continuait ses études médicales sans trop d'efforts.

Depuis un an, Lulu et lui se cajolaient en toute discrétion. Aussi régulièrement que le permettait l'emploi du temps étudiant, et pour répondre à leurs rendez-vous impérieux, elle s'enfuyait en bus vers la ville, prétextant des courses indispensables, des rendez-vous médicaux ou dans quelque administration, et le rejoignait dans sa chambrette où ils pouvaient entretenir leur passion réciproque pendant de trop courtes heures.

Ils commençaient toujours par faire longuement l'amour. Lulu riait de bonheur lorsque son « Héros des deux mondes » invoquait son apprentissage médical pour promener ses yeux, ses douces mains et ses lèvres, et sa langue, et son sexe, partout, sur, sous, et dans le corps de sa bien-aimée. Elle apprenait consciencieusement les leçons avec une fougueuse assiduité, exécutait rigoureusement les devoirs avec un appétit gourmand, reproduisait fidèlement les exercices avec une jouissive délectation. Puis, repus de tous ces délices, ils conversaient, riaient encore, et projetaient leur vie de couple sans se soucier de leur futur qu'ils voyaient comme un tranquille chemin de randonnée éclairé par l'avenir tout tracé du jeune homme. Il promit de lui apprendre à jouer du piano et du saxo, elle à préparer le cassoulet et le clafoutis aux cerises. Lui de monter visiter Paris, elle de descendre à Venise. Plutôt que de s'abrutir avec la musique disco qui envahissait toutes les ondes jusqu'au plus petit ascenseur, il l'initia aux grands *bluesmen* dont il collectionnait les vinyles.

– Le blues, ce n'est pas triste, c'est mélancolique. Ce sont des gratteurs de guitare et des souffleurs d'harmonica qui racontent et chantent des petites histoires d'amour quotidiennes, d'une fille qui est partie sous d'autres cieux, d'une fille qu'on cherche sous l'orage… Moi, je ne veux pas que tu partes et je ne veux pas te chercher sous l'orage, précisa-t-il en la couvrant de baisers. Je veux que nous avancions toujours ensemble sous un soleil radieux.

– C'est toi mon soleil radieux, et il en sera toujours-toujours ainsi.

Bref, Lulu et Mathieu s'aimaient de cet amour naïf, idiot, ridicule, qui ne se partage qu'à deux. De cet amour passionnel que tout le monde convoite parce qu'il est tellement enivrant. Irraisonnable.

Le lundi vingt et un septembre, jour de la Saint-Matthieu, le couple s'attarda en cajoleries jusqu'à ce que leurs raisons reprennent le dessus. Leur rapide course à pied jusqu'à la gare routière n'empêcha pas Lulu de manquer le bus de 18 h 12. Mathieu, réactif, emprunta sans délai la voiture d'un copain logeant sur le même palier afin de ramener son amoureuse jusqu'à l'entrée du village où, discrètement, à l'abri des peupliers qui longeaient la Donzelle, ils ne purent s'empêcher de rester encore collés de longues minutes, bouche à bouche, cœur à cœur, retardant – Embrasse-moi encore ! –, la minute fatidique où chacun prendra – Encore un ! –, le chemin menant – Un dernier baiser ! –, vers de toujours trop longs instants de séparation.

Ils se détachèrent enfin et chacun partit triste-et-gai de son côté. Lulu à pied vers la ferme, vers son passé. Mathieu en auto vers la ville, vers leur avenir.

Alors que ses yeux répondaient aux clins d'œil solaires qui traversaient les feuillages, que son pied pesait de morosité sur l'accélérateur, que ses pensées s'embuaient dans les souvenirs frivoles, et que les battements de son cœur suivaient le rythme du vieil auto-radio, une petite voiture de sport déboucha en mordant le côté gauche de la chaussée au virage de la Combe-Haute, accrocha son aile avant à celle de l'arrière du véhicule de son opposant et, sans faiblir sa vitesse, continua sa route vers le village. Extrait trop brutalement de ses rêves, le bel amour de Lulu s'emmêla les manettes, mi-freinant, mi-tournant – Ho ! Merde ! –, chercha à éviter l'inévitable – À droite ? –, zigzagua – À gauche ? –, dérapa – Lulu mon amour ! –, et précipita la vieille Simca 1100 du copain contre un des platanes, complice impassible de l'irréparable.

En ce même instant, Lulu trottinait, toute guillerette, entre les maïs hauts et droits qui balisaient son chemin presque jusqu'à la ferme. Ses lèvres s'humectaient encore du goût de Mathieu. Ses narines n'étaient pas encore dessoûlées du parfum de Mathieu. Sa peau et tout son corps vibraient encore des caresses de Mathieu. Elle dégustait le bonheur à pleine bouche, à pleine poitrine, à plein cœur, à pleine chatte, à plein utérus. Elle rêvait, n'espérait, n'attendait déjà que leurs prochains ébats.

Il était dix-neuf heures trente bien passées lorsqu'elle arriva à la ferme.

– Où tu traînais à c't'heure ? Jamais tu aides ? demanda le vieux tout en se débottant.

Il laissait toujours des traces de bouse partout dans l'entrée que la mère se préparait déjà, comme après chaque traite, à nettoyer sans broncher.

– Chez le docteur, ne put s'empêcher de répondre Lulu en riant intérieurement de son effronterie.

– T'as toujours un truc de travers, toi.

– Tu n'as qu'à me payer le permis, j'arriverai peut-être à l'heure, rétorqua-t-elle avant de rejoindre sa mère qui courait déjà à la cuisine afin de s'éviter des reproches similaires.

Après les poules et les canards, les vaches et les cochons, Marie-Jeanne devait maintenant nourrir les hommes. Sans un merci, sans un regard de tendresse vers leur servante de toujours, ils avaleront leur souper en regardant, sans commentaires, le journal télévisé. La mère mangera après.

Le lendemain matin, alors qu'elle s'attablait afin de prendre son petit déjeuner, le regard de Lulu se figea sur le bandeau de titre du *Journal de chez nous* que le facteur avait glissé dans la boîte aux lettres, comme chaque matin, et que sa mère avait posé sur la nappe cirée, comme chaque matin, devant la chaise du père depuis longtemps aux champs, comme chaque matin :

Accident mortel sur la départementale.
Un platane tue un jeune étudiant en médecine...
Tous les détails en page 8.

Après avoir lu, – Non, pas lui ! –, relu, – Non, pas nous ! –, lu à nouveau l'article confirmant la tragédie, – Mon Dieu, ce n'est pas possible ! –, Lulu fut stupé-fiée, terrassée, pétrifiée. Pliée en deux, deux mains serrèrent sa tête d'incompréhension, deux autres pressèrent sa poitrine de douleur, deux autres encore arrachèrent ses entrailles. Elle courut jusqu'à sa chambre pour y pleurer, exclusivement, définitivement, presque silencieusement. Elle ne pouvait s'exprimer autrement que par de sourds et faibles râles accompagnés de soubresauts convulsifs.

– Ça ne va pas, ma petite Lucienne ? s'inquiéta sa mère.

– J'ai mes règles, lâcha Lulu entre deux sanglots.

Mais c'est de tout son corps que le sang s'écoulait.

Comme chaque jour, les hommes s'activèrent aux travaux de la ferme jusqu'à l'heure du souper auquel, ce soir-là, Lulu ne participa pas.

– Qu'est-ce qu'elle a encore, celle-là ?

Marie-Jeanne, à mi-mots, rappela les souffrances propres aux femmes. Le père grommela, déjà le nez dans son potage de légumes pendant que les frères ricanaient bêtement en sortant de leurs ronds en bois leurs serviettes de table.

Trois jours durant, Lulu resta dans sa chambre, n'acceptant de s'alimenter que du bol de soupe que sa mère laissait devant la porte de sa chambre fermée à clé. Derrière le mur instauré, toutes ses pensées étaient emportées par les flots du désastre – Vais-je en mourir ? –, dévorées par le cataclysme – Qui comprend ma peine ? –, englouties par la lave incandescente – Suis-je déjà morte ? –, submergées par le tsunami – Que vais-je devenir sans lui ? –, médusée de culpabilité, – Qu'avons-nous fait ? – Lulu se sentait au bord d'un gouffre sans fond. Bien sûr il lui vint à l'idée de sauter pour le rejoindre plutôt que de rebrousser chemin. Elle voyait s'éloigner monsieur et madame Lafayette et disparaître dans le néant, avant même d'avoir vu le jour, l'avenir de leurs quatre beaux enfants aux yeux bleu-vert.

Les jours suivants, Lulu les consacra à tenter de ravaler ses acides larmes tout en essayant de reprendre des habitudes qu'elle pensait bien pouvoir abandonner. Tout en trayant mal les vaches, elle maudit à jamais ce Dieu qui claquait sous son nez les portes du paradis pour lui ouvrir celles des enfers. En aidant sa mère à la lessive, elle se maudit de n'avoir pas couru plus vite. Pendant la vaisselle, elle maudit la ponctualité du bus de 18 h 12. Pendant le ménage, elle maudit les Ponts et Chaussées de ne pas entretenir cette méchante et perverse route. Au repassage, elle maudit ce lâche assassin de platane. Bien sûr, il ne lui vint pas à l'idée de maudire leurs toujours plus nombreux baisers, toujours plus doux, toujours plus interminables. Longtemps elle chercha à s'endormir en pleurant l'absence des mains caressantes de son amant. Chaque matin elle sursauta en voyant le *Journal de chez nous* posé sur la toile cirée. Elle sut que toujours son cœur s'emballerait en voyant s'éloigner le bus jaune. Elle acheta un disque de blues ; elle choisit Nina Simone. Et elle promit mille fois de ne jamais oublier Mathieu Lafayette.

Inévitablement, la lave, les vagues, la tempête laissèrent place à l'acceptation, au fatalisme.

De par l'inexistence officielle de leur amour, et par peur d'inévitables reproches, Lulu ne put révéler les causes du profond chagrin qu'elle se devait maintenant de cacher. Elle ne put pas plus assister aux funérailles. Elle prit sur elle. Lulu jura de ne jamais passer son permis de conduire. Elle ne quitterait plus son village. Pas même un aller-retour vers la ville avec ce maudit autocar qui passait quatre fois par jour au fond du champ de maïs où, hier encore, elle rêvait d'amour.

– Quand la vie veut pas ! devint la sentence récurrente de Lulu.

Sa résignation la mena même à supprimer la négation de son vocabulaire. Que son chignon ne tienne pas, qu'elle casse un verre, ou qu'un séisme ravage une terre inconnue, c'était la même rengaine :

– Quand la vie veut pas !

Décembre 1976.

Il était bien en Angleterre.

Solange n'eut pas beaucoup de nouvelles pendant cinq ans, si ce ne furent les annuelles cartes de vœux de santé-bonheur et, pour son anniversaire, la livraison Interflora d'un bouquet accompagné d'une carte de visite dont seul le nom précisait l'expéditeur au-dessus d'un gribouillis se voulant signature.

Depuis la dernière visite de la jeune femme à la communauté, Jean traînait toujours quelque part dans ses pensées et dans ses rêves, souvent érotiques. Christian n'y prenait jamais part. Le premier amant, le premier des deux, s'était depuis longtemps enfoncé dans les oubliettes du palais des désirs de Solange. Elle ne regrettait pas cette initiale expérience, bien au contraire, mais, depuis, elle espérait que le jour de Jean viendrait.

La réalité rejoignit pensées et rêves ce soir d'octobre où, en rentrant du lycée, elle découvrit dans sa boîte aux lettres un rectangle bleu pâle décoré d'un petit timbre prune et blanc représentant le profil d'Elizabeth II.

Surprise et circonspecte malgré la curieuse certitude d'en deviner l'auteur, elle glissa la missive dans son sac à main, entre les pages 40 et 41 des *Manifestes du surréalisme* d'André Breton, tapota trois fois le côté dudit sac, et commença sans trop de précipitation son ascension jusqu'à son appartement au troisième étage. Elle ne fut pas surprise de laisser échapper deux fois ses clés avant de pouvoir ouvrir la porte.

Après avoir ôté son manteau et ses bottes, elle prit place sur son canapé, alluma une cigarette, et délivra la petite enveloppe du nihilisme de Breton. Pendant deux bonnes minutes, elle tint la messagère entre ses doigts, en la fixant, la tournant et retournant, un peu comme une petite patate un peu trop chaude. Solange profitait de cet instant précis, intemporel, transcendantal, métaphysique, où tout peut changer. Il est assez rare de pouvoir ainsi arrêter le temps, de pouvoir retarder un instant le destin, de bloquer la balance de Thémis qui va décider d'une nouvelle vie, accorder l'envolée espérée, ou alourdir la mémoire d'un nouveau regret.

Elle saisit son coupe-papier et le força à cisailler à petits coups secs et précis le sommet du rectangle bleu pâle. Avec délicatesse elle en sortit l'unique feuille de papier, bleu pâle également. Elle la contempla un moment, la porta à ses narines pour humer le parfum de violette qui s'en libérait, la déplia et, enfin, en commença la lecture.

Jean ne s'y racontait pas.

Par quelques mots tracés au stylo-plume d'une agréable écriture légèrement inclinée vers la gauche, il la priait d'excuser son trop long silence. Il l'informait de sa présence à Paris pour les fêtes de Noël. Il serait ravi de la retrouver. Il l'attendrait au Café de Flore toute la matinée du samedi 21 décembre. Il concluait par :

– Au doux plaisir de te revoir. Je t'embrasse tendrement. Ton toujours ami. Jean.

Pas d'adresse permettant un retour, pas plus qu'un numéro de téléphone. Comme d'habitude.

– Ce rendez-vous ressemble fort à un ordre, voire à un ultimatum.

Solange faisait semblant de s'offusquer avant qu'une étrange émotion ne tente de l'envahir. Deux petites larmes coulèrent lentement sur ses pommettes. Deux petites larmes de joie sans doute, mais surtout deux larmes de soulagement. Ce caillou serait enfin ôté de son soulier et ils allaient peut-être pouvoir reprendre leur marche sentimentale sur ce chemin trop longtemps interrompu.

Une question la tarauda :

– Comment a-t-il eu mes adresses successives ?

Ses parents l'en auraient avertie ? Depuis sa dernière visite en Ariège, elle avait déménagé trois fois avant de loger à Paris. S'était-il informé auprès de ses rares relations professionnelles ? Peu probable. Le problème des profs, c'est qu'entre profs ils ne peuvent s'empêcher de n'évoquer que des problèmes de profs. Comme ces hommes qui ne parlent que de turbo et de soupapes, ou ces jeunes mères narrant sans cesse leurs histoires d'accouchement et de bébé.

Ses réflexions glissèrent sur le constat qu'elle allait devoir patienter deux mois. Deux mois de questions.

– Pourquoi maintenant ? A-t-il fait exprès de me laisser mijoter tant d'années ? Me laisse-t-il exprès mijoter encore ? Ou me laisse-t-il le temps du choix ? La responsabilité du « *Oui, je le veux* » ?

Le mois d'octobre tira vite à sa fin, mais novembre et ses frimas se traîna lourdement, péniblement, avec ses jours de plus en plus courts et en même temps de plus en plus longs, de plus en plus gris, de plus en plus froids.

Les gosses, comme les profs, comme tout le monde, comme Solange, se fatiguaient du manque de lumière et se lassaient des pluies froides qui engourdissent.

Une lettre. Juste une lettre. Rien d'autre que l'impatience d'un rayon de soleil éclairant cet hiver qui s'installait à peine. Et encore des questions sans réponses :

– Qu'est-il devenu ? Dégage-t-il toujours ce qui m'a tant troublée ? Pourquoi au Café de Flore ?

Elle n'y avait pas mis les pied depuis des années.

– Que fait-il ? Vit-il toujours seul ? S'est-il marié ?

Elle s'arrêta un instant sur cette loufoquerie. Elle n'y crut pas. Juste de quoi se faire peur. Pour ajouter un peu de poivre au sentiment guimauve qui la troublait.

Vinrent décembre et les jours comptés, calendrier de l'Avent dont seule la dernière case est attendue, désirée, importante, les autres n'étant que sucreries d'espoirs et d'agacements mêlés d'inquiétudes.

Puis un dernier week-end, seule, morose, à tourner en rond dans le trop petit appartement où rien ne lui faisait envie, tout en écoutant le *Chant spirituel* de Brahms :

– Pourquoi veux-tu aujourd'hui
Te soucier de demain ?...

Elle s'essaya à un peu de ménage. Sans conviction. Elle tenta dix minutes de repassage avant de s'obliger au rangement du placard qui, surpris de cet inaccoutumé laisser-aller, attendait depuis une bonne semaine que les jupes rejoignent les robes et les tee-shirts les chemisiers.

Solange se demanda qui parmi elles gagnerait l'épreuve : la gamine capricieuse qui trépignait d'impatience d'avoir son cadeau, l'adolescente qui prétendait continuer son rêve anthropologico-libidineux, ou la jeune femme raisonnable mais adhérente novice au club des ataraxiques. Il restait aussi à la prof quelques copies à corriger. Elle s'y attela sans envie.

– Ils sont bêtes dans cette classe. Ils ne comprennent rien. N'apprennent rien. Je me demande à quoi je sers, grogna-t-elle intérieurement. … Tiens, lui, il va refaire sa copie, ça lui apprendra à confondre Rimbaud et Verlaine… Et lui qui croit avoir une meilleure note parce qu'il me met des lettrines à chaque début de phrase.

Enfin le lundi. Le mardi. Le mercredi. Le jeudi. Quatre longs jours gris à tenter de ne penser à rien. Surtout pas à Jean. Juste à faire le travail. Juste s'occuper des élèves qui se moquent de Rimbaud, de Verlaine, et de Jean.

Elle avait pourtant appris à maîtriser ses émotions, ou pour le moins à les freiner. D'Aristote à Nietzsche, de Gurdjieff à Krishnamurti, elle en avait lu des essais et des théories, des recommandations, des commentaires, des statistiques. Elle pensait avoir compris les principes de colère prétexte et de schizophrénie latente, de désirs inassouvis et d'acceptation, de conscience et d'inconscience. Mais là, c'était le pompon. Elle soupçonnait, elle craignait, elle tremblait déjà, de succomber au mal d'amour comme n'importe quelle midinette.

Amoureuse de quoi d'ailleurs ? Et de qui ? D'un souvenir ? D'un fantôme ? D'un être dont il y a seulement trois mois elle doutait encore ? D'un jeune homme solide et faible à la fois, confronté à une réalité qui le dépassait, incapable de se libérer de l'emprise de son frère et de celle de leur père ? Attirée par un homme qui n'avait pas jugé bon de lui donner de réelles nouvelles pendant cinq ans ?

Elle n'avait pas oublié ces baisers qu'il avait posés

sur ses lèvres lors de leurs dernières entrevues. Tout le monde s'embrassait sur la bouche là-bas. Des baisers qui auraient pu sembler innocents, banals, entre amis, entre frères et sœurs universels, entre hippies qui s'échangent des souffles d'amour. Non, elle n'avait pas oublié ces baisers. Jean les avait-il oubliés ?

– S'il pense que je l'ai attendu, il se fourre le doigt dans l'œil jusqu'au coude.

Elle passa en revue ses nombreux amants : Gabriel, Alain, Hugo, Jean-Pierre, Samuel… Elle s'était même essayée à l'homosexualité. Un soir de manif féministe trop bien arrosée, elle avait rencontré une fille en mal de tendresse et de caresses. Solange n'avait pas jugé l'expérience suffisamment agréable pour y donner suite.

Sa raison la ramena à l'objectivité. Elle n'y croyait pas elle-même. En fait d'amants, rien que du vide. Du vide sexuel, du vide affectif, du vide intellectuel. Des amants peut-être pas tous réellement désirés, certes, mais pour le moins choisis et assumés. Pour des coups en passant, parfois très agréables, parfois utiles, souvent décevants.

– Pour des semblants d'amour d'une nuit, d'une semaine, d'au plus une quinzaine. Des relations sans lendemain, conclut-elle.

La journée du vendredi fut nébuleuse, presque inexistante. Elle ne se souvint même pas qu'elle n'avait pas collé pour le lendemain ce jeune idiot qui faisait rire la classe en imitant la prof chaque fois qu'elle tournait le dos à ses élèves.

Puis la nuit à se tortiller dans le lit. Une fillette qui croit encore au père Noël. Une pucelle la veille du bal de fin d'année. Une femme tout entière en attente.

Enfin, le samedi matin, froid et couvert, et les dernières questions primordiales :

Chanel nº 5, Rive Gauche, ou rien ?

Rimmel, fond de teint et rouge à lèvres, ou nature ?

Mini-jupe, robe longue, ou jean ?

Chemisier ou tee-shirt imprimé ?

Le manteau de laine noire ou le trench-coat beige ?
Métro ou taxi ?

Elle choisit *Rive Gauche* parce qu'elle aimait bien Saint Laurent et que le message subliminal lui sembla clair. Pas de maquillage. Pourquoi recommencer par une tricherie, un masque, un mensonge inutile ? S'il acceptait le pire, le meilleur n'en serait que plus facile.

Sur ses seins nus elle enfila un épais corsage – elle s'amusait de ce terme prude et hypocrite – et son gros pull à large col roulé. La rigueur de décembre lui imposa les collants sous le pantalon, le trench-coat, une écharpe, les gants en laine assortis, et ses bottines de cuir à fermeture Eclair.

C'est le transport en commun qui servit de carrosse.

Dans les couloirs du métro elle croisa des visages mornes et emmitouflés. Les courants d'air rendaient les quais plus polaires encore, alors que dans les voitures la chaleur était suffocante. Il ne manquerait plus qu'elle chope un rhume. Elle fixa longuement ce couple enlacé sur la banquette lui faisant face. Ils s'embrassaient à pleines langues, indifférents aux autres passagers. Ils ne virent pas le drôle de petit sourire qui les couvait, protecteur et jaloux. En sortant boulevard Saint-Germain, le cœur de Solange battait un peu plus vite qu'à l'habitude. Elle se doutait bien que son parcours souterrain et la montée finale des escaliers n'y étaient pas pour grand-chose. D'un pas faussement tranquille elle traversa, indifférente, la place Sartre-Beauvoir et avança jusqu'au numéro 172. La porte du Café de Flore s'ouvrit aussitôt pour laisser sortir un gros homme en cravate qui la percuta sans même lui prêter attention. Solange s'excusa machinalement et oublia aussitôt l'impoli. Elle entra.

Sous les fortes lumières distribuées par les plafonniers en fleurs, elle le distingua aussitôt, là-bas, presque face à l'entrée. Simultanément, elle remarqua sa propre image qui se reflétait dans un des grands miroirs.

Un pingouin lui proposa une table.

En voyant Solange entrer, Jean se leva et lui sourit. Il se glissa entre les tables. Ignorant le serveur, elle s'approcha aussi, lentement, hésitante, vers son double dans le miroir, vers ces deux hommes, l'un, dans la glace, qui lui tournait le dos et s'éloignait, l'autre bien réel, enfin bien présent, qui s'avançait vers elle. Aussitôt rejoint, Jean l'enserra chaudement et longuement, une éternité peut-être, puis il la libéra, et, tout en lui saisissant maintenant les mains, plongea ses yeux dans les siens à la recherche d'une confirmation. Elle n'entendait plus le brouhaha des clients pas plus que les verres qui tintaient sur les plateaux des garçons de salle. Juste ce tambour qui battait dans sa poitrine. Tout son corps, tout son esprit, tout son cœur, tambourinaient. Elle se sentait étourdie. L'étourneau venait de percuter le miroir.

Elle le laissa lâcher ses mains et saisir avec délicatesse son visage. Enfin, il posa ses tendres, chaudes, vivantes lèvres sur les siennes.

C'était donc ça être amoureuse ?

Juin 2013.

Ce matin-là, le boulanger avait depuis longtemps livré les croissants et bu son cognac de fin de fournée avant d'aller se coucher. Les vieux entamaient leur cinquième partie de belote, bercés par le *Hobo blues* de John Lee Hooker. Tout en se balançant en cadence, Lulu achevait l'épluchage des pommes de terre, futures accompagnatrices des deux rôtis qui cuisaient doucement dans le four de l'arrière-cuisine. Ça sentait bien bon. Avec quelques asperges en entrée et un clafoutis aux cerises en dessert, elle allait encore faire des heureux. La clochette de la porte du bar s'agita dans un tintinnabulement inhabituellement réservé. Yoda leva la tête, fit deux clignotements de queue en reconnaissant l'arrivant et se remit en position de garde selon elle, de repos selon Lulu qui rejoignit son bar tout en s'essuyant les mains sur son tablier.

– Un blanc, demanda mollement le nouvel arrivant en posant son casque de moto sur le zinc.

– Un blanc, c'est dix euros, mon canard.

– Merde ! C'est cher. T'as augmenté tes prix ?

– Pas encore, mais « Bonjour. Un verre de vin blanc s'il te plaît, ma Lulu chérie », c'est que deux euros. T'es mal luné aujourd'hui ?

– Ma bécane qui déconne.

– Y a pas que la bécane qui déconne. Tu devais venir ce matin à huit heures pour repeindre les toilettes.

– Ma bécane, je te dis, répondit Gari en baissant la tête comme un enfant ayant oublié de faire ses devoirs.

– Tu vas pas replonger dans la dépression j'espère. Je vais pas faire la nounou pour un ours mal léché tous les quatre matins, grogna la matrone tout en emplissant un verre avec du gaillac bien frais. T'as pas eu le temps de te raser non plus ?

Lulu n'oubliait pas que pendant deux longues années elle assista, réconforta, aida Gari à sortir du canapé dans lequel il s'était moulé à n'en plus pouvoir décoller son cul.

Elle le connaissait bien, son canard. Il était client du bar depuis un bon bout de temps. Elle connaissait son histoire, ses vices et ses vertus, ses désirs et ses peines. Gari n'était plus un client, c'était un grand gosse qu'elle aimait et dont elle prenait soin. Elle le savait gentil, travailleur, et là, après l'affaire Malart suivie de l'affaire Céline, elle le vit malheureux comme un gamin dont les dégâts causés par sa bêtise dépassent sa compréhension. Alors, en bonne mère cygne elle avait pris le moribond sous son aile et, à coups de câlins et d'engueulades, elle avait aidé son vilain gros canard à reprendre vie. Maintenant, elle lui faisait payer ses faiblesses – deux euros le demi – et elle l'aidait sincèrement, maternellement, chaque fois que la demande lui semblait justifiée. Lulu aussi était gentille, mais réfléchie. « Trop bon, trop con », disait l'adage.

– Oh ! Ça va ! Je ne critique pas tes gambettes, moi. Ceux qui se laissent la barbe de deux jours, tous les magazines trouvent ça tendance. Et ceux qui s'épilent de partout, bite comprise, c'est pareil. Faudrait savoir.

J'espère qu'un jour ils trouveront le gène de la pilosité, et les barbiers, les coiffeurs et les esthéticiennes seront tous au chômage et on m'emmerdera plus avec ça.

– Le facteur m'a dit que tu avais reçu une carte de tes mômes pour la fête des Pères. C'est ça qui te chamboule ?

– De quoi il se mêle celui-là ?

– De ce qui me regarde, rétorqua la tutrice. Laisse tomber le facteur et explique-moi où est le problème.

– Ils ont encore déménagé et il n'y a même pas leur nouvelle adresse pour que je leur réponde, s'étonnait le papa. Nos filles sont grandes maintenant. Et le connard a les moyens de payer les billets pour qu'elles viennent me voir pendant les vacances. Ce n'est pas honnête du tout ce qu'ils font, se plaignait l'ex-mari.

Il avala une lampée de Gaillac avant de reprendre :

– Pourquoi Céline me fait-elle ça ? Elle va m'en vouloir jusqu'à la fin des temps ?

– Les femmes aiment pas que leur cœur souffre. Et elles ont la rancune tenace. Un jour, elles sont attirées par de pétillants yeux noirs, une fine petite moustache, un tendre sourire, une voix douce, des mots qui en-sorcellent, des caresses et tout le toutim. Si ça dure et que tu tiens tes promesses, elles te respectent et elles finissent par te faire confiance. Mais si tu oublies trop longtemps de leur montrer ton affection et ton attention, si tu te laisses aller, pire, si tu les trahis, alors tu perds leur confiance, tu perds leur respect, et tu les attires plus du tout. Dans le cœur d'une femme, l'amour peut faner et mourir plus vite qu'il a germé, parce que les femmes se donnent à un homme, elles s'abandonnent à lui, mais il n'y a que les mères qui pardonnent.

Gari resta un moment à regarder Lulu, les yeux comme des billes, les sourcils en circonflexes et la bouche en cul de poule. Lui, le tendre romantique élevé à l'italienne dans l'amour et le respect de la *Mama* avec un grand « M », avec encore au fond des gènes la tradition du respect de la Vierge Marie, lui, le naturellement amoureux des femmes dans leur entièreté, comprit soudain qu'il n'avait jamais vu Lulu en tant que femme justement. Il s'était toujours contenté de savoir qu'elle avait un cœur gros comme ça bien caché derrière ses gros nichons, ses robes noires et son chignon, derrière ses allures de ninja à la langue cinglante pour se départir des gêneurs, ou carrément tranchante comme un katana pour les têtes qui pensaient trop de travers à son goût.

Gari replongea dans son verre et pleurnicha :

– Tu aurais vu comme elle était belle, ma Céline.

– Je la connais bien, ta Céline, et c'est vrai qu'elle était bien jolie avant que tu partes en vrille et que des cernes lui maquillent les yeux. Et c'est parce que tu l'as trouvée moche que tu l'as laissée partir avec l'assureur ?

– C'est elle qui est partie avec l'autre blaireau. Moi, je voulais la garder, la cajoler. On faisait l'amour tous les jours tellement on s'aimait, et ensemble on a fait deux belles petites filles. On était bien tous les quatre.

– Tu es comme le merle à toujours bouger la queue quand tu parles. L'amour tous les jours, peut-être, mais ça c'était avant. Et tu voulais la garder ? Parce que, selon toi, une femme c'est comme une serpillière ou une vieille chemise ; on la garde jusqu'à ce qu'elle soit usée, ou que la mode soit passée, ou qu'elle soit plus utile. Alors on la pousse loin de soi et on la laisse partir ? C'est très logique. Je vois que tu as bien étudié le problème de la relation entre mari et femme.

– Ben, je n'y connais pas grand-chose aux femmes, moi. Je ne sais pas ce qu'elles désirent, ni à quoi elles rêvent. Peut-être que cela n'a rien à voir avec les rêves des hommes. Peut-être même que c'est à cause de cette différence de rêves qu'il y a toujours des problèmes entre elles et les hommes. Mais moi je les aime toutes, avec leurs rêves à elles, et j'aime surtout Céline.

Gari s'enfila une nouvelle lampée de blanc.

– Pour le reste, tout ce que j'ai appris, c'est que celles qui n'ont pas de mamelles ne sont pas des grosses donneuses, et que celles qui en ont trop deviennent souvent étouffantes.

– Je suis étouffante ?… releva Lulu en haussant sa voix rauque pour sembler vexée tout en gonflant plus encore sa poitrine, laissant Gari constater qu'une fois de plus il s'était laissé aller à parler avant de réfléchir.

– … Tu t'enfonces, mon canard.

– Non, ma Lulu, pas toi. Mais un peu quand même, parce que tu donnes tout et on ne sait pas comment te le rendre. Pour moi, c'est lourd d'être redevable à quelqu'un. Je préfère qu'on me doive que de devoir.

Cette fois, c'est Lulu qui montra sa surprise. Il est vrai qu'il était comme ça, le Gari. Il voulait être de ceux qui partent sans laisser de dette derrière eux. D'ailleurs, jamais elle ne s'inquiéta pour l'ardoise qu'il entretenait avec ses verres de vin et ses repas.

– Et tu vas me faire croire que tu as choisi Céline pour ses seins ? C'est pas un peu léger comme critère d'amour ? Mais peut-être que t'as pas de cœur sous ta moquette.

– Je respire encore, je mange, je bois et je saigne, mais pour le cœur, je ne sais pas si j'en ai encore un.

– Alors explique-moi pourquoi t'es prêt à chialer pour une carte postale ?

Après un silence et une goulée de blanc, Gari reprit :

– Je suis le mari de personne et un doublon de père. Je la préférerais morte. Je finirais par faire mon deuil. J'aurais les filles pour me consoler et je souffrirais sans doute moins.

Le cerveau de Gari commençait à bouillonner aux feux de réflexions et d'émotions confondues exprimés par son amie.

– Perdre un amour est-il plus grave que de jamais l'avoir vécu ? se questionna Lulu à voix haute avant de conseiller au bonhomme qui finissait son verre :

– Toi, tu peux regarder l'avenir en positif. Un jour, tu retrouveras une belle femme, mon beau gros canard, et un bel amour. Et tu lui feras un bel enfant.

Semblant vivifié d'un peu d'espoir, il posa un billet de cinq euros sur le comptoir, se saisit de son casque, envoya un baiser vers Lulu, fit tinter la clochette, se retourna et conclut :

– Un jour. C'est quand, un jour ? J'ai bien plus d'espoir dans le Loto que dans mes chances en amour.

Mai 2014.

Depuis son départ précipité du foyer – ce qu'il ne regretta jamais – Tristan traînait d'un squat à un autre dans l'isolement sociétal qu'il avait décidé d'affronter. Il souhaitait se faire oublier, disparaître des radars, se rendre invisible. Il n'était plus qu'un ersatz de fantôme au visage caché dans l'obscurité d'une capuche.

Il lui arrivait parfois de fréquenter quelques heures la triste compagnie d'êtres aussi démunis et abandonnés que lui. Des zombis qui en étaient arrivés à trouver normal de patauger dans la souffrance quotidienne, une main plongée dans les poubelles à la recherche de quoi taire les besoins primaires, l'autre tendue pour glaner quelques pièces avec lesquelles les plus jeunes se payeraient leurs canettes de bière, les plus âgés leurs bouteilles de gros-qui-tache. Rares étaient ceux qui résistaient longtemps à ces échappatoires.

Les épreuves de la vie en foyer s'avérèrent aussi salutaires que les cours de boxe. Tristan y avait appris la détermination, la vigilance, la ruse et la patience. Ce qui lui servit bien quand une petite meute, attirée par ce nouveau damné, voulut lui tirer son MP3 dès la première semaine. La peur de s'enfoncer encore plus dans sa solitude sans sa musique avait décuplé les forces du jeune fauve. La nouvelle avait fait le tour des trottoirs.

Même les pouilleux ont leurs héros.

Rapidement il comprit qu'il n'avait aucune envie d'entrer dans cette famille d'animaux de l'ombre, de rats qui se rongent, de cafards angoissés, de nuisibles chassés, rejetés dans les égouts, au plus profond des trous qui les verraient tous crever. Ses quelques sous d'économie furent protégés par sa force physique évidente. Sa jeune et triste situation additionnée à son amabilité mal cachée furent reconnues et appréciées dans les centres d'hébergement grâce auxquels il put conserver un peu d'hygiène. Pas facile de se raser et de se laver les dents, les cheveux, le cul, et pas facile de chier un coup quand on zone dans la rue. Il sut éviter les *keums* les plus réticents, les plus en colère, les plus drogués, tous addicts à la violence. Il refusa de succomber aux rigueurs du froid, comme les plus faibles, les déjà-presque-morts, que les maraudes de bénévoles ramassent au petit jour. Il ne creva pas de faim grâce aux associations, aux volontaires à grand cœur toujours disposés à pallier les déficiences de l'État. Au fil des jours et de ses pérégrinations, il vit les dispositifs anti-clochards devant certains établissements compatissants. Il croisa, agrippés à leurs mères, des enfants aux yeux immenses qui n'avaient plus de pleurs. Il aperçut des jeunes et des vieilles *meufs* plus apeurées qu'un *black* dans un commissariat d'Alabama. Il reconnut ces regards qu'on détourne pour ne pas voir le crève-la-faim caché au fond d'un garage et les tas de cartons qui respirent encore. Il entendit des histoires de fuites sous les bombes, de bagarres entre sans-papiers, de macchabées lardés une nuit plus sanglante que les autres. De maigres et sales corps dont on ne savait que faire, ni à quel parent ou ami à qui signaler le décès.

Tristan n'avait personne à prévenir. Plus personne ne s'occupait de lui, ne se souciait de lui. Mais il savait qu'il ne finirait pas au fond d'un garage. Il ne savait pas quand, ni comment, mais il allait se réveiller de ce mauvais *trip* à rallonges. Il fallait juste qu'il trouve une porte de sortie, une issue de secours.

Quand le temps s'y prêtait, il s'asseyait sur le banc d'un parc et partageait avec les oiseaux un sandwich offert. Il s'identifiait plus aisément aux pigeons qu'aux gniards batifolant sous la protection des mères poules aux œillades soupçonneuses, prêtes à se transformer en lionnes au moindre signe inquiétant de celui qu'elles ne voyaient que comme un prédateur potentiel. C'est con les mères ; faut toujours que ça s'inquiète.

De mauvais jours en très mauvais jours, la capuche toujours relevée, les poings toujours au fond des poches et les oreillettes toujours bien en place à cracher du hard rock ou du rap selon l'état du moment, il s'enfonça tellement dans la solitude qu'il finit par comprendre et apprécier les sentiments qui en découlaient. Il se voyait funambule sur une corde raide et sans fin, posant juste un pas devant l'autre, un peu plus loin, vers nulle part, sous le ciel gris, au-dessus d'un désert de macadam perdu dans la brume. Après tout, n'était-ce pas ce que la vie avait décidé pour lui dès le départ. Il avait cherché à dominer sa colère par la boxe. Il avait espéré trouver l'apaisement par l'art. Il ne croisait maintenant que faiblesse et laideur. Son existence était une page vierge déjà tachée et froissée emportée par une rigole le long du caniveau. Au gré de ses heures de *spleen*, ses carnets s'emplissaient de petits dessins sombres, lugubres, dont parfois une larme amère étalait l'encre noire. Il soliloquait sur ses malheurs, se répétait que les autres étaient trop nazes, menteurs, hypocrites… Et merde.

Tristan ne s'enfonça pas suffisamment dans la détresse pour s'asphyxier avec sa petite réserve de *beuh* qui ne dormait que d'un œil dans sa boîte de Pandore en fer-blanc, mais il était au bout du chemin, au bout de l'épreuve. Il décida de ne plus se laisser aller dans le brouillard de ses pensées, mais de réfléchir, de « retourner à la source de son mal-être », comme disait le psy.

– Elle sert à quoi, cette pute de vie ? En fait, à que dalle. On m'a juste débarqué dans un jeu vidéo sans m'indiquer les règles. On m'a collé un max de handicaps. Mes pouvoirs sont minables contre des adversaires plus forts, plus malins, plus teigneux. Et que je fasse du bien ou du mal, ça va se terminer en *game over*.

Remonte Tristan, remonte.

– Pourquoi elle est morte et qu'elle m'a laissé là au milieu d'une bande de bouffons qui ne font rien d'autre que donner des conseils et des médocs ?

Remonte Tristan, remonte encore.

– Pourquoi je m'emmerderais pour des blaireaux qui n'en ont rien à foutre de moi ?

Dans la noirceur de ses réflexions surgissait quelquefois le sourire lumineux de Solange. Tristan sortait alors de son portefeuille, de sous la photo de sa « fille à la marguerite », le petit carton beige clair à bord crénelé qu'il caressait avec regret. Cette porte-là aussi s'était fermée, et lui était encore du mauvais côté.

Au matin d'une tiède nuit passée sur un des bancs d'un jardin public resté bizarrement ouvert, et alors que, justement, il tenait encore fermement dans sa main le petit carton beige, un chien mi-noir mi-blanc en goguette réveilla l'agonisant d'un gros coup de langue râpeuse et mouillée sur sa joue mal rasée.

Ce fut le déclic. La bave de trop. La bonne bave en même temps épaisse et décrassante. Une preuve de l'existence d'un ange gardien travesti en clébard qui lui donnait l'ordre de se réveiller :

– *Wesh* le gars, ça va ou bien ? *Wake up !*

La fuite rieuse du chien répondit au sursaut du garçon qui eut la distincte vision du ridicule de la situation. Oublié le combat ? Oublié *Hagakure* ?

Dans sa tête, ce fut Momo qui hurla :

– Barre-toi cousin, barre-toi !

Une étincelle de vie, en lui, quelque part, profonde, ralluma la flamme. Une petite explosion suffisamment violente pour le pousser à reprendre sa respiration hors de la masse boueuse dans laquelle, hier soir encore, il surnageait à peine. Il décida de s'éloigner de cette banlieue où il n'avait que de mauvais souvenirs, de descendre vers le Sud, vers le soleil qui se faisait de plus en plus présent avec le printemps.

– Je vais aller voir la *rem* ? J'ai jamais vu la *rem*.

Dans sa tête, dans toutes les cellules de son corps, comme dans ses oreillettes, ça hip-hopa grave pour signaler le réveil du tigre.

Tristan traversa la France à pied et en auto-stop, découvrant au passage de nouvelles villes moins anguleuses, des patelins aux ruelles silencieuses, et de vastes paysages qu'on lui avait cachés derrière les barrières d'immeubles. Il traversa même des forêts sans fin. Il rencontra quelques âmes souvent aussi en peine que la sienne avec qui il partageait une courte conversation sibylline, parfois un café généreusement offert par un routier juste un peu moins solitaire que son passager.

C'est à partir de Brive qu'il sentit un changement. Le ciel était plus bleu, l'air plus transparent. Après

Montauban, il rêva plus concrètement de Méditerranée. Il avait vu des photos de plage et de tempête, des vidéos de bateau, mais jamais « la belle bleue » en *live*.

Alors que depuis une heure une collection de tableaux champêtres défilait sur les bas-côtés et que Tristan ne faisait même pas semblant d'écouter le monologue plaintif du transporteur menant des vaches à l'abattoir sur fond de musique country, son regard entraperçut un panneau directionnel illuminé par un rayon de soleil.

– Arrêtez-moi là !

– T'es sûr ? N'y a personne ici. C'est la cambrousse.

– Ça ira, merci. Je me débrouillerai. Salut.

Le camion s'éloigna, emportant avec lui les meuglements des bestiaux. Puis ce fut le silence.

Tristan rejoignit la bifurcation qui extrayait les voyageurs de la départementale et entama sa marche sur la petite route qui l'avait appelé. Aussitôt il reçut en plein nez les parfums qu'exhalaient les haies, et en pleine rétine les couleurs éclatantes sur lesquelles rebondissaient des papillons. Des papillons bleus sur des fleurs jaunes. Des papillons jaunes sur des fleurs rouges. Il rabattit sa capuche et abandonna l'idée de remettre ses oreillettes. L'ex-urbain s'étonna des trilles d'oiseaux, des bourdonnements d'insectes et du doux bruissement des feuilles au souffle du vent léger qui, à son passage, caressait les cheveux du nouvel arrivant. Le garçon découvrit que la nature est belle quand on a l'envie et le temps de la regarder. Après le guerrier, le poète se réveillait lui aussi.

Il ne marcha pas plus de deux kilomètres avant qu'une étincelante Kangoo blanche stoppe à sa hauteur et que la portière droite ne s'ouvre en invitation.

– Tu vas au village, beau gosse ?

À l'intérieur souriait un balèze petit bonhomme aux cheveux tondus ras, à la barbe de trois jours soigneusement entretenue, et une minuscule créole à l'oreille. Il portait une salopette aussi blanche et propre que son tee-shirt blanc et propre dont les courtes manches enserraient des muscles à faire pâlir un Schwarzenegger. De tout son visage hâlé émanaient la jovialité et la bonhomie.

C'est par un hochement de tête que Tristan confirma, et, après avoir ôté son sac de ses épaules, il s'installa en posant ses pieds sur une caisse à outils posée là.

– Fais attention au matos, garçon, c'est fragile. Moi, c'est Léon, le garagiste, le chevalier blanc. Et toi ? demanda l'homme à l'ado qui se mordillait encore la lèvre suite à la pointilleuse remontrance.

– Tristan.

– Ha, c'est toi le Tristan ! C'est super. Tu arrives pile pour l'apéro.

Sa voix était chantante, avec des notes parfois trop longues, parfois trop aiguës, mais toujours gaies.

Le jaune des champs de colza s'étendait de part et d'autre du double alignement de gros platanes. Ils croisèrent une claire et paresseuse rivière qu'un panneau nommait La Donzelle. À droite, tout le long d'un petit chemin tracé par les roues des tracteurs, elle était bordée d'une haie de vieux peupliers dont les feuilles clignotaient pour saluer le passage de l'auto.

– Elle va être contente, la Lulu ! dit Léon, poussant plus profond encore les interrogations de Tristan.

Bientôt apparurent les toits de tuiles rouges, oranges et roses, sur fond de collines décolorées par le soleil.

– Tu comptes rester longtemps ?

– Je ne sais pas encore.

– Ha, ha ! Elle est bonne celle-là. Bon. Pas l'temps d'engager la conversation, alors je vais te laisser devant chez Lulu. Tu pourras réfléchir tranquillement. T'as l'air un peu dans la mouise, alors tiens, prends ces dix euros. Tu boiras un coup à ma santé et Lulu te fera grignoter quelque chose.

Cette fois, Tristan remercia le garagiste et ajouta un sincère sourire. Il était tout étonné de trouver là un peu d'humanité après sa traversée du désert. Ce jour lui offrait deux rayons de soleil à la suite.

Le clocher sonnait pile midi quand Léon le planta au milieu du village, devant des arcades en pierres abritant la façade rouge sang de bœuf d'un rustique bar à la double porte grande ouverte.

– Hé, Lulu, regarde ce que j'ai ramassé ! C'est Tristan ! cria Léon à une petite femme dodue, chignonnée de blond et vêtue de noir.

Elle apportait son verre de blanc à un client, spectateur étonné et curieux, attablé en terrasse.

Le jeune étranger s'avança jusqu'à elle. Sorti de nulle part, un chien au pelage noir et blanc vint vers lui. Un bon gros chien qui l'examina de la truffe, plongea son regard dans celui du garçon, sourit, et conclut positivement en remuant la queue.

– Bonjour madame. Je cherche la maison de…

– … De Solange, oui je sais, l'interrompit la patronne en le prenant par la main. Elle est pas là. Quand la vie veut pas. Elle rentre qu'en fin d'après-midi. Alors, en attendant tu vas t'asseoir là et je t'amène à manger. T'aimes le lapin, j'espère ? Et la bonne musique ? Yoda, tu me le protèges.

Le chien s'assit près du garçon et lui sourit à nouveau. Puis il fronça les sourcils et amorça un rictus qui,

110

la babine relevée sur une pointe de canine, compléta son rôle de cerbère. Il en conserva le masque et commença sa garde. Lulu rentra dans son royaume et, à la surprise des clients attablés autour de leurs consos, la voix rauque de Tom Waits se plaignant des *Blue Valentines* fut stoppée net pour laisser place à celle de Big Mama Thornton remerciant tous les chiens de chasse, tous les *Hound Dog*.

Novembre 1978.

Une quinzaine de jours après son infortune sentimentale, Lulu comprit à son absence menstruelle et à
ses premières nausées matinales qu'avant de quitter ce
monde Mathieu avait laissé un peu de lui-même dans le
bas-ventre de son amante. Un cadeau posthume.

C'est à Solange, son amie et confidente, qu'elle annonça son état :

– Je crois bien que je suis enceinte.

Le père-prof de Solange, Robert Bichet, avait pris
Lucienne sous son aile.

– Elle est bien dégourdie, cette petite. Et elle en
a dans la caboche. Il faut l'aider. Parce que la vie ne
semble pas avoir l'intention de se préoccuper d'elle.

Celle qui devint vite « Lulu » passa de nombreux moments sous l'œil affectueux de Solange. Elles entrèrent
rapidement en amitié malgré leur différence d'âge. La
grande conseilla et aida souvent l'enfant, puis, chaque
fois que Solange descendit rendre visite à ses parents,
elle ne manqua pas une rencontre avec l'adolescente.

– Tu vas le garder ? Tu sais que depuis la loi Veil
c'est possible d'avorter en toute sécurité et discrétion.
Et tu sais aussi que je peux t'aider pour les démarches.

La campagnarde, l'innocente, l'amoureuse Lulu,
laissa apparaître son ébahissement :

– Bien sûr que je le garde !

– Tu devrais peut-être réfléchir un peu. Pas pour changer d'avis, mais pour envisager les bonnes et mauvaises conséquences de ton choix, préconisa Solange.

Les réflexions de Lulu furent de courte durée.

Sans rien dire à personne de son état encore inapparent, Lulu se rabattit sur le Raymond qui s'en trouva l'homme le plus heureux du monde quand sa Dulcinée vint minauder en se frottant contre le zinc de son bar. Sa bien-aimée acceptait subitement ses avances. Depuis le temps qu'il attendait, ce surprenant retournement se transforma en soulagement et en bénédiction.

Lucienne usa alors de tout le charme pervers dont son funeste destin l'avait rendue capable. Elle aida Raymond au bar, « par plaisir », en souriant gracieusement aux clients. Elle laissa entendre à son prétendant des promesses qu'elle savait intenables. Elle l'embrassa plus fort. Elle se laissa un peu caresser. Elle se fit désirer, aimer plus encore. Plus encore qu'il en espérait.

Un mois plus tard, Raymond Teyssou junior et Lucienne Roussel étaient déclarés mari et femme avec l'assentiment des parents rassurés et de tout le village fier de cette union que tous avaient programmée.

Après l'inévitable serment d'amour et de fidélité devant Dieu et « jusqu'à ce que la mort vous sépare », l'échange des alliances, la volée de cloches et de grains de riz, après le même serment, plus relatif, devant les citoyens, c'est dans une des granges de chez Marcel qu'une bonne partie du village se retrouva pour participer au repas et aux festivités nuptiales.

Cette fois, le vieux n'avait pas rechigné à la dépense en sollicitant les services d'un traiteur de la ville. Il accrocha personnellement six longues guirlandes en crépon de couleur entre les vieilles poutres de chêne d'où les araignées et les pigeons surveillèrent les préparatifs. Il laissa la charge de la mise en place des tables à ses fils. Il confia la distribution des dragées aux soins de sa femme, celle des alcools au marié.

– Faut c'qui faut quand on marie son unique fille ! affirma-t-il à sa Marie-Jeanne surprise de cette sollicitude qui semblait aussi sincère qu'elle était inaccoutumée.

Bien sûr, Louis Malart, le maire et officiant de l'union, fut invité. Madame la Baronne, l'accompagna. Tout de blanc cassé vêtue, Maryse s'était coiffée d'un grand chapeau assorti et à voilette. Leur plus jeune fils, Christian, devenu le bras droit officiel de son père, cocoriqua parmi les jeunes poulettes apprêtées. Marcel rabâcha aux rares ignorants leurs aventures guerrières communes. Déjà bien éméché dès la fin des entrées, le père de la mariée interrompait régulièrement son flot verbal légendaire pour s'enfiler un nouveau verre de vin et clamer des :

– J'l'avais bien dit qu'y-z-étaient faits l'un pour l'autre, ces deux-là.

Quant à Marie-Jeanne, en cet heureux jour, elle se tint discrètement dans un coin de la salle. Les mains jointes, elle pria le Ciel, et Jésus, et Marie, et tous les saints, de préserver sa fille du calvaire qu'elle-même subissait depuis son propre mariage. Puis elle pleurnicha de joie en espérant une issue sentimentale similaire pour ses deux bougres de fils restants dont parfois un laideron acceptait l'invitation à danser. L'an dernier, son plus âgé, Joseph, avait trouvé chaussure à son pied et, sans demander son reste, s'était enfui à Toulouse avec sa conquête. Grand bien lui fasse.

Tous apprécièrent l'excellence des vins occitans. La

qualité des charcuteries de Lacaune ne fut pas mise en doute. Il ne manqua pas une bouteille de champagne. Tout le monde s'accorda sur les qualités de Raymond junior et sur l'harmonie évidente du jeune couple. Sur la piste improvisée, s'identifiant à chaque chanson d'amour que clamait le tourne-disque, le jeune marié dansa, les yeux fermés, serrant dans ses bras la robe blanche de sa jouvencelle qui, les yeux fermés plus encore, dansait dans les bras d'un autre. Tous pensèrent que les larmes noires, tracées au Rimmel sur le pâle visage fardé de la mariée, étaient des larmes de bonheur.

Tard dans la nuit, comme le veut la tradition, Lulu fut enlevée par son époux. La vieille 4 L les mena jusqu'au village silencieux, jusqu'à la place centrale vide. Elle suivit son mari jusque sous les arcades sombres où elle crut deviner un couple s'embrassant. Elle franchit dans les bras de son propriétaire le seuil du bar de « Chez Raymond », son nouveau logis. Elle tint la main du limonadier pour traverser la salle muette sous les regards du zinc, des tables, des chaises, étonnés au passage de la dame blanche. Elle gravit lentement derrière son conjoint pressé les seize marches d'escalier menant à l'étage. Elle dépassa à petits pas la porte de la chambre.

Raymond se tenait déjà debout près du lit, le sourire béat et le regard niais du gamin attendant l'autorisation d'ouvrir son cadeau. Il avait les épaules basses, les bras ballants, une bedaine à la peau tendue par le repas de noces, et une petite bite déjà toute dressée.

Lulu couvrit la lampe de chevet d'un grand mouchoir à carreaux rouges.

Dans cette pénombre, la Shéhérazade dut ôter ses voiles un à un pendant qu'elle entendait l'autre se coucher et déjà ahaner. Une fois nue, les bras inutilement croisés sur ses seins récalcitrants, elle avança lentement jusqu'au large lit. Elle y posa deux petits bouts de fesses contractées et resta une longue minute assise sur le bord, le dos droit, les mains bien à plat sur ses cuisses.

– Quand la vie veut pas ! se dit-elle.

Elle se glissa entre les draps blancs. Elle les trouva glacés. Elle ferma les yeux. Elle essaya de ne pas se souvenir. Les relents d'alcool et de choux à la crème la maintenaient aux limites de l'écœurement.

Dans le mutisme de la nuit, des lèvres molles se collèrent à ses lèvres sèches. Des pattes inconnues saisirent maladroitement sa poitrine. Malgré son inappétence pour le corps du puceau qu'elle découvrit trop gras, trop velu, trop lourd, elle assura sans jouissance son devoir conjugal. Elle eut à peine le temps d'émettre quelques gémissements sous les maladroits assauts de l'éjaculateur précoce. Elle avait fait semblant. Comme ça. Pour lui faire plaisir. Pour qu'il y croie. La petite Lulu avait appris à mentir. Pas pour se protéger ou y gagner quoi que ce soit, mais pour ce qu'elle pensait être le mieux pour le bien de tous.

Au petit matin, les frères Roussel, accompagnés d'une poignée de copains plus bourrés l'un que l'autre, apportèrent aux mariés le pot de chambre plein de champagne et d'autres alcools dans lequel flottaient des bananes enrobées de chocolat. Lulu se soumit à ce rituel idiot. Son instinct lui disait que le breuvage proposé serait sans doute plus sucré et pétillant que son avenir.

Afin d'ensorceler définitivement Raymond, elle continua de se faire chatte tout le premier mois. Puis elle espaça de plus en plus leurs rapports pendant que son ventre, jour après jour, prenait du volume sous les yeux ravis de son fier et ballot de mari.

Le jour venu, comme il n'avait jamais su trop compter, le papa comblé fut persuadé que celle que Lulu venait de mettre au monde – qu'elle décida d'un unilatéral accord de prénommer Mathilde – était sa fille.

De nombreuses années plus tard, par un soir englué de confessions réciproques, Gari interrogea son amie :

– Tu n'en a jamais voulu à ton père ?

– On peut pas être fâché contre un con. Un con, c'est juste un con. Mon père était lié à la ferme des Malart, aux terres, aux vaches, aux traditions, au Crédit agricole. Il s'est laissé embarquer par les Jeunesses agricoles chrétiennes puis par la FNSEA et les laboratoires vendeurs de poisons… Mais en vrai, au fond du fond, il savait bien qu'il menait une besogneuse petite vie de con.

– Il faisait peut-être tout ça pour vous ; pour que la vie de ses enfants soit moins dure.

– Tu rêves, mon canard ! Il pensait surtout que s'il travaillait aussi dur, c'était de notre faute, qu'on lui bouffait le pain sur le dos. Quand il avait bien gagné, il achetait un tracteur plus gros, et ça lui est jamais venu à l'idée de dépenser un sou pour offrir un bouquet de fleurs à maman. « On économise » qu'il disait. Parce qu'un agriculteur, ça a toujours peur de manquer. Et puis ça a peur que la pluie vienne pas au bon moment. Ça a peur du gel, du vent, de la grêle, des maladies, des bestioles. Ça craint les sangliers, les chevreuils, les rongeurs. Ça flingue les oiseaux qui bouffent les semences et les fruits. En fait, un agriculteur, ça a peur de la Nature. Ça le rendait hargneux, alors il dominait tout et il tuait tout ce qu'il pouvait pas dominer. En bon con de soldat de l'espèce humaine.

Tout en servant un nouveau ballon de blanc à son

gros canard elle ajouta :

– Le vieux a jamais rien voulu comprendre à l'écologie, pas même à la simple sagesse. Il traitait ses vaches comme un maquereau traite ses filles, à coups d'engueulade et de badine, en pensant qu'aux gains qu'il pouvait en tirer. Je sais pas comment il a pu éviter la vache folle. Pis il travaillait ses terres sans s'apercevoir qu'elles étaient mortes depuis belle lurette à force de les gaver de désherbant, de pesticides, d'insecticides, contre lesquels il gueulait parce qu'ils lui coûtaient de plus en plus cher.

Lulu se mit à essuyer frénétiquement les verres bouillants juste sortis du lave-vaisselle et, ne faisant plus cas de la présence de son interlocuteur, elle continua de cracher tout son venin sur ce père dont elle avait toujours détester les vices et les faiblesses.

– Et sa traditionnelle carte de chasse qui l'autorisait à forcer ses pauvres chiens à déloger les lièvres et les lapins de garenne, à abattre les compagnies de perdreaux et le faisan d'élevage incapable de faire la différence entre un prédateur et un bosquet protecteur. Sans parler des arbres qu'il abattait pour gagner deux cents mètres carrés de maïs. Je sais que ma mère était pas d'accord, mais elle disait jamais rien pour éviter de s'en prendre une.

Entrevoyant, dans son monologue, Gari froncer des sourcils interrogatifs, elle reprit sa diatribe et expliqua :

– Un jour, le vieux crépissait le mur de la petite grange. Il s'essoufflait sur son échafaudage à chaque coup de truelle, pendant qu'en bas Maman s'échinait à préparer la chaux. De ma chambre j'ai entendu mon père hurler : « Bordel, je te dis d'aller plus vite, Marie. La chaux, ça n'attend pas ! ». Ça faisait bien deux heures qu'elle pelletait le mélange, mais maman accéléra tout de même sa cadence. « Plus vite, je te dis ! » a beuglé le gros en descendant lourdement de l'échafaudage. Puis il a fait deux pas de tremblement de terre vers maman, lui a arraché la pelle des mains et lui en a asséné un grand premier coup sur la hanche et un second sur les fesses. Puis il a jeté la pelle sur le tas, l'est remonté sur son perchoir, a rallumé sa maïs et a attendu, les bras croisés, comme un gros poulet tout fier d'avoir vaincu une musaraigne.

– C'est ce qui t'a poussé dans les bras de Raymond ?

– Le vieux a pas voulu voir que son monde était fini, et mes frères partaient sur le même chemin sans issue. Les cons, quand ils se rassemblent, la connerie devient exponentielle. Aujourd'hui, mes frères ont repris la ferme. Comme le père ils se sont harnachés à leur joug, avec leur peu d'éducation et leur manque de chance héréditaire. On a jamais été très riches, tu sais. Et puis je connais la vie que maman a eue et je la souhaite à aucune femme. À personne d'ailleurs. Alors, tu vois, ils m'ont pas donné le choix. Plutôt que de rester à la ferme, considérée comme une traînée, traitée comme une esclave, j'ai pris l'homme que tout le village me destinait. Au moins la petite aurait un père, et moi j'aurais plus le mien sur le dos.

– Elle n'est pas gaie ton histoire. Ça fout la trouille.

– Les histoires qui font peur sont pas faites pour provoquer la peur, mais pour apprendre à dépasser cette peur. C'est la peur qui nous tient en vie, mon canard.

Juillet 1979.

– Tu as reçu mon faire-part ?

– Pourquoi crois-tu que je suis là ? Je suis très heureuse pour toi. Tu vas me la présenter ?

– Bien sûr, idiote. Mais là elle dort en haut.

La jeune maman montra le Babyphone posé près d'elle, sur la table.

Solange et Lulu étaient assises à la terrasse de « Chez Raymond ». Le Raymond en question s'approcha des belles bavardes, déposa devant elles leurs thés glacés, essuya les deux gouttes de sueur qui perlaient à son front, et se campa, un sourire enfantin entre ses deux joues rouges et rondes, les mains remises dans les poches de son tablier où l'on entendait des pièces gigoter.

– Reste pas là à sourire bêtement. Laisse-nous entre filles et va plutôt t'occuper des clients.

– Oui ma biche. Tu as raison. Comme toujours.

Raymond osa un baiser sur le crâne de sa petite femme impassible et retourna à son bar, arborant le visage réjoui du bienheureux.

– Je suppose que tu ne lui as rien dit, chuchota Solange. Il sait pourquoi tu as choisi Mathilde comme prénom ?

– Tu es folle. Il en mourrait de tristesse et de honte.

Lulu lorgna vers le bar pour s'assurer de l'éloignement de son mari, avant de continuer à voix basse.

– … Et le 14 c'était l'anniversaire de notre rencontre. J'ai encore chialé toute la nuit.

À cette pensée ses yeux se gorgèrent d'humidité.

– Je ne peux rien faire pour toi, ma chérie. J'espère seulement que tu ne vas pas pleurer ton amour tous les 14 juillet, pleurer sa disparition tous les 21 septembre, et pleurer ton mariage tous les 18 novembre. Parce qu'il est plutôt lugubre, ton calendrier.

– Je sais bien, mais c'est plus fort que moi.

– Ça ne sert à rien de te faire mal.

– Sans doute. Mais ce rien m'est indispensable.

Lulu essuya du bout de l'index une larme prête à s'échapper et reprit :

– Bon ! Venons-en au fait. Donc mes vieux tiennent absolument à la baptiser alors j'ai pensé qu'à toi. Tu veux être la marraine ? Dis oui ! Dis oui ! Dis oui ! s'excita la gamine en prenant Solange dans ses bras.

– J'ai le choix ? Et si je dis non ? supposa l'obligée en serrant elle aussi son amie qui l'embrassa avec vigueur.

Lulu ajouta à cette tendresse habituelle entre elles quelques semblants de lichettes, les mains levées comme un chiot quémandant à son maître. Puis elle promit :

– Ben, je t'arrache ton petit cœur glacé et empoisonné, je le fais cuire longtemps-longtemps et je le file à bouffer à Raymond et à toute la famille. Et après je pars au bout du monde avec Mathilde et plus personne entendra jamais parler de nous. Mais c'est pas possible puisque je t'aime comme ma grande sœur, et toi pareil.

– Tu sais bien que mon cœur est un dur à cuire, rappela Solange pince-sans-rire avec deux éclairs dans les yeux, ce qui ne perturba en rien Lulu qui conservait son enthousiasme face à sa plus qu'amie.

– Je t'ai vue danser avec le fils Malart au mariage. Je l'aime pas trop lui. Je sais pas pourquoi. Quand la vie veut pas. Il te regardait bizarrement. Y a un truc entre vous deux ?

– Chris regarde toutes les femmes de façon bizarre.

– C'est pas faux. Sinon, tu as un mec en ce moment ? Comme ça, pas la peine de chercher un parrain. Ça me ferait bien *caguer* de demander à un de mes frères ou aux derniers vieux oncles de la famille de Raymond. Et puis je vais pas leur demander leur avis de toute façon. Bien beau que j'accepte cette cérémonie.

– Avec la famille que tu as, pas surprenant qu'ils t'aient dégoûtée de la religion. Remarque, à mon avis, ce n'est pas un mal. Mais par quoi es-tu motivée alors pour accepter cette cérémonie ? interrogea, curieuse, Solange. De quoi as-tu peur ? Tu n'es pas encore entièrement nettoyée de leur Dieu et tu espères le pardon de ton péché secret ? Peut-être une place au paradis assurée pour Mathilde ? Ou l'amour et la reconnaissance de ce cher Raymond ?

– Dis pas de bêtises. Le péché, c'est pas moi qui l'ai commis, c'est le destin qui m'a pigeonnée. Si je le retrouve celui-là, je le louperai pas. Pis je crois pas en Dieu et pas en Diable – bien que Satan devait être de la partie –, alors le paradis pour Mathilde, on va faire en sorte que ce soit ici et pas dans un là-haut potentiel. Quant à l'amour, il m'a envoyé que des flèches empoisonnées. De la première qui m'a clouée à l'espoir à la dernière qui nous a tués tous les deux ; que du mal. Pour les autres, peut-être qu'il y a rien de plus beau que l'amour, mais pour moi, que dalle. Heureusement que j'ai Mathilde. C'est grâce à elle que je suis encore là.

– Je suis certaine qu'elle te le rendra un jour.

– On verra bien. Quand la vie veut pas ! Bon. Tu as un mec, oui ou merde ?

– Par intermittence.

– Ça veut dire quoi ça ? T'es pas du genre à en changer tous les quatre matins.

Solange mit un moment avant de répondre. Comment parler d'amour avec quelqu'un qui en souffre, sans rouvrir une plaie encore vive ?

– Un amoureux, c'est bien, c'est bon, c'est doux. Un amoureux, ça a les yeux qui brillent quand il regarde son amoureuse parce qu'il peut y voir plein de choses exceptionnelles. Je préfère les trop longs jours où il me manque aux courtes heures où un mari m'emmerderait. Un mari, c'est un homme qui rentre tous les soirs avec ses problèmes de boulot et à qui je devrais rendre des comptes. Non merci. Il faudrait que je lui prépare à manger, que je lui fasse sa lessive, que je lui fasse l'amour, que je lui fasse des enfants. Il y a bien trop longtemps que j'essaye de me libérer d'un maximum de « Il faut que je ME… », ce n'est pas pour supporter des « Il faut que je LUI… ».

– Je te demande pas de m'expliquer la différence entre l'amour et le mariage, je veux juste savoir si tu as un amoureux ? insista Lulu.

– Par intermittence, je te dis. Je viendrai avec lui un jour, mais il n'est pas encore temps. Il est en Angleterre.

– Avec tous les voyages que tu as faits, je risque pas de le connaître. Il est beau ? Il est riche ? Vous vous aimez avec le cœur ? Un Anglais donc.

Lulu, l'index posé au coin des lèvres, les yeux cherchant réponse dans l'unique nuage qui traînassait au milieu de l'azur, fit semblant de réfléchir avant de proposer :

– C'est une star ? Un lord ? Je sais. Sûre. C'est le prince Charles !

Occupé derrière son bar, Raymond ne comprit pas pourquoi les filles s'esclaffèrent. Il s'en moquait bien d'ailleurs. Si sa Lulu était heureuse, il était heureux aussi. Solange ne pouvait pas s'empêcher de continuer de rire aux suppositions de sa jeune amie :

– Ou tu te tapes un petit étudiant de temps en temps ? Hum ! Je te vois mal avec un vieux philosophe écrivain fumeur de pipe. Mais va savoir. Allez ! Raconte.

– Tu le sauras le moment venu. Il devrait bientôt revenir sur Paris. Ce sera plus facile pour nous.

– Tu le connais depuis longtemps ?

– Depuis toujours.

Mars 2014.

– Bien sûr qu'il va le faire. Il travaille très bien quand il veut. Il est un peu grande gueule mais c'est un bon garçon, gentil, serviable. Il te plaira. Fais-lui faire une porte ou une fenêtre et tu obtiendras de lui tout ce que tu voudras. Mais tu es sûre que le petit va venir ?

– Certaine. Il n'a nulle part où aller, si ce n'est ici. Je n'ai rien reçu depuis presque trois mois et le mois prochain il sera vraiment tout seul dans la vie, sans retour possible. Alors il se mettra en route.

La conversation s'interrompit aux tintinnabulements de la porte du bar où Lulu retourna, laissant à ses certitudes son interlocutrice.

– Ben dis donc, on vient de se prendre une de ces sacrées rasades !

Gari posa son casque sur le comptoir comme à son habitude, et des deux mains, il fit glisser vers le sol l'eau de pluie qui ruisselait sur son blouson pendant que Yoda s'ébrouait en vagues d'écumes, de la truffe au bout de la queue.

– Hé ! Salopiots. Vous croyez que j'ai que ça à faire que de nettoyer vos écoulements.

– Excuse-nous, ma Lulu. On fait comme chez nous. Je peux tout de même avoir un blanc ? Où qu'elle est ta serpillière que j'éponge ça ?

– Laisse tomber, je m'en occupe. Va plutôt t'asseoir avec la dame, là-bas. Elle a des choses à te demander, lui ordonna Lulu en lui montrant une belle femme à l'âge indéfinissable qui le toisait.

Assise dos au mur, elle était à la table sur laquelle était posée la boule à neige enfermant une tour Eiffel. Elle regardait Gari tout en secouant doucement le petit monument autour duquel tourbillonnaient les flocons blancs. Près d'une tasse de thé, était posé un livre trop épais pour que Gari ne le remarquât pas.

– Une vieille intello. J'espère qu'elle ne va pas trop me prendre la tête, pensa-t-il.

Tout en s'avançant à pas comptés, en mâle échaudé, Gari analysa le personnage dont les cheveux cendrés dégageaient un visage fin presque sans rides, légèrement penché de côté. Était-elle interrogative ? Moqueuse ? Impatiente ? Il ne sut le dire. Elle était de celles qui entretenaient avec volupté le concept du « mystère féminin ». Il avait déjà vu cette cliente en conversation avec Lulu, ou seule à lire au fond de la salle, mais il n'y avait pas prêté plus d'attention que ça. Lulu ne la lui avait jamais présentée, mais il les sentait proches. Il avait remarqué que ces jours-là, comme maintenant, Yoda aimait se faire caresser par elle et se coucher à ses pieds en remuant la queue de reconnaissance. Il apprécia les lunettes à fine monture qui ne cachaient pas des yeux noirs de feu. Il y distingua nettement deux braises étincelantes. Deux minuscules boucles diamantées brillaient de concert à ses fines oreilles, et sous son nez aquilin se dessinait un étrange sourire rappelant au motard mouillé celui du chat d'Alice au Pays des merveilles dont il lisait l'histoire à ses filles au temps des jours heureux.

Son approche et sa petite analyse terminée, Gari, son verre de blanc à la main, dégagea la chaise à coussin vert pour la remplacer par une chaise à coussin rouge, et s'assit sans la permission de rigueur. Il but une gorgée préparatoire et posa son verre. Enfin il avança ses épaules, croisa ses bras sur la table et se lança, le regard droit dans les yeux du chat. Pas par arrogance. Pas pour engager un combat. Juste pour pouvoir vérifier la sincérité de la relation. Gari pouvait ouvrir ses portes à tout le monde et n'avait peur de personne. Si elle mentait ou trichait, il le verrait. Il ne la rejetterait pas. Il ne la jugerait pas. Il serait juste averti. Il savait que chez une femme, tout est possible, et il sentait que chez celle-là, l'impossible avait peu de chances de résister.

– Bonjour madame. Lulu me dit que vous avez besoin de mes services. En quoi puis-je vous être utile ?

– Bonjour, Gari. Vous permettez que je vous appelle Gari. Et appelez-moi Solange. Gari, savez-vous peindre autre chose que les toilettes de Lucienne ?

– Ben…?

Il fut surpris par cette entrée en matière.

– Vous me semblez honnête et pragmatique derrière votre armure en papier mâché, et j'ai besoin d'un homme comme vous. Je vais bientôt recevoir un ami et j'ai besoin de mettre au propre la grande salle dans laquelle je souhaite qu'il loge. Je vous demande de bien vouloir passer de la chaux sur les murs de pierres et un coup de vernis sur le bois des fenêtres. Il vous faudra également installer des néons et des prises de courant. Au préalable, vous m'aiderez à déplacer quelques meubles, et, pour finir, vous nettoierez le jardinet adjacent et repeindrez la petite porte en fer qui le clôture. Ha ! J'allais oublier. Celle qui donne accès à ce jardin est toute vermoulue. Je pense qu'il faudra la refaire. Bien sûr, j'attends de votre part un devis, une date de début et une estimation de la date de fin de ces travaux, sachant que vous avez moins d'un mois pour réaliser ce projet. Lucienne est une amie. Une très chère amie. Et elle me certifie que ma confiance est en de très bonnes mains. Pannes de moto incluses.

– Ben…?

– Vous avez compris ? s'assura-t-elle en inclinant à nouveau un peu la tête et en rallumant son sourire.

Gari ne savait pas encore s'il avait affaire à une aigle capable de juger du moindre détail ou à une chouette nyctalope en quête d'un petit rongeur à déguster, mais une chose était certaine, ce n'était pas une fragile mésange à pépier sans raison. Et lui ne serait pas le mulot de l'histoire. Il n'envisageait pas d'être le chef, le serviteur ou le repas de qui ou de quoi que ce soit, et il attendait la pareille de ses fréquentations. Alors il chercha gaillardement à rétablir l'équilibre des forces en présence.

– Ben oui, j'ai compris. Mais où habitez-vous, Solange ? Quel jour puis-je commencer ? Et à quelle heure ? Comment allez-vous me payer ? Qui se charge des fournitures ? Y a-t-il déjà une arrivée électrique dans cette salle ? Est-elle à la terre ? Triphasée ? C'est du plancher ou du carrelage ? Dans le jardin, c'est de l'herbe ou du taillis ? Et la porte…

Gari stoppa net son chapelet de questions quand Lulu se colla à son côté, les mains sur les hanches, ses deux grosses mamelles pile devant le nez du bavard, comme deux soupçonneux malabars de la Mondaine.

– Tu arrêtes tes questions, mon canard. Tu dis oui à tout. Tu finis ton canon que Solange t'a offert, et tu dis oui aussi à son caprice.

– Au caprice de Solange ?

– Si tu veux savoir où elle habite, tu lui prêtes ton casque – toi, tu as la tête dure –, et tu lui fais faire un tour de ta pétrolette jusque chez elle. Et vu qu'il pleut plus, tu peux même faire un détour pour qu'elle s'amuse bien.

Solange fixait son regard dans celui du gorille époustouflé par cette maîtresse femme toujours armée de son sourire de chat du Cheshire. Gari ne savait pas encore s'il venait de rencontrer Alice ou la méchante Reine.

Elle se leva. Yoda aussi.

– Nous y allons, mon cher Gari ?

Mai 2014.

Dès leurs retrouvailles, madame Bichet autorisa Tristan à l'appeler Solange, mais il maintint ses « Madame » et son vouvoiement sans que cela parût la peiner. Elle n'ignorait pas ses réticences aux excès d'intimité.

Elle l'installa à l'arrière de la maison, dans la grande salle donnant sur le jardin clos de murs en pierres calcaires multiformes. Celui de gauche, grâce à quelques équerres scellées, supportait une vieille, longue et noueuse vigne qui s'éveillait sous les premières chaleurs. À la base de celui de droite, de part et d'autre de trois groseilliers prometteurs, s'alignaient des iris. Entre deux poteaux métalliques réunis par des cordes à linge, séchaient des serviettes de bain, des chemisiers et des sous-vêtements féminins multicolores. Il n'était jamais venu à l'idée de Tristan que Solange – une vieille, malgré tout le respect – pût encore porter des petites culottes bordées de dentelle : des roses, des bleues, des rouges. La vision de ce pan d'intimité érotique de sa prof le troubla. Du haut de ses remarquables « presque » dix-huit ans, il se doutait bien que toutes les femmes ne portaient pas des porte-jarretelles et des soutifs percés laissant apparaître les tétons, comme les *meufs* sur YouPorn. Mais madame Bichet ; des dentelles. Pour qui ? Pourquoi ?

Le jeune Apollon ne connaissait encore rien des mystères de Vénus. Il n'avait pas souvenir d'une douce et belle maman à chaude et rassurante poitrine, de cette fée qui fait de la mousse au chocolat, qui guérit en soufflant sur le bobo, et qui laisse croire que, quand il sera grand, toutes les autres ressembleront à cette fée-là. Il n'avait pas connu la sœur initiatrice involontaire au jeu des différences, avec des petits seins qui poussent tout ronds et, en bas, juste un rien un peu bombé. Il n'avait pas davantage connu la cousine curieuse et complice des premières découvertes réciproques, avec qui il aurait pu voir, toucher, vérifier ce mystère caché sous une petite touffe de poils tout doux.

Tristan avait juste roulé quelques patins à l'une ou l'autre, des qui insistaient grave pour *pécho* ce jeune athlète que la timidité poussait à détaler trop rapidement à leur goût et à leur désir de chaudasses. À leur grande tristesse, il n'avait encore jamais caressé le corps nu d'une fille. Sa testostérone, il la déversait ailleurs que dans des orifices féminins. Au lycée, il avait repéré ces groupes de pétasses, décorées de bas en haut, qui rigolaient pour un rien, juste parce que passait près d'elles cet étalon dont elles rêveraient ce soir, sous la couette, en agitant leurs doigts entre leurs cuisses. Il connaissait les moches prêtes à tout pour s'en trouver un d'étalon, avant que les belles se servent, avant qu'il ne reste plus que les gros connards, celles dont tous les macs de la classe disaient avec dédain être passés dessus. Les timides à binocles qui se réfugiaient derrière leurs bouquins, et celles qui cachaient leurs mains dans des pulls trop longs comme pour protéger tout ce corps qu'elles n'acceptaient pas. Celles qui n'osaient pas sourire à cause de leur appareil dentaire. Celle dont les courts cheveux roux couronnaient une nuque nacrée qui plongeait dans un petit col vichy et qui sentait bon le chèvrefeuille.

En raison de son goût pour la solitude partagée entre la pratique pugilistique et artistique, il n'avait pas eu, ni trop cherché, les occasions de parfaire *in situ* son éducation sexuelle. Il n'était pas plus compétent sur le chapitre de l'éducation sentimentale. En fait, il ne voyait pas le rapport entre la baise et l'amour. Il n'avait aucune idée de ce qu'était l'amour, et pour la baise, il préférait régler ses problèmes d'érection en main propre. De toute façon, il n'avait aucune envie de partager ses angoisses avec une fille tout aussi déglinguée que lui.

À part Amira.

Ami – c'est comme ça que tout le monde la surnommait – avait sa piaule dans l'aile gauche du foyer, ce qui faisait d'elle une passagère du même radeau de la Méduse que Tristan. Une *rebeu*, immigrée de troisième génération, ni belle ni moche, d'à peine dix-sept ans, mais qui en paraissait plus de dix-huit, avec une épaisse crinière noire et bouclée et les yeux bleus des Kabyles. Ce n'était pas un canon, mais elle faisait bien semblant. Elle collectionnait les tee-shirts trop moulants dévoilant à tous les mâles le port d'une fine brassière incapable de cacher l'emplacement de tétons toujours dressés sur de jeunes seins fermes et rebondis. Des tee-shirts trop courts qui, été comme hiver, laissaient apparaître son nombril dans lequel était plantée une petite perle. La princesse avait de plus un cul d'enfer toujours moulé dans des *leggings* imprimés façon camouflage. Elle le tortillait à volonté quand elle avait choisi une proie.

Ami avait le sourire facile et toujours un mot gentil à

132

offrir. Mais il était difficile de savoir si c'était sincère ou totalement hypocrite. En fait, elle ne souriait pas parce qu'elle était contente, mais parce que cela la faisait paraître un peu niaise. Ce qu'elle était loin d'être. Sans grande passion autre que ce qui pouvait « pailleter sa *life* », elle n'avait pas grand intérêt culturel. Néanmoins, elle *kiffait* de converser avec Tristan qui y prenait également plaisir. Quand ça ne durait pas des plombes, ce dont elle était capable. Elle était trop maligne pour utiliser la violence physique indispensable aux garçons, mais elle avait demandé à son pote de lui enseigner quelques trucs de combat. Des fois que. Il tint à ce que ce soit en échange de rien. Parce qu'Ami était une folle du cul, ou plutôt, une déglingue de la *teub*.

Ça avait commencé vers ses six ans.

– Je peux avoir un vélo pour mon anniversaire ?

– Bien sûr, ma petite Ami, si tu es très, très gentille avec moi et que tu sais garder un secret, avait promis son maître-nageur de beau-père qui commença ainsi à instituer avec la petite un marché bilatéral d'échanges particuliers, un système de troc pervers étendu à d'autres gamines et gamins rencontrés au gré des cabines de douche.

La mère d'Ami était une espèce d'hypocondriaque à tendance tantôt anorexique, tantôt boulimique, qui n'avait pas supporté la mort de son cher Youssef, son premier mari et père d'Ami, emporté par un plat de merguez avariées. Depuis, la carte mère et le disque dur bien déglingués, la veuve était continuellement préoccupée par les dangers évidents de tous les agents pathogènes, naturels et chimiques, contenus dans la nourriture. Sans rien y comprendre faute de l'avoir réellement étudié, elle vérifiait dix fois la valeur nutritive du « Pavé gourmand épinards lentilles » de chez Bonduelle, tout en grignotant des kilos de chips au paprika. Craignant tout excès et toute carence, elle consultait son dictionnaire médical avant chaque repas. Sa colère contre son pauvre sort causait ses aigreurs d'estomac à répétition, et des baffes à Ami. La psychotique se lamentait sur les plis flasques de sa peau et sur ses seins qui s'affaissaient mollement comme deux montres de Dali. Elle coûtait une fortune en compléments alimentaires, médicaments et produits cosmétiques susceptibles de ralentir ses affaissements généralisés. Continuellement perturbée par ses règles irrégulières et douloureuses, elle ne baisait plus avec le sauveteur depuis longtemps. Elle ne s'était pas préoccupée de l'alternative qu'il avait trouvée pour satisfaire ses pulsions. C'est du moins ce qu'elle dit aux flics lorsqu'ils vinrent nettoyer ce nid de démons. Le pédophile fut envoyé derrière les barreaux, la mère à l'asile, la fillette en foyer.

Mais dans la petite tête de la jeune Amira, le système relationnel était pipé et il resta le moyen usuel pour obtenir satisfaction ou s'éviter des problèmes. Ami s'était persuadée que c'était un mode de transaction normal, mais plutôt privé ; d'où le côté secret. Après tout, personne ne dévoilait son salaire, le montant de ses impôts, ou les moyens d'augmenter l'un en faisant baisser l'autre. Ami était devenue une *working girl* dans son genre, comme n'importe quelle bosseuse de Wall Street ou de La Défense. Elle voulait que le chauffagiste lui offre une paire de Nike : deux pipes. Elle voulait l'autorisation du gardien de rentrer tard : une seule pipe. Elle traitait ses affaires comme d'autres font leurs prières : à genoux. Et elle s'acquittait d'avance.

– Ho ! J'suis pas une pute, se défendait-elle. J'ai jamais demandé la thune. Et j'ai toujours vierge.

Ami n'avait pas plus de connaissance grammaticale que de sens moral. Mais elle avait sa conscience pour elle. Et elle avait son plan :

– Aujourd'hui, plus besoin d'un prod. Tu t'habilles léger-léger. Tu bouges ton *boul* comme une tirelire en chantant une connerie rap devant une *cam*. Et hop… sur Youtube. Succès assuré. Alors je m'entraîne.

Parfois, elle se rassurait :

– Toute façon, un jour je marierai un *keum* blindé et j'aurai pu que lui à sucer. La vérité : comment tu crois qu'elles font les autres pour avoir un Vuitton ?

Tristan était son fournisseur officiel en devoirs de français. Elle était sa pourvoyeuse en *beuh*. C'était du *win win*. Il l'aimait bien, sans plus. Sans sentiment ni fioriture. Ils étaient en *friendzone* et c'était bien suffisant comme ça.

N'empêche, pour Noël, après avoir volé un baiser sur la bouche du garçon, elle lui avait offert un MP3, sans doute troqué aux conditions habituelles. Celui-là même dont les rythmes l'avaient soutenu jusqu'à son arrivée au village.

Ami ne risquait pas d'être oubliée.

Mai 2014.

Dans ce qu'elle nomma « tes appartements », Solange présenta à Tristan le large lit accompagné de sa table de nuit en chêne et noyer et l'imposante armoire de mêmes bois qui trônait là. De beaux meubles, lourds, solides et luisants hérités de ses parents. Elle y avait rangé quelques sous-vêtements, tee-shirts et jeans, achetés lors de son dernier voyage à la capitale. Une couette neuve à bandes alternativement vert pâle et vert foncé et deux gros oreillers assortis reposaient sur un matelas épais drapé de vert pâle. Deux grands plateaux posés sur quatre tréteaux serviraient de bureau et de table de travail, associés à trois chaises pliantes de théâtre dont les dossiers portaient des numéros dorés. Près de la fenêtre, le garçon remarqua un bel établi de menuisier. L'ensemble laissait encore à disposition un vaste espace de vie. Elle lui détailla les trois longs tubes fluorescents et les douze prises réparties tout autour de la pièce et, voyant le regard étonné de l'adolescent précisa :

– Tu vas sans doute travailler, lire, écrire, peut-être peindre ou sculpter, et pour cela, il te faudra de la lumière. C'est important la lumière pour la création. C'est presque un pléonasme, il me semble. De toute façon, tu ne peux pas rester à ne rien faire. Si tu ne souhaites pas poursuivre tes études, il te faut un travail pour subvenir à tes besoins, et, malgré ta défection scolaire, une éducation et un bagage culturel.

Les rayons du soleil de fin d'après-midi qui traversaient les grands carreaux de la fenêtre caressaient les murs de pierres peintes à la chaux en proposant une surcouche colorée. Solange n'y avait accroché aucune image, laissant ce soin au nouveau résident du lieu.

Par une porte qui semblait nouvellement refaite, ils accédèrent à un jardinet clos.

– Pourras-tu m'aider à planter quelques capucines ?

– C'est quoi des capucines ?

Solange sourit en repensant aux barrières d'immeuble au milieu desquelles il avait grandi. Qui aurait pu lui apprendre les fleurs ?

Au milieu du mur qui leur faisait face, un peu caché par l'expansion du haut et dense laurier, un portillon en fer fraîchement repeint ouvrait, en couinant un peu, sur un chemin caillouteux. Tristan avait, par là, tout loisir de s'éloigner quand bon lui semblait, sans avoir à traverser la maison, ni de comptes à rendre.

Il se sentit confus et redevable. Il était là à se mordiller la lèvre tout en balançant une épaule après l'autre, comme lorsqu'il se préparait à un combat. Le solitaire pensait avoir définitivement largué les amarres avec le monde, et le voilà à l'entrée du port tant espéré. Après les tempêtes, les cyclones, les monstres marins et les chants des menteuses sirènes, Ulysse atteignait enfin Ithaque. Tout cela était tellement soudain, tellement trop *nice* que, sa méfiance alertée, il se demanda s'il n'entrait pas dans une cage dorée. Solange se tenait derrière lui. Il sentait sa présence protectrice. Elle posa ses mains sur ses épaules, comme pour le pousser :

– Tu es ici chez toi. Tu restes le temps que tu veux.

Il se mordit à nouveau la lèvre, prit son inspiration, se tourna vers elle et lui sourit. Il acceptait le contrat. Il y croyait. Une fois encore. Devait-il y croire ? Avait-il le choix ?

Ils retournèrent jusqu'à la cuisine où le levant accompagnerait leurs petits déjeuners. Une vaste cuisine à l'ancienne, avec un bataillon de casseroles pendues au mur près d'un large fourneau noir à poignées de cuivre, une grande table centrale en bois massif entourée de ses six chaises à assise de paille. Puis il découvrit la salle de bain aux murs orange, solaires, percés de deux *fenestrous* fixant le ciel. Sur de grands carreaux gris pastel, reposait une vaste baignoire en fonte noire et blanche juchée sur ses courtes pattes de lion. Au-dessus du lavabo, l'œil d'un grand miroir cerclé de bois doré sculpté de feuilles d'acanthe surveillait l'ensemble. Un peignoir kimono noir imprimé de petites fleurs blanches pendait derrière la porte. Ça sentait bon la savonnette à l'huile d'olive aux écorces d'orange et cannelle. Les fragrances de lavande s'exhalaient des linges de toilette bien rangés dans le placard. Il n'avait jamais vu une aussi agréable salle de bain. Elle sentait bon le propre sain, il y vibrait une calme énergie. Il sentit que toute la pièce résonnait d'un esprit de féminité.

– Tu rapportes ta serviette et ton gant dans ta chambre après ta toilette. Tu peux laisser ton rasoir et ta brosse à dents sur cette étagère-là. Mais pas d'affaires sales qui traînent ici, s'il te plaît, lui précisa-t-elle fermement en accompagnant cet ordre d'un sourire convaincant.

– À côté, ce sont les toilettes.

Puis, passant entre deux portes closes :

– Là, c'est ma chambre, et là c'est mon bureau.

Elle n'eut pas à lui en interdire l'entrée. Tristan comprit le message caché. De toute façon, il était hors de question que lui qui n'avait jamais eu de chez-soi viole les frontières d'un territoire dont Solange venait de définir deux des limites.

Les jours suivants, l'hôtesse laissa Tristan s'installer tranquillement et prendre ses repères. Elle avait posé quelques livres sur la table de nuit mais il ne les ouvrit pas. Pas plus que ses carnets à dessin.

Trois jours durant, entre les repas qu'ils prirent ensemble presque sans parler, il traîna sur le lit ou scruta le ciel à travers la fenêtre en picorant dans sa petite réserve de *beuh*. Il resta tantôt le regard perdu dans ses pensées, tantôt à détailler l'endroit où il avait échoué. Puis il fit quelques tours dans le petit jardin cloître. Il n'y connaissait rien en jardin. Il avait toujours été entouré de béton. Instinctivement, il caressa les murs de pierres, l'écorce de la vieille vigne, le cuir d'une feuille de laurier, comme quelqu'un découvrant un nouveau monde, une nouvelle planète, un nouvel univers, plus vaste, plus coloré, plus *cool*.

Enfin il s'aventura au-delà du portillon. La tête sous sa capuche, les poings au fond de ses poches, c'est en rasant les murs des maisons et les clôtures des petits potagers, qu'il découvrit le village au hasard des ruelles, jusqu'au sommet de la colline qui surplombait toute la région.

Au sixième jour, il osa entrer et s'asseoir chez Lulu. Eric Clapton y jouait son *Drifting blues* : dérive. Pendant qu'il se mordillait la lèvre sous sa capuche, la patronne le caressa plusieurs fois du regard avant de s'approcher pour l'interviewer.

– Ça va bien, chaton ? Tu te promènes ? T'es bien installé ? Elle est chouette ta chambre, hein ? Je t'offre un café ? Yoda, fous-lui la paix.

Le septième jour, alors que le jeune félin tournait en rond dans sa chambre, Solange lui demanda de la suivre.

Sous un hésitant soleil printanier accompagné du parfum des lilas et des jacinthes qui s'échappait de la moindre pelouse, elle profita de leur cheminement pour lui présenter les habitations qu'ils dépassaient à pas tranquilles. À l'égal d'un stratège visitant et présentant ses troupes, le regard de Solange balayait l'environnement de droite à gauche.

– Ici, ce sont les Marti, Michèle et André. Des gens sympas, serviables. Leurs enfants vivent en Australie, ce qui fait qu'ils ne voient que rarement leurs petits-enfants et ça les rend un peu tristes. Michèle concocte des confitures, beaucoup de confitures. Elle a envie de faire plaisir à tout le monde, alors elle offre ses confitures. Mais elles ne sont que rarement bonnes : elle y met beaucoup trop de sucre. André est diabétique. … Les volets bleus, c'est Colette, l'infirmière à domicile. Célibataire. Sans enfants. Jamais là. Toujours sur la route. Fatiguée. Irritée. Irritable. … Là, c'est le vieil Émile, un botaniste de cœur, champion des fraises et des greffes d'arbres.

– Ça va, Milly ? lança-t-elle au jardinier. C'est une belle journée, n'est-ce pas ?

– Encore un jour qui nous rapproche du dernier, se plaignit le vieux en riant.

– Vous connaissez tous les habitants du coin ? s'étonna Tristan.

– Je trouve nécessaire de bien connaître son terri-

140

toire. Mais tu sais, au village, rares sont les nouveaux arrivants. Le cimetière fait plus d'entrées. Ah ! Nous arrivons. Tu vas travailler là. Tu vas entrer dans le monde de l'emploi, tu auras un salaire, et ainsi tu existeras pour la société. Je ne sais pas si travailler pour de l'argent rend heureux, mais je suis sûr qu'il y a un minimum indispensable. Attends-moi ici deux minutes.

Elle s'enfonça dans le garage et Tristan patienta face à l'atelier grand ouvert. Il reconnut la bagnole qui l'avait amené au village et, près du pont élévateur, il voyait Solange et Léon discuter, mais rien du conciliabule ne parvenait à ses oreilles. L'ambassadrice n'eut pas besoin d'utiliser tout son charme pour convaincre le mécano. Tristan la soupçonna même d'avoir préparé le terrain avant leur visite.

Les deux minutes requises passées, Léon s'approcha :

– Salut beau gosse ! La forme ? Bon, on a vu tout ça avec Solange. T'inquiète. Je t'attends lundi prochain. Neuf heures.

Le lundi, Tristan prit ses fonctions.

Les premiers jours, malgré sa bonne volonté, celui que son nouveau patron surnomma l'« artiste » constata avec désarroi qu'il ne pouvait rendre que de menus services. Excepté une aide occasionnelle, son temps était surtout employé au balayage et au rangement, ce qui n'était pas une pénible occupation. Léon avait instauré un système à toute épreuve. L'apprenti n'avait qu'à remettre les outils à leur place toutes désignées par des représentations fidèles et colorées peintes sur les nombreuses planches qui couvraient les murs du garage.

– Elles te plaisent, mes œuvres, l'artiste ?

Les bras en croix, il présentait son garage d'art.

– Manquent les noms en dessous. Ça m'aiderait.

– Ben te gêne pas, mon Titi. Mais fais ça propre-
ment, hein ! Ce n'est pas du tag qu'il faut, c'est du l'Art.

Et Léon rit de sa blague.

Léon n'était pas un intello. Avec une bande dessi-
née de temps en temps et ses revues de mécanique, il
n'usait pas les chaises des médiathèques, mais il était
très sensible et plutôt marrant.

– L'humour est une bouée de secours, un em-
plâtre qui protège de la connerie humaine, se plaisait-il à répéter.

De tout son être, c'est de son corps qu'il semblait le
plus se préoccuper. Il pouvait soulever un bloc moteur,
ou traverser le garage avec une roue au bout de chaque
bras. Il ne cherchait pas particulièrement une puissance
herculéenne en soulevant de la fonte, il se trouvait juste
plus beau comme ça.

Tristan découvrit vite le réel talent de son patron.
Le mécanicien était un chirurgien de la bagnole, un
maniaque du propre, du précis. Jamais une goutte
d'huile au sol. Pas un vieux pneu traînant dans un coin.
Le garage était un bloc opératoire plus *clean* que celui
de l'hosto du coin. Tristan se demanda si le chirurgien
des charrettes stérilisait l'endroit afin d'éviter les in-
fections nosocomiales aux véhicules en soin chez lui.

– Le top, c'est quand tu peux réparer un moteur
avec des gants blancs. Tu trouves les fuites d'huile *ra-
pido*. Question de rigueur. Chacun son truc. Trouve-
moi donc la frontale, commanda le petit tondu en se
glissant sous le pont pour entamer une vidange.

Léon avait cinq ans quand sa maman adorée avait
été attaquée par un méchant glaucome. Elle était longtemps partie à l'hôpital. Il avait bien cru qu'elle n'en
reviendrait jamais. Elle était revenue. Aveugle. Il avait

rapidement dû apprendre à ne pas laisser ses jouets traîner partout, à remettre toujours les chaises à la même place, à bien éteindre les lumières inutiles, à ne pas mélanger les bouteilles dans le frigo... Son père n'hésitait pas à le rappeler à l'ordre par une ou deux bonnes gifles et à le traiter de « fiotte » ou de « pédé » s'il en pleurait. Ça l'avait bien marqué.

Tristan n'avait aucune compétence en clés de douze, mais il apprit rapidement comment aider son patron. Pas besoin d'avoir fait Saint-Cyr pour nettoyer une tire de fond en comble. Que ce soit une poubelle à moteur ou une Merco, aucune ne repartait sale de chez Léon. L'artiste découvrit ainsi l'étonnante beauté des rouages que le praticien démontait avec une dextérité surprenante. Au moindre temps libre, entre les nettoyages et les noms à peindre sous les outils, les carnets à dessin se remplissaient d'engrenages complexes, de crémaillères tortueuses, de cardans à rotule, de pistons coulissants, et de portraits en situation de Léon que, sur sa demande expresse, l'artiste lui dédicaçait avant qu'ils viennent orner les parois du bureau.

– Je te fais confiance, l'artiste. Ça va prendre de la valeur, et un jour il y aura ma tronche au Louvre à côté de la Joconde.

Et Léon rit.

Une fin d'après-midi, alors que Tristan venait de lui offrir un nouveau dessin le représentant à son avantage, le garagiste tira l'artiste vers le fin fond obscur de l'atelier et souleva une grande bâche grise à laquelle Tristan n'avait pas particulièrement prêté attention.

– Tu sais ce que c'est ça, Titi ?

– Un délire de bagnole qui dort ! s'extasia Tristan.

– Mieux que ça, l'artiste. C'est un cadeau du ciel. C'est

une Triumph Spitfire Mk2 en parfait état de marche.

– Elle est à toi ?

– Je veux, mon neveu. Depuis le temps qu'elle est là, les un an et un jour sont largement dépassés. Elle était déjà là quand j'ai repris le garage de papa.

– Et tu ne sais pas d'où elle vient, ni à qui elle est ?

– Ben non. Papa n'a pas eu le temps de me le dire et je n'ai jamais eu de nouvelles du proprio.

– Chouette tire. Dommage que je n'ai pas le permis.

– Si Solange veut bien, je t'apprendrai. Tu as l'âge maintenant, et tu ne vas pas rester à trottiner comme un bourricot.

Et Léon rit.

Avril 1997.

Depuis dix-huit ans, dédaignant les feux de la rampe bistrotesque et ravalant des sentiments plus que relatifs pour un époux imposé, Lulu consacrait son temps, son attention et son affection à sa Mathilde. Afin d'éviter à son précieux bébé les conséquences de son tragique destin tant passé que présent, elle détournait au mieux sa petite de ses grands-parents trop occupés pour en prendre ombrage, et l'écartait de la fréquentation des clients du débit de boissons, de leur humour à deux balles, de leur haleine avinée, de leur concupiscence supposée, et par là de son père putatif, fatalement coincé entre le torchon et la serpillière. En prétextant de récurrentes migraines pour s'éviter les obligations conjugales et en monopolisant l'enfant, elle poussa in-volontairement son mari à s'enfoncer jour après jour dans l'amertume, les carences d'amour, et une pater-nité avortée.

Sept ans déjà que Raymond le vieux avait succom-bé au cancer du foie – à la surprise de personne – et Raymond junior avait aussitôt pris la relève derrière le bar. À l'instar de son père, un bourru sans interroga-tion connue, Raymond ne se posait que de rares ques-tions. Ça ne lui venait pas à l'idée. Alors qu'il n'avait que quatre ans, sa mère avait été retrouvée dans une chambre d'hôtel toulousaine, morte, seule, couchée sur les draps blancs, tout habillée en dimanche, avec une photo de son gosse dans ses mains jointes. La police et la population concernée n'apprirent ni ne comprirent rien quant aux circonstances et aux causes du drame. Le mari avait un alibi en béton. Alors pour tous, justice comprise, le mystère resta entier. Raymond l'ancien sombra dans un quasi-mutisme, ainsi que dans le vice de Bacchus. Junior ne demanda rien, mais l'enfant ne put remplir le vide maternel. Alors l'adolescent se focalisa sur Lucienne, et, devenu son mari, il ne posa pas plus de questions que son géniteur. De toute façon, Lulu n'était pas d'humeur à combler ses manques. Elle était fille, mère, veuve, et ça lui suffisait ; épouse lui importait peu. Elle n'était pas plus encline à répondre à ses interrogations. Elle avait sa dose d'interrogations. Elle souhaitait les oublier, ses interrogations. À s'en oublier elle-même. Lucienne n'était plus qu'un trait d'union invisible entre Mathieu et leur fille Mathilde.

Raymond junior était incapable d'en vouloir à celle qu'il avait tant désirée et dont il avait tant besoin. S'il avait fallu tout recommencer de sa vie, il n'aurait rien changé de son histoire avec Lulu. Bien sûr, il espérait un bonheur plus partagé, un amour plus réciproque, mais il était conscient qu'elle ne remplirait pas son tonneau percé avec une petite cuillère. Avoir Lulu pour femme était déjà un privilège. Plutôt que de la perdre, il acceptait son désenchantement et supportait la grisaille qui enveloppait et asphyxiait leur couple. De plus inapte à se prévaloir auprès de sa fille qu'il n'avait pas eu le temps et l'agrément de fréquenter, Raymond était malheureux, désenchanté, désabusé par cette double peine imméritée.

Accablé, puis déprimé, il commença à s'abrutir en avalant chaque soir de plus en plus de pilules pour dormir et, la journée, à en avaler d'autres pour rester éveillé. Il remit sa tournée plus souvent qu'à son tour. Il chercha consolation dans les fonds de bouteilles dédaignés par les clients et vérifia la qualité des autres alcools « par excès de conscience professionnelle », s'excusait-il dans le dos d'une Lulu indifférente. Leur vie de couple n'était pas tendue, elle était lâche, et les horaires de travail respectifs ne permettaient pas de resserrer les liens. Leurs courtes conversations n'étaient plus que des rapports d'affaires courantes. Les rares jours de fermeture, Lulu vaquait à quelques occupations extérieures avec sa fille pendant que son mari somnolait devant la télé. Leur temple d'Éros restant désespérément vide, Chronos y logeait sans jeter un regard sur ces deux êtres disjoints, se contentant de laisser s'épanouir à son rythme la petite Mathilde.

Raymond junior avait toujours été fort en chair. Il devint gros, puis très gros. Il s'essouffla de plus en plus à traîner ses pieds entre les tables. Raymond n'avait jamais été beau. Il s'enlaidit. Le rouge de ses joues s'étendit à ses pommettes avant d'atteindre son nez. Ses paupières s'alourdirent, les cernes se creusèrent, l'œil devint terne, et la voix faible. De plus en plus souvent, il oublia les piles de verres et de tasses sales dans l'évier, n'épongea qu'à peine le zinc et les tables, ne balaya plus la salle qu'un jour sur deux. Les fournisseurs s'inquiétèrent des retards de paiement et les mauvais clients en profitèrent pour alourdir leur ardoise. « Chez Raymond » partait à vau-l'eau et beaucoup s'en souciaient. La fermeture, et par là la perte du dernier bistrot, serait un désastre, un grand pas vers la désertification qui, déjà, dans l'ombre sociétale, guettait les petits villages de campagne.

Cette nuit-là, les derniers participants de l'« Amicale des Chasseurs » réunis pour arroser copieusement, et avec leur hôte, la fermeture de la saison de leur passion, venaient enfin d'abandonner le lieu.

Raymond, le palais empâté par le Cahors, l'estomac alourdi par le cuissot de sanglier sauce au vin échalotes et ail, le cœur flottant dans la crème pâtissière et l'esprit embué par la gnôle, passait sans élan sa serpillière sur les cassons gris et bleus souillés de terre et de miettes du festin.

C'est alors que, concluant un long déclin, à quarante ans et à une heure vingt-sept, le palpitant déshydraté d'amour de Raymond Teyssou junior décida de le planter là, gentiment, presque sans douleur. Le gros bonhomme s'effondra en emportant avec lui deux des vieilles chaises branlantes qui percutèrent une des tables qu'il n'avait pas encore débarrassées, entraînant la chute des bouteilles et des verres vidés qui se fracassèrent au sol.

À une heure vingt-huit, Lulu au sommeil léger s'éveilla, alertée par le tumulte venant du bar. Surprise que Raymond ne fût pas encore monté se coucher, elle sortit du lit, chaussa ses pantoufles rose bonbon, endossa sa robe de chambre molletonnée sur sa chemise de nuit satinée, noua ses cheveux d'un tour de main et descendit au rez-de-chaussée d'un pied ferme, prête à y retrouver l'homme finissant quelques bouteilles avec ses copains. Elle était bien décidée à tous les virer de là avec perte et fracas.

Arrivée dans le sas sombre du bas de l'escalier, Lulu resta perplexe à l'écoute du silence étouffé par la porte qui lui cachait encore la salle.

Après quelques secondes d'hésitation attentive, elle ouvrit sans ménagement et, la main encore crispée sur la poignée, s'arrêta net face à la scène.

Raymond était là, le dos sur le carrelage, étalé de toute sa masse graisseuse, la bouche grande ouverte d'une truite à l'agonie, le regard consterné, les deux mains plaquées sur un cœur qui n'avait pas pu aimer et être aimé à sa guise, le bas de chemise dévoilant une bedaine débordante et velue, le cul mouillé sur la serpillière, le balai, le seau et les chaises couchés fidèlement auprès de lui, le tout entouré des mille petites bougies d'éclats de verre qui scintillaient sous les néons aussi blancs que le visage du mort.

À une heure trente-quatre, Mathilde, éveillée à son tour par les pas résolus de sa mère sur le plancher craquant, et tout aussi surprise du calme inhabituel qui s'ensuivait en place de l'engueulade attendue, décida de descendre voir ce qu'il en était, les cheveux en bataille, à peine couverte d'un flasque tee-shirt, d'une petite culotte fleurie, et chaussée de ses pantoufles lapins rouges à pompons blancs.

Au bas de l'escalier, la porte donnant sur le bar était béante. La scène fut plus morbide encore pour l'adolescente qui, figée sur le seuil, découvrit sa mère assise sur une chaise éculée au milieu des décombres, le dos droit et les mains bien à plat sur ses cuisses, le profil sec et le regard froid fixé sur l'homme qui gisait à ses pieds.

Sans troubler le silence régnant désormais, chacune constata à sa façon que la grâce divine venait de soulager le pauvre Job.

Mai 2014.

Tristan avait maintenant un port d'attache, il se nourrissait de régulières et agréables relations humaines, et il occupait un semblant de travail. Sur ces bases, Solange décida de lui apprendre à laver son linge et à le repasser, à coudre, à dépoussiérer sa chambre, à cuisiner :

– Les rudiments de ce que tous les parents devraient apprendre à leurs héritiers. Savoir ces petites choses évite d'avoir à les payer, ou de subir les travers et de critiquer ceux à qui tu demandes de te rendre ces services. C'est un élémentaire pas vers l'indépendance, et sans indépendance, pas de liberté.

Parallèlement, elle lui ouvrit de vastes horizons sur les arts classiques et contemporains :

– Cela ne paraît pas bien compliqué, l'art contemporain. Il peut suffire d'encadrer ou de poser sur un socle quelconque n'importe quoi susceptible d'exprimer une sensation indicible : des taches colorées sur un support imprévu, des trucs monochromes rigoureusement empilés, des autos compressées, un urinoir, ou une pipe qui n'en est pas une, expliqua-t-elle en tournant les pages de quelques revues adaptées à la conversation.

– L'Art est une religion comme une autre, continua-t-elle, avec ses saints et ses dévots, ses fanatiques et ses sceptiques, ses conservateurs et ses progressistes, ses messies et ses martyrs. Les artistes ont longtemps été influencés par leur spiritualité et leur regard sur les dieux. Mais les dieux sont morts et les artistes ont découvert de nouvelles portes, des portes ouvrant sur de nouveaux horizons, d'autres visions de mondes lumineux ou obscurs, parfois étranges ou amusants.

Tristan comprit que Solange en savait plus sur l'art qu'une prof de français n'aurait dû.

À la demande de l'artiste – sa lèvre s'en souvenait encore – Solange lui acheta du papier à dessin, petit et grand formats, du papier A4 « à griffonner » comme elle disait, et les crayons, craies, feutres et peintures associés. Il demanda crédit. Elle investit. Elle misait sur lui. À cent contre un.

– Malheureusement, aujourd'hui, c'est le marché qui fait l'art, et l'art c'est la signature. Ce tableau n'est pas un panneau de rayures noires reflétant la lumière, c'est un Soulages qui vaut cinq millions de dollars. Celui-ci n'est pas une série de photocopies coloriées d'une starlette sans autre intérêt que son tour de poitrine et une relation présidentielle, c'est un Warhol, et tu dois pouvoir en trouver un poster à dix euros. Pour vivre de ton art, tu n'es plus obligé de faire du beau, de l'académiquement beau, mais de te faire un nom.

– Même si c'est de la merde ?

– Bien sûr. Tu peux même faire de la merde, comme tu dis. Sceller tes excréments dans quatre-vingt-dix boîtes de conserve et les vendre très cher en tant qu'œuvres d'art.

Ces conversations laissaient souvent le disciple perplexe, mais curieux.

Vers dix-sept heures quinze, au retour du garage, il

retrouvait Solange à lire dans son rocking-chair. Elle portait ses belles lunettes d'écaille, « celles pour lire », avait-elle précisé, auréolée de la fumée d'une de ses cigarettes blondes dont elle s'autorisait la faiblesse lors de ces séances littéraires. Parfois elle s'activait à la cuisine, enveloppée d'un tablier de mamie et d'odeurs de badiane, de menthe ou de coriandre. Elle enfournait ses madeleines, préparait une vinaigrette, ou, un long couteau à la main, découpait savamment la volaille qu'elle servirait pour le repas. Occasionnellement, elle le prévenait de rentrer par la petite porte du jardin afin de ne pas déranger un enfant à qui elle offrait quelque soutien scolaire.

Le repas englouti et la vaisselle faite, vers vingt et une heures, ils prenaient place au salon où, à droite et à gauche du canapé, des livres sur tous sujets emplissaient deux grandes bibliothèques surchargées. Dans ce décor, Tristan devait développer oralement sa lecture de la veille ou proposer quelques commentaires sur une œuvre de Klimt ou Giacometti, sa compréhension d'un masque Sepik ou d'une terre cuite précolombienne, sa vision d'un mandala tibétain ou d'un dessin aborigène. Certains soirs elle préférait poser sur la platine un vieux vinyle à la pochette usée, et ils restaient muets à écouter les envolées du violon de Paganini ou les hurlements de la guitare d'Hendrix, des polyphonies bulgares ou les fados d'Amália Rodrigues.

Pour conclure ces soirées, elle posait un baiser sur le front de son élève, puis glissait jusque dans sa chambre. Lui filait vers son atelier où, aussitôt, il emplissait des feuilles de croquis de plus en plus colorés.

Les natures mortes l'emmerdaient au plus haut point. Pour les portraits, ses profs d'art l'avaient obligé à dessiner, peindre, modeler, les bustes à la romaine, à la Rodin, à la Michelet. Ça l'avait gavé aussi. Ce qui plaisait à Tristan, c'était de représenter l'esprit des choses, de saisir ce qui se cachait derrière les apparences, de jouer avec les ombres pour dévoiler la lumière, et inversement. Mais faute de bons enseignements, il était encore brouillon, manquait de rigueur, et se laissait trop facilement dévoyer de ses buts artistiques par des sentiments mal interprétés et mal maîtrisés.

Solange recommanda que, chaque matin, Tristan soit debout à huit heures pour, après la douche et l'habillage, prendre avec elle un copieux petit déjeuner composé d'une grande tasse de café pour lui et de thé pour elle, de quelques madeleines de son cru, d'un bol de flocons d'avoine, et d'un verre de jus de fruits. Elle souhaitait fortifier le chaton, préparer le félin.

– Vous croyez qu'un jour je serai un grand artiste ? lui demanda-t-il ce matin-là tout en noyant une madeleine dans son café.

– Je l'espère, mon grand. Mais je crois qu'il sera bon d'éviter de tomber de Charybde en Scylla. Certaines émotions violentes sont dangereuses.

– J'ai toujours subi sans rien dire.

– La rancœur et la colère sont les sentiments qui montrent qu'on est au bout d'un chemin, dit-elle en poussant vers lui l'assiette de madeleines.

Tristan pensa à Momo qui se retrouvait seul face à des forces qui le dépassaient, l'écrabouillaient, et, sans doute, allaient le couler définitivement. Il pensa aussi à Amira dont le commerce deviendrait un métier qu'elle rendrait plus que rentable. Le diable paie bien.

– Je n'ai rien fait pour eux. Je me suis sauvé, comme un putain de lâche.

Solange se resservit un peu de thé et reprit la parole :

– Mon garçon, pour tout le monde, la fuite a toujours été une option face à la bataille. C'est même parfois la meilleure. Pour le combat quotidien, certains se forgent des armes, d'autres préfèrent porter une coiffe de plumes et réfléchir. Si tu veux affronter la vie, il te faut tes propres outils pour répondre aux éléments extérieurs qui vont dévier ou freiner constamment ton cheminement, ta marche vers demain.

– Une marche pour aller où ?

– Tu dois unir ton cœur et ton mental si tu souhaites répondre à cette question. Et pour ça, il faut que tu forges ton cœur et nourrisse ton mental. Sinon, comment pourras-tu répondre à une question insupportable ou incompréhensible ?

Plongé dans ses réflexions, Tristan se mordilla la lèvre avant de répondre :

– Ce ne sont pas les questions qui me manquent, c'est l'envie d'y répondre, finit-il par avouer en baissant la tête, intériorisant une sanction incomprise. Depuis toujours je vis seul, et depuis toujours ça avance tout seul. Ils m'ont tous abandonné.

– Alors tu préfères te laisser emporter par le courant et te noyer dans tes larmes ?

Sentant celles-ci commencer à lui monter aux yeux, le supplicié saisit du bout des doigts l'ultime madeleine sur la petite assiette, la plongea à moitié dans son reste de café et en essora une première bouchée entre sa langue et son palais.

– Arrête de te plaindre. Je n'ai pas de père, je n'ai pas de mère, et patati et patata. As-tu lu ou entendu quelque part, chez les philosophes, les énarques, les prêtres, les bourgeois et surtout les déchus, que la vie n'était que rose ? Nous naissons tous avec des valises emplies d'héritages plus ou moins heureux. C'est comme ça. Mais quel intérêt de se lamenter constamment sur notre petit nombril ? La nature t'a offert certains attraits, quelques brins d'intelligence, et un bon fond, ce qui n'est pas donné à tous. Fais avec ça. Tu es jeune, la partie est sans doute encore longue pour toi et il n'y a aucune raison que tu n'attrapes pas un pompon gagnant. Tu as certainement du talent, tu ne rechignes pas à travailler, et le train de la chance passe chaque jour près de ceux qui sont suffisamment éveillés pour le voir et alertes pour se saisir de l'opportunité.

Tristan vit un truc bizarre dans le regard de la pédagogue. Tout en se remordillant la lèvre, il pensa que derrière ce regard, peut-être, s'entrevoyait un peu de l'amour maternel dont il avait entendu parler. À finir son café, il reconnut le goût amer du robusta. Mais il se délecta de la suavité du biscuit qui suivit.

Solange ne quittait pas Tristan des yeux. Songeuse, elle termina son thé à petites gorgées et reposa son bol :

– Écoute, mon garçon. Le sentiment de solitude, tu le ressens parce que tu as été abandonné, rejeté, exclu, isolé. Ce sont des punitions infligées aux criminels, aux fous, aux différents ; à tous ceux qui dérangent. Tu n'es pas fou, et encore moins criminel. Mais depuis tout petit tu vis ces tourments. Tu te crois coupable. Tu trouves ça injuste. Et ça te ronge. Mais ça n'a rien à voir avec la solitude. Tu es né seul et tu mourras seul. Même si tu es entouré d'amis jusqu'à ta dernière heure.

– Tous ceux que j'ai rencontrés et qui disaient vouloir m'aider étaient en fait aussi dans la merde que moi, ou ils avaient toujours autre chose à faire que de s'occuper de mes galères, ou ils me racontaient des conneries pour se débarrasser de moi.

– Sache que les autres souffrent, eux aussi. Et leur souffrance les pousse autant que toi à s'isoler ou à tricher, mentir, se venger parfois, que ce soit de leurs propres parents, des copains, des profs, de la société. Au mieux, tu trouveras quelqu'un pour te proposer quelques bons outils, quelques bons exemples, quelques réflexions susceptibles de t'aider à être ce que tu dois être : toi. Toi et toi seul. Un être unique. Tu es le seul à entendre ce que tu entends, vois, comprends, subis. Et tu es le seul à l'accepter ou à le refuser. Nous n'avons pas toujours conscience de ce continuel possible choix, parce que nous sommes esclaves de nous-mêmes, de nos peurs et de nos habitudes. Ou esclaves d'un autre. Ou, trop souvent, d'un méchant fantôme bien caché au fond de nous qui nous empêche d'apprécier la solitude. La solitude est le lot gagnant de chacun de nous. C'est une mère dans les bras de qui tu dois te blottir pour être, pour créer, pour réfléchir ; pas pour pleurnicher sur ton sort. La solitude est une amie sans concession, mais c'est le prix à payer pour la liberté. Et elle n'empêche pas d'aimer les autres.

Tristan reçut ce message comme un coup de pied au cul. Un de ces coups de latte qu'il est difficile de se donner à soi-même. Il avait besoin de temps pour le digérer et osa une question divergente :

– C'est pour ça que vous ne vous êtes jamais mariée et que vous n'avez pas de gosse ?

– Oui, entre autres. Ce ne sont pas les naissances qui manquent sur cette planète, pas la peine d'en ajouter égoïstement. *Ils furent heureux et eurent beaucoup d'enfants* est un conte pour petite fille. Toutes les mères sincères te l'avoueront ; un môme, au final, c'est beaucoup plus assommant et préoccupant qu'adorable. Et puis j'ai vu tant d'enfants au cœur déchiré, par l'incompréhension du monde dans lequel ils avaient échoué, par le divorce de leurs parents, leur désespoir face aux difficultés insurmontables, ou le corps meurtri par les mauvais traitements. Des qui se mutilaient. Des qui sombraient dans la drogue. Des aphasiques, des hyperactifs, des violents, des violés et des largués... J'ai préféré me consacrer à l'instruction et à l'éducation des ados qui m'entouraient et qui me semblaient en avoir besoin à ce moment-là. J'ai pas mal voyagé, j'ai appris des autres et ensemble nous avons échangé nos connaissances. Ça m'a beaucoup aidé. Aujourd'hui je suis la dernière de ma famille et je pense avoir fait ce que je devais de mon existence.

– Ben moi, je ne sais pas quoi faire de la mienne.

– Le jour viendra où tu le sauras. Je te le souhaite de tout mon cœur et je vais essayer de t'épauler.

Elle se leva, s'approcha, serra Tristan dans ses bras, caressa de ses doux yeux ceux du garçon puis posa un long baiser sur son front.

– Allez, va te promener. Moi, je vais nous faire un gâteau pour ce soir.

– Un gâteau ?

– N'est-ce pas ton anniversaire ?

– Un gâteau ! Pour moi ?

– À partir de demain tu seras majeur et considéré comme responsable. Tu seras le roi de toi-même. C'est une intronisation qui se fête. Alors j'ai invité Lucienne et un autre ami. Nous allons passer une belle soirée.

Une bourrasque d'émotions confuses, presque étouffante, l'enveloppa. Il ne put retenir ses larmes et les laissa couler avec délice.

Solange ne mentait jamais à Tristan, ni en bien ni en mal. Et en plus des baisers, il y avait les gâteaux.

Quelque part en lui, une porte s'entrouvrit.

Il s'élança :

– Merci… Solange.

Mai 2014.

Tristan n'avait jamais ressenti un tel calme intérieur. Solange lui apportait beaucoup. Le rythme imposé, les madeleines, les conversations, les baisers… Une petite graine de calme, presque de paix, germait dans le cœur de celui qui, jusqu'à présent, n'avait jamais espéré recevoir quoi que ce soit de quiconque, et surtout pas de la tendresse. Il n'osait pas encore parler d'amour. Jamais personne ne lui avait dit « je t'aime », et pour sa part, il n'avait jamais eu à offrir ce mot à quelqu'un. Il lui semblait un mot trop important pour s'en servir à la légère.

Pendant ses temps libres, il profitait de son atelier et dégustait le petit jardin. Le mois de mai était bien entamé et, selon les dires du vieil Émile, la nouvelle lune passée laissait supposer l'installation des beaux jours. Près de la vigne, sous un grand parasol que Solange lui avait sorti des oubliettes, l'artiste mit en place un des plateaux sur ses tréteaux et une des chaises. Il délaissait de plus en plus souvent ses oreillettes au profit des gazouillis des piafs qui se chamaillaient dans le grand laurier cherchant à y trouver la meilleure place pour assister au spectacle. Profitant d'un rayon de soleil bien placé, le dessinateur satisfaisait en quelques légers coups de craie les iris qui, crâneurs, lui proposaient leurs têtes colorées et froissées à imiter. Parfois, il retouchait et colorait les illustrations mécaniques commencées chez Léon, ou crayonnait quelques idées de sculptures.

Il arrivait à Solange de le rejoindre dans cet éden. Après le baiser sur le front, elle prenait place sur une seconde chaise et lisait près de lui en tirant quelques bouffées de sa cigarette. Souvent, songeuse, elle le regardait travailler en silence, ou, à la demande, répondait aux questions qui fusaient hors des méninges ou du cœur du jeune homme.

Une fois, alors qu'il se plaignait à nouveau de son sort et de son incapacité à envisager son avenir, il finit par lancer :

– Je n'ai toujours pas compris pourquoi il faut se battre pour vivre. Surtout si c'est pour toujours mener la même vie de merde.

Solange « monalisa » un sourire avant de répondre :

– Tu as peut-être raison. Mais te bats-tu pour vivre ou pour lutter contre la souffrance ? Vivre ou mourir, quelle importance ? Mais jusqu'où es-tu prêt à aller ? Qu'es-tu prêt à faire, qu'es-tu prêt à supporter pour ne pas préférer la mort ? Quel combat es-tu prêt à mener contre elle. Pour quoi, ou pour qui ? Il est vrai que la mort a de nombreux visages, mais la mort lovée dans le cœur ou dans l'esprit d'un homme ou d'une femme n'est-elle pas aussi dangereuse et encore plus souffrante que celle qui nous fait squelette ? La seule réelle chose sur laquelle tu puisses compter, c'est le temps dont tu disposes.

– Mais il ne m'est jamais rien arrivé de bon. Je ne vois pas pourquoi ça changerait.

– Ce n'est pas parce que tu n'as pas foi en ton futur, qu'évidement tu ne connais pas, que tu dois baisser les armes. Nous avons bien fini par nous rencontrer. Tu ne sais pas si l'avenir va te dire « oui » ou te répondre « non ». Mais le « non », tu l'as déjà si tu ne fais rien. Alors pourquoi ne pas tenter le « oui ». Chaque seconde de vie compte, et chaque combat fait de toi un vainqueur ou un vaincu. Ce qui est sot, c'est la peur qui empêche d'avancer sur le champ de bataille, ou sur le ring.

Jamais il ne fit confiance à quelqu'un, mais Solange n'était plus « quelqu'un ». Alors il reprit le combat.

Faute de salle adaptée au village, il dut arrêter la boxe. En compensation, Tristan décida de s'astreindre à un footing régulier sur le petit sentier qui grimpait jusqu'au sommet de la colline. Là, il admirait la vallée, les toits du village, les champs colorés et, par temps sec, la chaîne des Pyrénées. Puis il redescendait jusqu'à la Donzelle, d'où il revenait par le lavoir. En chemin, il rencontrait souvent le chien de Lulu qui l'accompagnait un moment en souriant.

Le garçon appréciait ces courses en solitaire pendant lesquelles il s'arrêtait de-ci de-là à la contemplation d'un arbre en fleurs, au salut d'un écureuil en goguette, ou aux bourrasques du vent d'Autan fouettant les feuillages. Toujours aux aguets, ses yeux s'arrêtaient sur un visage pétrifié dans un galet, sur des souches et des branches mortes traversées de vie, sur des ferrailles qui s'émancipaient de l'homme ; des formes-matières qui se plaignaient souvent de leur situation. Lorsqu'il découvrait une de ces magiques apparitions, il proposait de lui offrir une vie autre que celle qui lui était échue. L'artiste arrêtait alors ses pas, s'asseyait sur un n'importe quoi de disponible et transposait dans son petit carnet de croquis la vision rencontrée, sans oublier d'y ajouter ce dont il était sûr qu'il manquait ou de mettre en évidence ce qu'il y voyait d'invisible. Quelques trop belles trouvailles retournaient avec lui jusqu'à l'atelier et y attendaient que l'artiste en dispose.

Momo lui avait raconté, à sa manière, ce qu'il avait appelé « une légende de ses ancêtres » :

– Cousin. Un jour tu te balades, tranquille, et sur ton chemin, tu trouves un caillou. Un petit caillou méga-beau d'enfer. Mets-le dans ta poche et garde-le bien là. Si un autre jour tu trouves un caillou plus beau, remplace l'autre. Et comme ça encore, et encore, et encore. Tout ton putain de chemin de ta putain de vie. Si tu fais comme ça, cousin, un jour tu posséderas un diamant.

Cet après-midi-là, alors qu'il rentrait de la balade imposée par Solange, il repéra, deux mètres derrière le grillage de ce qu'il soupçonna être une entreprise de bois, une belle et longue bûche boursouflée à souhait qui, abandonnée là parmi les herbes folles, larmoyait de concert avec quelques parpaings brisés et autres débris. Tristan resta un moment à réfléchir, hésitant, se mordillant la lèvre, les mains accrochées au treillis qui le séparait de son désir ? Il en était sûr. Il y avait là une beauté intrinsèque à révéler. Même s'il n'en percevait encore que la lueur cachée.

– Tu le veux, ce bout de bois ?

Tristan sursauta à cette voix forte et grave et s'aperçut que, assis à ses pieds, la chienne souriante le fixait en le saluant énergiquement de la queue.

Sans attendre la réponse, un poids mi-lourd écarta homme et bête sans ménagement, s'accroupit, saisit entre ses forts poings serrés les mailles du bas de la barrière trop fragile pour lui, et souleva, entraînant au passage quelques mottes de terre sèches.

– Ils n'en ont plus besoin puisqu'ils l'ont jetée là. Et

162

puis de toute façon, je les emmerde.

Surmontant sa surprise, Tristan eut à peine besoin de se plier pour se précipiter vers la grume. Le temps qu'il ramasse, soupèse, adopte son lourd trésor et s'en revienne du bon côté de la frontière, l'homme et le chien s'en retournaient déjà vers le village.

— Merci monsieur ! cria l'artiste.

— De rien, mon gars.

— Je suis Tristan, ajouta-t-il en essayant de rattraper les marcheurs malgré son fardeau et faisant fi de ses craintes habituelles face à un étranger.

Tristan *kiffait* déjà ce mec.

— Oui je sais, répondit l'homme en stoppant son pas et en proposant une poignée de main. J'étais sur la terrasse de Lulu quand Léon t'a pondu par sa portière. Je n'aime pas quand il rit de ses pauvres blagues. Mais il t'a embauché, et ça c'est bien. Moi c'est Gari. Elle, c'est Yoda. Tu me dois un blanc.

Gari tutoyait quasiment tout le monde. Pas par impolitesse, quoique, mais parce que pour lui, si nous sommes tous égaux, tous frères, alors pourquoi tant de chichis. Pour lui, le vouvoiement valait moins qu'une première poignée de main. Cette main avait-elle la poigne ou la mollesse, la peau douce ou rugueuse, des doigts fins ou boudinés ? Il n'avait pas souvent besoin d'en savoir plus. Pour lui, c'était la main qui faisait l'individu respectable, pas son nom de famille, pas ses diplômes, pas ce qu'en disaient les autres.

Ils reprirent le chemin en alignant leurs pas, le bras de chacun soutenant un bout de la bûche.

— C'est quoi cette usine ?

— Une ancienne boîte de belles boîtes. Maintenant, c'est juste un repaire de mafieux qui ne foutent pas grand-chose. Font bosser les miséreux du bout du monde et comptent la thune qu'ils ramassent grâce à ceux qui cherchent juste à survivre. C'est tout ce qu'ils savent faire, ces malfaisants. Compter. Et surtout compter sur les autres.

L'homme avait l'air *vénère*. Tristan resta dubitatif, mais il osa prolonger la conversation.

– Vous les connaissez ?

– Beaucoup trop. Mais je n'ai pas envie de te raconter cette histoire aujourd'hui. Je ne suis pas sûr d'en être guéri, ou pas assez bourré. Sache simplement qu'il faut te méfier du Malart. Une sacrée belle gueule celui-là. Tu lui donnerais le bon Dieu sans confession. Mais sitôt que l'occasion se présente, il te postillonne au visage avec des mots, des mots, et des mots, et si tu lui tournes le dos, il ne manquera pas de te poignarder.

– Je viens d'arriver, vous savez. Je ne connais personne ici, à part Solange. Et un peu Lulu, ajouta-t-il après un temps d'arrêt.

– Ha ! La reine Solange. Elle est sympa, ça c'est certain. Mais elle me fait un peu peur. Tu as bien de la chance, mon gars, d'être sous son aile. Mais ne va pas la trahir. Je suis sûr qu'elle n'est pas que gentille, qu'elle peut être féroce. Et là, gare à tes abattis.

– Que voulez-vous dire ?

– Pis arrête de me vouvoyer, tu m'agaces avec ça. Je ne suis pas ton patron, moi, ni ton éducateur machin-truc.

– Excusez-moi… heu, excuse-moi.

Sans arrêter sa marche ni relever l'hésitation, Gari poursuivit son éloge :

– Solange, ce n'est pas une pomme, c'est LA pomme. Que tu la voies verte comme le printemps ou

164

rouge comme l'automne, elle est toujours aussi belle à croquer, toujours aussi attirante. Elle promet d'être sucrée et n'est jamais fade, et certains ne l'apprécient pas parce qu'elle peut être acide. Mais moi, là où je la crains, c'est qu'elle a une sacrée connaissance. Elle semble tout savoir sur tout, et les gens qui savent tout, ça m'inquiète, parce que là, le fruit peut être empoisonné, comme pour Blanche-Neige.

– Tu sembles bien la connaître, avança Tristan.

– Non, non. J'ai juste fait deux ou trois bricoles pour elle. Pis un tour de moto, se souvint-il en ajoutant un clin d'œil. J'aimerais bien que, comme pour toi, elle soit mon amie. Ça me rassurerait de savoir cette femme-là dans mon camp.

Gari se saisit à pleines mains de la massive bûche, il la tourna aisément entre ses deux grosses pattes labourées de cicatrices :

– C'est du chêne vert ! Du *Quercus ilex* si tu préfères. Vu ses bosses, il a souvent été taillé. Ouais ! Sûr. C'est du bois d'« yeuse » comme ils disent dans le Midi. Bon, je tourne par là. Allez, à ce soir, gamin.

– À ce soir ? Tu viens chez Solange pour mon anniv ?

– Ouais.

– Eh bien, sois heureux. Elle a dit que ce soir deux amis viendraient. Lulu, et donc toi. Tu vois ? C'est *cool*.

Gari et Yoda s'éloignèrent pendant que Tristan regardait la bille de bois que le géant avait posée à ses pieds.

Afin de se pénétrer de sa révélation, il lui répéta :

– Tu es Dieuse, ma déesse. Tu es Dieuse.

Octobre 2014.

– Tu sais, chaton, dans toute chose il est possible et plus agréable de voir le beau. Bien sûr, on trouve qu'il y a toujours trop de laid. Mais pour les aveugles du cœur, les malvoyants de l'âme, pour ceux qui préfèrent se concentrer sur les défauts, les erreurs, les loupés, les défaites, la vie devient triste, sombre et amère. Et je sais de quoi je parle. J'ai mis beaucoup de temps à me souvenir que la beauté est toujours présente et qu'elle se cache partout. Mais comme elle et nous bougeons tout le temps, qu'elle est aussi fugace que nos humeurs, il est difficile de la saisir. À peine as-tu le temps de l'apercevoir que déjà elle est autre, ou ailleurs. Regarde ! Aujourd'hui, tu as dix-huit ans et toutes les filles te trouvent beau à s'en offrir sans réfléchir. Mais demain, quand ton visage sera ridé, tes rares cheveux devenus blancs, tes épaules voûtées qui voudront rejoindre ton gros bidon, que restera-t-il de cette beauté aujourd'hui éclatante ?

Après avoir brusquement déposé son café devant Tristan, Lulu repartit en trottinant vers son arrière-cuisine :

– Zut, mon gratin !

Tristan suivit un instant des yeux le dos de la femme en noir dont il devina, en connaisseur, une souffrance cachée, puis, promenant son regard sur le petit monde où elle évoluait, ce sont les statuettes exposées qui l'interpellèrent du haut de leurs perchoirs.

Elle avait raison, Lulu. Pour les bigleux qui ne voyaient pas plus loin que l'apparence des choses, la petite majorette qui arpentait son étagère n'était qu'un moche et ridicule trophée dont les parties nues du corps étaient trop blanches et la veste vieux rose mal peinturlurée de fausses dorures. Tristan, lui, y percevait la beauté figée d'une jeune vierge maquillée et au costume de lumière, dont les cuisses se levaient et s'écartaient en cadence. Implorante, elle brandissait vers les cieux un long bâton salvateur à pommeau d'or.

Plus loin, c'était maintenant le corps d'un gros sumo que décrypta le jeune artiste. À l'opposé de sa voisine excitée à rêver d'une *sextape*, l'athlète était immuable. Une lourde masse que rien ne semblait capable de bouger, de déséquilibrer, de déstabiliser, à l'égal d'un Fuji-Yama dont l'éruption était toujours possible. Représentant asiatique, sa peau aurait pu facilement être peinte de jaune. Émissaire du Japon, pays du Soleil levant, elle pût l'être de rouge. Peinte de blanc, le Nippon fût ridiculement expatrié. L'auteur avait choisi le noir, affirmant plus encore la crainte inspirée par le mastodonte, juste pudiquement vêtu de son *mawashi* tout aussi noir.

Enfin, le manteau rouge du saint Nicolas attira les réflexions de l'artiste. Il avait appris que, pour nombre d'ethnies de par le monde, le rouge est symbole de vie. Rouge comme le sang qui coule dans nos veines pour mener les sentiments du cœur aux joues, des tripes aux poings, et jusqu'au bout de la *teub*. Rouge comme le torrent de désirs submergeant le bambin assis sur le bras du vieux, face au bonbon inatteignable dans la main opposée du grand-père. Un vieillard qui a déjà vécu. Qui sait parce qu'il a déjà vécu. L'ancien qui tient le bonbon, témoin générationnel d'un bonheur possible. Rouge comme la colère du gosse insatisfait de ne pouvoir se saisir de la gourmandise. Et puis rouge comme le sang de la vigne. Rouge comme la façade du bistrot de Lulu.

C'était ce rouge sang vital, vivifiant, qui bouillait maintenant dans les veines de Tristan. Une force au creux de son ventre. Une volonté qu'il reconnaissait et à laquelle il obéissait à nouveau depuis quelque temps. Il avala son fond de café froid et se leva, mu par son besoin immédiat : le besoin de créer.

– À plus, Lulu ! lança-t-il en claquant la porte dans un grand fracas de clochette.

De retour à la maison, il s'engouffra dans son atelier-chambre où, près de la fenêtre, la grume ramassée chez Malart, encore endormie dans son voile d'écorce écaillée, attendait depuis presque six mois que l'artiste pose enfin sur elle plus que le regard.

Tristan la saisit et la posa sur l'établi. Le garçon alla prendre sa petite boîte en fer dans la table de nuit, approcha une chaise, s'y assit, ouvrit la boîte et en tira de quoi se rouler lentement une cigarette de sa *beuh* restante. Il avait remarqué que ce petit rite permettait à ses neurones de se focaliser sur ses vœux créatifs. Juste un outil lui permettant d'ouvrir quelques portes sur une autre vision, une autre conscience du monde.

Solange l'avait surpris à fumer un joint un soir :

– Alcool, marijuana, champignons, cocaïne ou LSD, les outils ne manquent pas. Atteindre un autre niveau de conscience en utilisant quelque substance, naturelle ou pas, est une méthode connue, utilisée et maîtrisée par toutes sortes de sociétés depuis la nuit des temps. Mais cela ne peut être qu'une porte momentanément entrouverte. L'addiction n'est pas une solution, parce que passer tout son temps dans un autre monde rend fou dans ce monde-ci. Le vrai pouvoir est de savoir atteindre un meilleur état de conscience sans soumission.

Dans les tiroirs de l'établi, l'artiste avait découvert des ciseaux à bois, des rifloirs, des gouges, des burins, deux massettes, et quelques serre-joints que Solange y avait bien alignés.

– Ils étaient à Gari. L'établi aussi. Il avait tout en double, alors il m'a dit que si je les voulais… Ils sont à toi maintenant.

Tristan choisit une gouge, ni trop fine ni trop large, et débuta sa cour à sa déesse par de douces caresses mordantes le long des courbes noueuses. Ses doigts, ses mains, son ventre, tout son corps exultait. Le sculpteur allait libérer Dieuse de sa gangue, mettre en évidence toutes les facettes de sa divinité, révéler son esprit silencieux, muet, secret.

Nuit après nuit, de ses ciseaux poussés à légers coups de maillet, Tristan commença à déshabiller Dieuse – elle lui avait confirmé ce nom dans un murmure –, révélant peu à peu les formes dénudées. Une nuit à arrondir un sein. Une autre nuit à arrondir sensiblement une des hanches, à cambrer un rein, avant de revenir à un sein ou à une fesse.

Elle avait juste une petite cicatrice à l'épaule. Ce soir-là, Yoda était entrée par la porte du jardin entrouverte, avait pointé son museau à la fenêtre de la chambre et, subitement, jappé. L'outil avait ripé de surprise. Yoda sourit, Tristan grogna, constata, hésita, mais décida de laisser vivre cette marque. Il retoucha juste un peu l'écaille pour en faire un petit « D », « D » comme Dieuse, comme un secret entre sa dryade, lui, et Yoda bien sûr. Ce chien n'étaient-il pas un messager ?

À force de la polir, le grain de peau de Dieuse devint si lisse que lorsque le doigt de son révélateur glissait sur une hanche, il sentait le bois vibrer sous la caresse.

Parfois la déesse boudait et refusait le contact. Alors il la laissait tranquille, éteignait les néons, s'asseyait près d'elle et la regardait, encore et encore, appréciant les rondeurs projetées sur les murs par les quatre petites lampes réparties autour de la belle.

– Dieuse n'est pas la femme de Dieu. C'EST Dieu. Si Dieu existe, Dieu est une femme et son nom est Dieuse. Mieux. Dieuse est LES femmes.

Voilà ce que pensait Tristan en contemplant sa statue.

Juin 1997.

Née trente-huit ans plus tôt au village dont elle connaissait tout le cheptel, Lulu ne rêva plus jamais de se refaire ailleurs une vie plus ensoleillée. Pour aller où ? Son soleil s'était couché à quelques kilomètres de là, contre un platane qui marquerait à tout jamais le bout du monde. Si quelqu'un lui avait dit que la Terre était plate et que l'extrémité en était juste derrière cet arbre, elle n'aurait pas été surprise. Pour elle, au-delà de cette frontière, c'était l'inconnu, le mystère, le danger, le royaume d'Hadès, le royaume des morts.

Maintenant que le Raymond, lui aussi, était parti derrière son platane personnel, elle décida d'abandonner son poste au secrétariat de la mairie.

C'est grâce à Solange qu'elle avait obtenu cette place.

– Tu veux être au service du bar et de ton mari ?

– Certainement pas ! avait affirmé Lulu.

Accrochée à son téléphone ou à taper des comptes rendus derrière son bureau, elle s'était sentie utile malgré le fichu caractère du maire, Christian Malart, dont elle supporta presque quinze ans les caprices, dénota les excès et combla quelques lacunes administratives.

– J'ai besoin de savoir ce qu'il fait, avait bien souligné Solange lors de son embauche.

– Chouette. J'ai le rôle de Mata Hari.

– Oui. Et fais attention à ton patron. Il a un faible pour les petites espionnes de vingt ans.

Ce ne fut pas difficile. Lulu n'avait jamais trop aimé Chris, sans trop le lui montrer, sans trop en faire cas. Un beau et riche garçon, sûr, mais un voile noir séparait leurs atomes crochus. Elle avait vite repéré son manège avec les femmes et sut le repousser avec un sec humour dès la première tentative. Tout en préservant son emploi. Les rumeurs allaient si vite dans un si petit village. Surtout si Lulu en était le précurseur en semant lesdites rumeurs dans le bistrot de son Raymond de mari.

Elle prévint Alice des défauts. Alice était une avenante néorurale portant bien sa jeune quarantaine. Elle était arrivée au village quelque temps plus tôt avec mari et enfants. Lulu la présenta au maire pour son remplacement. Le presque cinquantenaire au priapisme chronique ne put résister aux doubles assauts de ces deux pouvoirs féminins associés.

– Te laisse pas faire, ma poulette. Hésite pas à le remettre à sa place s'il veut te plumer d'une manière ou d'une autre. Je le crois pas méchant, mais toujours capricieux, facilement lâche, et souvent inconséquent.

– Ne t'inquiète pas. J'en ai encore deux comme ça à la maison. Je vais vite reconnaître les ficelles sur lesquelles il me faudra tirer. Ils sont bien tous pareils.

– Toute façon, si t'as des problèmes, tu me préviens aussitôt, et je fais remonter, lui conseilla Lulu.

Libérée de cette tâche, la jeune veuve reprit le flambeau du bistrot dont elle changea aussitôt l'enseigne. « Chez Raymond » devint « Chez Lulu » sans que personne n'y trouva à redire. Elle en fut quitte à se lever à six heures afin d'être prête pour le café des artisans, et à se coucher trop tard à cause des pochtrons aveugles à la montée des chaises sur les tables et insensibles aux coups de balai dans les pieds des récalcitrants, signaux de la fermeture imminente. Ils constatèrent assez rapidement, et à leurs dépens, le changement de maître des lieux. Et cette maîtresse-là ne craignait pas les hommes.

En nouvelle patronne, Lulu fit repeindre les murs et repolir le zinc. Elle garda les tables en noyer mais changea les chaises en bois distordues pour de nouvelles à l'identique qu'elle garnit de petits coussins colorés. Elle revendit à un collectionneur le vieux jukebox qui n'avait pas retenti depuis longtemps et acheté un lecteur CD. Les clients découvrirent son goût immodéré pour le blues. Billie Holiday et Muddy Waters remplacèrent Sheila et Claude François.

Sur de petits socles muraux, elle exposa ce qu'elle appelait ses beautés. La première, abandonnée lors d'un concours départemental, présentait un piédestal en métal doré surmonté d'une petite majorette, les cuisses nues, les pieds bottés, un genou pointé vers le ciel et son bâton à la main dressé plus haut encore. Majorette. Un des rêves de petite fille de Lulu. Plus loin, dégoté au vide-grenier annuel, un sumo en plâtre noir, les mains posées sur ses genoux pliés, attendait un adversaire hypothétique. Lulu s'y était reconnue tout de suite. Qu'ils y viennent ceux qui voulaient l'emmerder. Enfin, un grand saint Nicolas en résine portait sur le bras droit un angelot fixant un long sucre de candi brandi dans la main opposée du barbu. Lulu avait là, quotidiennement, l'image du Noël idyllique qu'elle attendait encore. Pour parfaire sa décoration, elle agrémenta chaque table d'une boule à neige dont sa préférée contenait, devant un décor d'île déserte, un petit voilier flottant sur une mer de paillettes multicolores. Chaque fois qu'elle déplaçait la boule pour nettoyer la table, elle s'étonnait :

– C'est beau, la neige qui tombe au paradis !

Sa tenue de travail ne se différenciait guère d'un jour à l'autre. Jamais de hauts talons. Les journées de service qu'elle abattait ne lui accordaient pas cette indulgence. Ses longs cheveux blonds travaillés en chignon ou savamment tressés, elle se vêtait toujours de noir, robe à manches courtes ou chemisier et jupe, s'accordant parfois un tablier à gros ou petits damiers noirs et blancs.

– C'est pour pas que les hommes fantasment sur moi, disait-elle en prenant un air hautain.

Cette sombre habitude marquait-elle le deuil inachevé de Mathieu ou y trouvait-elle sa force ? Sans doute un peu des deux.

En bonne mère soucieuse de son petit monde, elle proposa quelques repas simples qu'elle mitonnait la veille pendant ses heures creuses. S'échappaient alors les odeurs de lentilles au lard, de cassoulet au canard ou de blanquette de veau, de bons plats qu'elle réchauffait le lendemain, l'heure du déjeuner venue, à douze heures trente précises, jamais pour plus de quinze gourmands, sur réservation, et pas intérêt d'être en retard.

– J'ai pas que ça à faire que de nourrir les bêtes, prévenait-elle à l'encontre des capricieux.

Tout le village connaissait la petite Lucienne, mais chacun découvrit les qualités de Lulu. Tous en convenaient, elle était efficace au service et à la cuisine, serviable avec les aimables, intransigeante avec les cons. Lulu savait calmer les révolutionnaires et consoler les cafardeux. Lulu savait répandre les nouvelles et garder les confidences. Tous étaient sûrs qu'elle connaissait tous les secrets du village. « Chez Lulu » devint rapidement une tribune citoyenne, un cabinet psychologique et un confessionnal.

Lulu devint un monde double. Dans l'un, celui que tous voyaient et appréciaient, elle était la gentille marraine de Cendrillon, celle qui transforme les citrouilles en carrosses. Jusqu'à une certaine heure. L'autre, intérieur, où seuls ses vrais amis pouvaient être reçus, était un monde tristement sombre, entouré de grands arbres tortueux, menaçants, une espèce de château fort, avec un haut donjon au sommet duquel, dans une chambre aussi froide que la mort, une jeune princesse dormait dans son cercueil de verre dans l'attente du baiser de son prince charmant qui ne reviendrait jamais.

– Quand la vie veut pas !

Juillet 2015.

Depuis trois jours, Solange avait rejoint Jean à Paris. Ils passaient une petite semaine ensemble dans leur appartement au-dessus de la galerie. Aujourd'hui, exceptionnellement, aucun cocktail, nul vernissage ou inauguration n'était prévu dans l'agenda de Jean. Ils avaient occupé la matinée à quelques emplettes aux marché des Enfants-Rouges puis ils avaient dîné en amoureux, près du Grand Palais, dans le restaurant d'un ami.

– L'expo *Picasso.mania* se termine à la fin du mois. Tu veux que nous y fassions un tour ? proposa Jean.

– Autant profiter de tes privilèges ?

Jean et Solange étaient depuis longtemps reconnus dans le milieu de l'art, mais de fait, c'était Jean qui était continuellement au contact. Solange n'avait jamais accepté d'abandonner son métier professoral pour l'aider à plein temps à la galerie et, d'un commun accord, et en toute confiance, ils avaient toujours profité chacun d'une habitation personnelle. Ainsi avaient-ils préservé leur amour pendant toutes ces années.

Ils étaient rentrés en tout début de soirée. Ils avaient grignoté une salade niçoise et un morceau de fromage dans la cuisine avant d'aller s'installer au salon.

C'était leur troisième partie de go. Chacun en avait gagné une, comme d'habitude. Sur la platine laser, Rameau découvrait le *Tendre amour* des Indes galantes et le troisième verre de vodka commençait à réchauffer les neurones des joueurs. Cette fois, Solange avait les pierres blanches, Jean les noires. La « belle » était bien entamée. Les pierres définissaient déjà les futurs territoires sur le *goban*.

Jean lança une méchante attaque sur un coin. Pour le moins, il en profiterait pour consolider le bord gauche.

– Maintenant que tu as quitté l'Éducation nationale, pourquoi ne veux-tu pas venir ici ? Tu as des parts dans la galerie et elle rapporte suffisamment d'argent pour deux, tu le sais bien, avança Jean.

– Et je viendrais habiter à Paris avec toi ? Avec toi, ce serait un bonheur. Mais à Paris. Je te vois venir, mon chéri. Tu sais bien que je ne supporterai pas de te préparer tes repas et de faire ton ménage pendant que tu t'amuses à la galerie. Pas plus que je ne prendrai plaisir à fréquenter et papoter avec les femmes de tes confrères. Je préfère continuer d'aider de vrais gens.

– Ton boulot avec tes gosses à problèmes t'a rendue bien sensible à la nature humaine.

– J'aime bien ma sensibilité, et j'ai bien aimé rencontrer mes petites racailles, sans doute moins cultivées que celles qui visent l'ENA, mais dont beaucoup avaient des choses plus intéressantes à dire. Et peu leur importait le moyen. Le hip hop, pour eux, représente ce qu'a été le *rock and roll* pour nous ; on y chante, on y danse, on y écrit, on y graffe. Tu sais bien que le *street art* du « neuf-trois » est autant de l'art contemporain que les mobiles de Calder ou les ballons de Koons. Mais il est peut-être trop tôt pour ouvrir un nouveau département culturel mettant en valeur cette génération contemporaine « populaire » née hors du sérail ?

Ils le font peut-être mal, ou ils ne savent pas encore le faire bien, mais au moins ils ont quelque chose de nouveau, et parfois de plus humain. Il en sortira quelque chose de bon. Je reste ouverte et optimiste.

À chaque pierre posée par Jean sur le plateau de jeu, Solange répondait du tac au tac. Fermement. Instinctivement. Les petites pierres de verre claquaient sur le bois vernis. Le coin ne céda pas. Jean devrait se contenter des points assurés sur le bord.

– Moi aussi je m'occupe de l'ouverture d'esprit des gens. Comme toi je les aide à voir le monde autrement qu'avec des préjugés et des œillères… En fait, ce qui nous différencie, c'est juste la méthode.

L'attaque était molle. La réponse fut cinglante.

– C'est ça. Ô *sensei* ! La tienne est mercantile. La mienne est altruiste.

Cette fois, c'est Jean qui sourit en haussant ses sourcils. L'intention de troubler – le *kimoshi* comme on dit au Japon qu'ils avaient visité ensemble – était trop flagrante. Solange, tout autant que Jean, savait l'incongruité de cette réplique. Depuis leur union « libre », Jean partageait sans compter les bienfaits matériels de ce côté mercantile qu'elle dénonçait à cet instant. Solange avait partagé sa vie professionnelle avec la triste vie des profs sous-payés sans en connaître réellement les désagréments. Elle avait rencontré des gens qu'aucun de ses collègues n'aurait pu côtoyer. Elle avait profité des voyages aux quatre coins du monde culturel. Elle avait eu le beurre et l'argent du beurre. Jean le savait. Elle le savait. Elle ne faisait que rarement gloire de cette richesse.

Les adversaires calmèrent leurs ardeurs. Solange commença à s'étendre tranquillement au centre du *go-*

ban. Ils entraient dans le vif du sujet. La victoire était encore indécise.

– Je t'ai déjà parlé de Tristan.

– Le gosse de banlieue que tu as adopté ? Ton petit génie ? Celui que nous cherchons tous ?

– Celui-là même ! Et ne te moque pas, s'il te plaît. J'y mets peut-être trop de cœur, mais ce gamin sent les choses. Il les voit. Il les voit et il les montre. Pour l'instant, il produit. Beaucoup. Et de tout. Il se découvre. Tu devrais descendre le rencontrer. Il n'est pas encore tout à fait lui-même, mais il va vite éclore.

– Tout vient à point à qui sait attendre.

Jean lutta pierre à pierre pour rattraper son retard. Solange ne lâcha pas prise. Toutes les trois ou quatre coups, elle fixait Jean droit dans les yeux et lui envoyait son sourire Mona Lisa. Son adversaire ne se décontenança pas. Il connaissait cette charmante ruse, pour lui éculée. Il voyait que la partie était serrée et que Solange se lançait dans ses stratagèmes complexes. Elle entama une réduction sur un groupe un peu faible.

– Pourquoi ne serait-ce pas toi qui viendrais vivre au village. Comme tu le dis, nous avons suffisamment d'argent pour deux. Tu n'en as pas marre de courir d'une métropole à l'autre ? Il te suffit de trouver quelqu'un de toute confiance pour la galerie.

– Je redescends au village et je me retrouve attaché à un arbre de ton choix ?

– Je ne te demande pas de venir t'y encroûter et mourir, mais juste de venir vivre un peu plus tranquille, à la campagne, avec moi.

– J'ai peur de m'y emmerder, mon amour.

Solange avait bien préparé sa dernière attaque.

Pour vaincre, il fallait gagner le *yose* ; cette phase

finale de la partie où chacun gagne ou perd un point par-ci, un point par-là, en finalisant les frontières. Il était important de rester maître du coup à jouer, de garder la main. La victoire en serait la récompense.

– Mais non. Je ne te parle pas de ne rien faire comme un vieux, mais tu pourrais, nous pourrions, entamer une nouvelle phase, un nouveau projet, plus altruiste justement. Monter une galerie là-bas par exemple ?

– Pourquoi pas ? Si c'est au bénéfice spirituel et culturel du plus grand nombre. Advienne que pourra.

La partie était terminée. Solange avait gagné.

Juillet 2015.

Plus d'un an déjà que Tristan était au village. Il s'y sentait si bien qu'au long de son footing hebdomadaire il se permettait d'adresser un franc « bonjour » aux personnes croisées qui lui rendaient la politesse avec un sourire entendu. Tous savaient reconnaître le proté-gé de Solange et de Lulu, et la curiosité les avait rapi-dement poussés au contact vers cet « artiste », si jeune, si beau, si gentil, si poli, si réservé, si comme il faut. Personne ne savait d'où il sortait. Léon avait su tenir sa langue au sujet du passé de son apprenti ; Solange n'au-rait toléré aucun écart. À part Lulu et Gari, pour tous, Tristan était comme tombé du ciel, comme un drôle d'ange en capuchon noir.

Le début d'après-midi était ensoleillé avec une sur-prenante douceur de l'air. Le jeune artiste arrêta sa course pour une conversation avec Jérôme, le tailleur de pierre qui restaurait le vieux lavoir. Un grand. Un costaud, un « affûté », comme ils disent par ici pour un rugbyman. Un affûté du muscle mais aussi de l'histoire de l'architecture, un affûté des traditions, un affûté des règles et des mesures. L'utilisation de quelques-uns de ses outils intéressait Tristan. Le travail de cette matière lui était encore inconnu. L'artisan répondait avec plaisir à son devoir de transmission, mais Tristan devait supporter son humour de blaireau misogyne, raciste, homophobe. Un bon artisan, mais avec un logiciel obsolète.

– Tu connais la différence entre un moustique et une femme ? Le moustique ne t'emmerde que l'été.

Tristan lâchait un simili sourire complice. Solange avait appris à son élève que, comme tout le monde, il pouvait être hypocrite quand il espérait en tirer bénéfice.

– Le problème ce n'est pas l'outil, ni le but, et ce n'est pas plus la fin qui justifie les moyens, c'est l'éveil de ta conscience qui fait la différence, lui avait-elle expliqué.

Près de là vivaient Constant et Carine, les jeunes maraîchers bio, beaucoup plus agréables à écouter et à vivre. Ils étaient assis devant leur *mobil-home*. Tristan s'y arrêta. Constant roula un pétard de production locale et Carine reprit sa conversation favorite :

– On ne peut pas laisser la planète dans cet état. Ça suffit les attitudes suicidaires. Les mecs sont surprenants, ils sont trop faibles ou trop machos. Ils veulent le pouvoir pour ne rien en faire, si ce n'est pour la gloire, ou des conneries. J'aime mon mec parce qu'il est humble, qu'il sait pleurer sans honte, et que ses couilles ne sont pas ses armes. Mais l'un comme l'autre, on n'arrive pas à se consoler de tous les dégâts qu'on voit. Le réchauffement avec des étés tellement chauds qu'on va finir par vivre sous terre comme des taupes. Les animaux qui, au quatre coin du monde, disparaissent. L'océan de plus en plus dégueulasse. La malbouffe qui causera bientôt plus de cancers que l'amiante. Et un jour, un mauvais gros virus mortel se répandra partout à cause d'une éprouvette mal fermée. En attendant, les mecs qui sont au pouvoir – parce que ce sont toujours des mecs qui sont au pouvoir – signent des conventions, se congratulent, et personne ne bouge.

Elle reprit sa respiration, et tira une bouffée de la clope commune avant d'asséner sa solution favorite.

– Pourquoi ne laissent-ils pas les femmes faire. Pour voir. C'est tout de même les femmes qui tiennent l'intendance depuis la nuit des temps.

– Peut-être que les gens sont heureux comme ça. Ou qu'ils n'ont pas le temps de se poser la question.

Constant approuva la réserve de Tristan mais Carine ne lâcha pas le morceau :

– Alors l'humanité va mourir à cause des cons ?

– Peut-être que les femmes ne sont pas encore assez motivées ? Même si elles sont le seul espoir.

– On s'en fout de l'espoir. C'est encore un truc de mec ça aussi. Les filles savent vite faire la différence entre le rêve et la réalité. Et elles s'y connaissent bien plus en nourritures que les hommes ; c'est elles qui font les courses. Seulement voilà, depuis quelques millénaires, les hommes privilégient le toujours plus, à coups de lobbies et à coups de canon.

– C'est pour ça que j'ai toujours préféré les femmes. conclut l'orphelin.

Tristan reprit son chemin. Au passage il salua le père Émile qui nettoyait son jardin et, quelques centaines de mètres plus loin, il arriva chez Gari.

Il était curieux de découvrir l'antre de l'homme du bois. Leur relation était de plus en plus amicale. Gari lui faisait partager ses humeurs sur tout sujet avec sa ludique philosophie, et le gorille devenait une espèce de grand frère. Pour certains, cela aurait pu paraître incongru, voire contre-nature, un bon péquenot et un zonard, mais le dos gris appréciait le bébé panthère, et la réciproque était tout aussi vraie.

La moto était garée devant le petit immeuble d'où,

par la fenêtre du second étage, s'envolaient à tue-tête les contre-ut de Luciano Pavarotti.

Tristan utilisa l'Interphone.

– Ouais ! Qui c'est ?

– C'est moi. Tu m'offres un café ?

– Monte.

Lorsque Tristan arriva, la porte déjà grande ouverte et le ténor avait laissé place à Montserrat Caballé.

– Tu connais "La Superba" ? C'est beau, hein ?

– Solange a un disque d'elle avec Freddie Mercury.

– Dis pas de connerie, gamin. Tu vas m'énerver. Le lyrique, c'est le lyrique. Moi, je ne suis pas du genre à accepter de l'eau dans mon vin.

Tristan promena son regard sur le décor intérieur du petit salon constitué d'un canapé, d'une table basse en bois sur laquelle était posé un plateau argenté où patientaient deux tasses, et une grande étagère remplissant les rôles de bibliothèque, placard, bar et range-CD d'où s'élevait, plus modérément maintenant, la voix de la cantatrice.

Gari revint de la cuisine avec une cafetière fumante.

– Je te l'ai fait à l'italienne, comme m'a appris ma mère qui le tenait de sa mère, et tutti quanti. Tu vas voir, il est meilleur que celui de Lulu. Mais il ne faut pas lui dire, ça la vexerait la petite mère. Tu te balades ?

– Ben... Tu devais venir avec moi chez Léon.

– Ha ouais ! C'est vrai ça. Mais on a cinq minutes ?

Sur la table, près du plateau, traînaient quelques cartes postales de paysages verdoyants, de monuments, de lacs paisibles, souvent agrémentées d'une feuille d'érable rouge.

– Tu as des amis au Canada ?

– Mes filles sont là-bas, répondit Gari en s'asseyant

près du curieux.

Le ton mélancolique de sa voix étonna Tristan qui hésita à continuer sur le sujet. Mais pendant qu'il se mordillait la lèvre, Gari lui raconta posément son combat et sa défaite contre Malart, sa dépression, ses déboires amoureux, les causes de son indéfectible amitié pour Lulu et sa tristesse de l'absence de ses petites.

– Tu ne peux pas les contacter par Internet ?

– Je ne sais pas faire. Déjà qu'elles m'envoient les cartes en douce. Leur mère est devenue méchante, et l'autre, c'est un connard. Et puis je ne connais pas leur mail et tout ça.

– T'inquiète. Je vais te régler le *prob*. Donne-moi leur nom et ce que tu sais. Je vais te les retrouver.

Gari fut ravi de l'offre et le remercia pour cet promesse. Ils bavardèrent encore quelques minutes, puis il claqua ses mains sur les genoux et se leva :

– Bien. On cause, on cause, et le temps passe. Tu n'oublies pas mes filles, hein ? Allez. Finis ton café et on y va. Il faut d'abord passer chez Lulu. Ordre de Solange.

Au moment de sortir, Tristan repéra quelques tickets de loto scotchés sur la porte et s'en étonna :

– Tu grattes ces trucs-là, toi ? Je ne pensais pas que tu aimais te faire entuber.

– Ceux-là sont les gagnants. Il n'y en a pas pour des mille et des cents, mais des fois, ça tombe. Un jour Lulu m'a dit que ce qui nous poussait à vivre, c'était la peur. Moi je dis que c'est l'espoir. Et toi ?

– Je ne sais pas. Le désir peut-être.

C'est à moto qu'ils arrivèrent sous les arcades.

Les mains sur les hanches, les yeux verts foncés sous des sourcils froncés, Lulu semblait les attendre depuis un moment sur le seuil du bistrot.

– Ha ! Vous voilà. Et le gamin qu'a pas de casque. C'est'y prudent ça ? grogna la mater. Bon, Gari, pas de verre de blanc « pour la route ». Tu laisses ta pétrolette ici et vous allez à pied chez Léon, ça te calmera. Pis fais attention à lui, hein. Va pas faire le kakou. Roulez pas vite. Et juste une demi-heure pour commencer. Et surtout restez dans le village. Et pense bien à la ceinture de sécur…

– Ça va, la mère. On ne va pas te le noyer ton chaton. Hein, gamin ! Tu vas voir, bientôt on va pouvoir t'inscrire pour les Vingt-quatre heures du Mans.

Et Gari *checka* avec Tristan.

Malgré tous les bons sentiments qu'elle lui portait, Lulu avait une confiance toute relative envers celui dont les excès d'enthousiasme étaient tout aussi courants que les phases de cafard. Et puis c'était vrai qu'elle tenait beaucoup à préserver Tristan. Si Solange avait accepté que Gari commence à prodiguer des cours de conduite à son élève préféré, Lulu, pour sa part, avait ordonné de ne pas aller sur la grand-route qui menait à la ville. La faible circulation automobile à l'intérieur du village et l'assurance que jamais les flics ne s'y aventuraient sans prévenir la rassuraient. Il y avait un bon bout de temps que le petit commissariat local ne servait que de relais occasionnel. Les mêmes raisons budgétaires gouvernementales avaient déjà conduit à la suppression du bureau administratif des impôts. La poste était en sursis.

Ils quittèrent le bistrot sous le regard toujours un peu inquiet de Lulu qui fit un long « adieu » de la main comme lors d'un départ pour un voyage sans retour.

Lorsqu'ils arrivèrent au garage, Léon était assis au volant d'une Clio aussi rutilante qu'une vieille comtesse un soir de bal. Il jouait avec les essuie-glaces au rythme imposé par un George Michael prêt à jaillir hors de l'autoradio. Sur l'insistance à peine voilée de Solange, le garagiste avait sans regret laissé à Gari la responsabilité de ces cours.

– Salut Léon !

– Salut les artistes !

Si Léon qualifiait Tristan de ce titre reconnu, il en surnommait également Gari dont il avait suivi et admiré les exploits révolutionnaires pendant la grève Malart. Les réparations récurrentes de la capricieuse moto permirent un utile, puis sincère, rapprochement entre les deux bonhommes. Sensible au charisme, à la gentillesse et à la stature du gorille, il laissait à celui-ci un appentis mitoyen du garage pour fabriquer et ranger ses menuiseries. Et l'endroit était toujours bien rangé.

– Bon, vous allez prendre la bagnole du vieil Émile. Ça fait quatre mois qu'elle l'attend, mais il n'a plus envie de conduire. Et il est d'accord. Elle n'a pas l'air comme ça, mais elle roule très bien. J'ai tout vérifié. Vous n'aurez pas de problème. J'ai fait le plein, mais vous n'êtes pas obligés de tout bouffer.

Il descendit de l'auto. Gari s'installa à la place passager. L'intérieur était nickel chrome. Ça sentait la lavande. Même un peu trop.

Tristan s'installa au volant en se mordillant la lèvre. Avant de fermer la portière, il se tourna vers Léon :

– Pourquoi pas la belle sous la bâche ?

– On va attendre un peu, mon chou. On verra ça quand tu seras un vrai homme. Mets plutôt ta ceinture, parce que là, tu vas apprendre en quatrième vitesse.

Et Léon rit.

Juillet 2015.

Depuis quelques jours, Solange était absente, montée à Paris, « à des affaires », lui avait-elle dit. Léon était lui aussi parti en balade. Tristan se consolait de ces absences en travaillant jusque tard dans la nuit. Ce matin encore, il n'avait dormi que trop peu d'heures. Il s'était douché vite fait avant de se traîner jusque « Chez Lulu » pour y avaler deux ou trois cafés.

Il était déjà onze heures trente. Sous le soleil, les murs du village blanchissaient à en être aveuglants. La journée allait être très chaude. Il traversa la place de la halle vers les arcades. Il ne vit pas la BM garée sur le trottoir à sa place accoutumée. La double porte rouge sang de bœuf était grande ouverte et la terrasse était pleine de petits paquets de touristes bariolés à lunettes de soleil qui buvaient gaiement l'apéro pendant que Carine commençait à dresser quelques tables.

– Salut Tristan !

– Hum ! Salut.

– Ouahou ! Tête dans le cul ?

– Hum !

À l'intérieur, Gari n'était pas accoudé au comptoir, ni assis à leur table. En fond sonore, John Mayall se retournait sur son passé, sur *The mists of time*. Les beloteurs près de la fenêtre saluèrent du menton, quittant à peine leurs cartes des yeux. L'artiste était devenu un usager reconnu et il n'avait pas l'air de vouloir proposer un spectacle suffisamment intéressant méritant d'interrompre la partie.

Tristan s'approcha du bar. Sur un plateau, des verres pleins attendaient leur tour sacrificiel. Le dos tourné à la salle, Lulu astiquait ses verres en attendant que les cafés commandés finissent de couler du perco. Dans le miroir, sous le léger chemisier noir laissant apparaître un brumeux soutien-gorge chair, ses mamelles gigotaient au rythme du torchon. Tristan s'en amusa et s'en excusa intérieurement aussitôt en bredouillant un bonjour ankylosé.

– Deux minutes, chaton ! Je finis ça pour Carine, je vais surveiller mon four, et je reviens pour ton café.

Lulu était à bloc, comme *d'hab*.

De l'arrière-cuisine parvenaient des effluves d'ail. Aujourd'hui, elle en avait mis un paquet. Recette spécial Gari peut-être ? C'était la pleine saison des courgettes et des tomates. Carine avait apporté sa récolte journalière et, généreusement farcies par Lulu, elles rissolaient doucement.

– Tu es sûr d'avoir dormi, toi ? s'inquiéta la serveuse.

Elle repartit aussitôt vers la terrasse avec le plateau. Elle laissa échapper un nuage de parfum de chèvrefeuille qui couvrit un court moment les effluves de cuisine.

Tristan s'assit sur le tabouret de bar dans l'attente de son café. Les coudes plantés dans le zinc et la tête bien calée entre les mains, il résistait à peine à la houle de sommeil qui le berçait encore. Ses pensées allaient et venaient, sans logique : son nez irrité par l'ail, les fragrances musquées du chèvrefeuille, les éclats de lumière sur les verres que filtraient ses paupières entrouvertes, les montées de gamme du bluesman, les courbes de Dieuse avec qui il avait passé toute la nuit et dont l'image flottait constamment juste entre son hypothalamus et le reste du monde.

Soudain, dans la brume du miroir qui lui faisait face, à gauche des gros verres à bière, entre deux cartes postales de New York, il entraperçut le reflet d'un jeune visage féminin à courte chevelure rousse. Elle était assise à la table cachée par le battant de porte, seule, songeuse. Elle tenait sa tasse de café avec le petit doigt dressé, comme pour signaler sa présence. Il détourna aussitôt le regard. Par défiance. Incroyable. Géraldine. Sa muse celte.

La tête baissée, plongée dans le zinc luisant, les avant-bras scellés au bar, il essaya de soulever légèrement ses paupières afin de vérifier l'apparition sans avoir à bouger, sans se faire remarquer, de peur que l'illusion s'évapore.

Que faisait-elle là ? Par quel hasard ?

Aucun de ses codétenus de classe n'aurait su dire ce qu'était une Celte. Et ils s'en foutaient grave. Ce qui était sûr, c'est que tous bavaient pour Géraldine et rêvaient de la *pécho*. Tristan comme les autres. Tristan plus que les autres. Depuis qu'un jour de printemps elle s'était pointée avec une marguerite à l'oreille. Dès ce *show*, il ne vit plus que cette fille. Il oublia qu'elle était sotte à en bouffer du Justin Bieber. Que son rire ressemblait à un hennissement de mule. Qu'elle fréquentait des pétasses encore plus *chtarbées* qu'elle. Non. Il ne vit plus qu'une *meuf* top canon avec une marguerite à l'oreille.

Dans le reflet, il avait reconnu son chemisier col

Claudine à vichy bleu et blanc. Comme avant. Comme toujours. Il aurait pu donner au millimètre près la taille des petits carreaux et leur nombre tellement il les avait regardés, admirés, enviés, jalousés.

– Ça va pas, chaton ? s'inquiéta Lulu en posant devant lui sa tasse de café.

Il ne répondit pas. Toutes ses pensées le ramenaient dans le passé : la zone, le foyer, le lycée, la classe, Géraldine. Son cœur replongeait dans sa solitude noire et les impensables espoirs que cette fille aux cheveux rouges et à la nuque nacrée lui avaient permis de ressentir. Dire que Tristan la *kiffait* grave était insuffisant. Pour le dévot, Géraldine n'était pas la plus belle de la classe, ni du lycée, elle était, en vérité, la plus belle de toute. D'ailleurs, la midinette lui souriait bien plus qu'aux autres. Même qu'un après-midi d'été, elle s'était penchée vers lui pour lui poser une question dont il avait complètement oublié la teneur. Ce dont il se souvenait, c'est de ses petits seins qui l'aspirèrent dans son chemisier, qu'il s'y était laissé glisser, et qu'il n'était pas ressorti indemne de cette plongée en apnée prolongée.

À la question : « Quel garçon est amoureux de toi ? », la courtisane aurait pu répondre d'un sourire diablement angélique porté par l'évidence de sa beauté triomphante :

– Tous. Et c'est bien comme ça.

Ce qui faisait jouir Géraldine, c'était que les garçons bandent pour elle. Du haut de ses vaniteuses seize années d'embellissement quotidien, elle ne laissait, pour l'instant, rien espérer de plus. De toute façon, Tristan ne savait peut-être pas ce qu'était aimer une fille, mais il connaissait la douleur de se faire larguer. Alors Géraldine n'était restée qu'un possible.

Mais voilà. Aujourd'hui, là, en cet instant précis, le regard de la belle Colombine caressait sans doute les épaules du garçon. La lèvre mordue du garçon commençait à être très douloureuse et ses neurones tournaient dans un manège endiablé.

Devait-il se retourner et l'aborder ? Pour lui dire quoi ? Qu'il avait écrit pour elle mille poèmes qu'elle ne lirait jamais. Qu'elle lui avait causé mille rêves tout aussi agréables que les après-midi philo avec Solange et ses madeleines, et bien plus que les échanges non « commerciaux » avec Ami ? Pour lui dire que maintenant il pourrait l'aimer. Qu'il saurait aimer. Et qu'il l'aimerait toujours. Revenait-elle pour lui ? Pour de vrai ? Sans déconner ? Et si c'était le train de la chance dont parlait Solange. Un putain de train avec Géraldine à bord. Un train qui ne repassera pas. Qui ne repassera plus jamais. Alors…

Gari entra en gueulant.

– Salut la compagnie !

Il sursauta et passa du flou et charmant reflet dans la glace aux grosses fesses de Lulu revenue de sa cuisine. Ça provoqua comme un gros déraillement dans la gare ferroviaire de Tristan. Sans prendre le temps de recoller un tant soit peu les morceaux, il se tourna vers sa vision miraculeuse. Mais la belle avait disparu.

Tristan n'eut pas un regard pour Gari qui tendait sa main vers lui. Il le bouscula de l'épaule pour se précipiter à l'extérieur dans l'espoir de rattraper l'évanescence. Sûr, elle allait se retourner. Elle allait le voir. Elle allait le reconnaître. Lui faire son beau sourire taquin avec ses lèvres coussinées. Elle allait revenir vers lui en courant au ralenti, comme dans les vieux films.

En sortant du bar, il prit à droite et courut. Il stoppa

au coin de la halle juste à temps pour voir le bus s'éloigner vers la ville. Tristan s'en retourna la tête basse, la lèvre écrasée et le cœur battant.

Revenu au comptoir, il *checka* le poing de Gari sans conviction avant de demander à Lulu si la fille rousse venait souvent.

– Une fille rousse ? Si tu crois que j'ai le temps de mater les filles, mon garçon ? répondit-elle en emplissant un verre de blanc.

– Tu devrais reprendre un café pour bien te réveiller, lui conseilla Gari, parce qu'on dirait bien que tu es tombé amoureux d'un fantôme, l'artiste ?

– Mais je la connais. C'est Géraldine. Du lycée.

– Mais oui ! Mais oui ! Géraldine.

– Pourquoi tu te moques de lui ? C'est sérieux, les histoires d'amour, prôna Lulu.

– L'amour, c'est une pathologie, rétorqua Gari. En vrai, c'est un virus, un microbe qui s'attaque au cœur. Un petit truc de rien du tout qui se multiplie comme une grippe ou comme un cancer. Une vraie pandémie planétaire dont personne ne cherche le vaccin. Ta Géraldine, si c'est une grippe, ça passera. T'es jeune, ça se soigne facile. Mais si c'est le cancer, c'est mortel. Moi, Céline m'a refilé le cancer, et je n'arrive pas à m'en remettre.

– Eh bé, je vais te faire une chimio moi, tu vas voir.

Et Lulu lui raconta la fois où elle avait vu Céline, vers le lavoir, avec un inconnu, sans doute de la ville.

– … Et ils faisaient pas que causer, je te jure. Le cancer, je sais pas, mais les derniers temps où t'allais pas fort, la grippe, elle l'a refilé à d'autres que toi. Au fait, il y a longtemps que tu nous as pas amené une copine. Pourtant, mon beau canard doit avoir un sacré succès ?

Gari avait découvert l'intérêt des sites de rencontre et Lulu avait raison, son profil attirait et il ne manquait pas de propositions. Ces derniers mois, nombreuses étaient les célibataires qui avaient franchi le cap de la première rencontre. Toutes occitanes.

– Au moins, elles connaissent la région et elles savent que « con » n'est pas un gros mot, se défendait Gari.

Des petites et des grandes. Des jolies et des normales. Jamais le même style.

– Changer d'amoureuse, c'est comme changer de pays. Faut apprendre à parler une autre langue et s'habituer à d'autres traditions.

Une bonne douzaine de trentenaires avaient franchi les étapes préliminaires avec succès.

– C'est sûr que toi, avec ta carrure, ta petite moustache et ton bagout, tu t'en tireras toujours avec les femmes. L'amour, moi je suis immunisée.

– Je trouve que tu tousses encore beaucoup, ma Lulu.

Galant, Gari offrait à ces élues un repas, en toute amitié, autour d'une préparation de Lulu qui ne manquait pas, dès le lendemain, de donner son avis sur celles qui tentaient de lui ravir son Gari. On aurait dit un père prêt à sortir le fusil quand le bruit de la mobylette d'un Roméo résonne sous le balcon de sa Juliette.

Une fois, la soirée sentimentale s'était terminée sur la banquette arrière de la voiture de la dame.

– Pourquoi on ne va pas chez toi ? avait-elle proposé.

– Chez moi ? Impossible. Il y a les fantômes de mes trois femmes ?

Nulle aspirante n'était jamais réapparue après l'épreuve du premier repas. Gari semblait avoir du mal à répondre aux avances publicitaires du site qui assurait qu'il « trouverait le bonheur » rapidement.

Mais au bonheur de Gari, il y avait toujours quelque chose qui clochait :

– Elle ne sentait pas bon ! … Elle avait déjà quatre gosses ! … Elle ne savait même pas ce qu'est un érable ! … Elle n'aimait pas les Golia ! …

Aucune ne méritait d'être sa Géraldine.

– Quand la vie veut pas ! concluait Lulu.

Juin 1998.

À presque dix-neuf ans, plus que ravissante malgré le nez un peu empâté hérité de son grand-père maternel, Mathilde avait les yeux bleus et le charme de son père auxquels s'ajoutait le caractère bien trempé de sa mère. Les jeans troués et les tee-shirts sans tenue dont elle était toujours affublée montraient son désintérêt pour les effets de mode. Un stylo, un pinceau ou un bâtonnet retenait souvent ses longs cheveux blonds en un chignon informel. Elle avait passé sans encombre toutes les étapes scolaires, bien aidée en cela par l'attention, un tantinet exagérée à son goût, d'une Lulu omniprésente. La détestation de toute injustice et son besoin d'aider les faibles la poussaient maintenant vers les études de droit.

Quelque temps après la mort de Raymond, Lulu entra dans la chambre de sa fille et s'assit près d'elle sur le lit. Elle tenait dans ses mains une valisette en carton rouge sur le couvercle de laquelle une couronne de fleurs entourant un cœur rouge feu était collée. Une image découpée dans la couverture d'un des romans-photos de sa mère. Elle posa le reliquaire sur ses genoux et le protégea de ses deux mains. Le visage de Lulu était grave. Mathilde fronça les sourcils, mi-curieuse, mi-inquiète.

– Mon ange, j'ai quelque chose à te dire.

Avec circonspection, Lulu commença par raconter ses malheurs de jeunesse. La ferme. Les remontrances gratuites et injustes, les baffes du vieux, les pleurs de mamie Marie-Jeanne sur sa vie de labeur que jamais une marque de reconnaissance, un remerciement furtivement échappé, ne soulagèrent. Son envie d'aller voir ailleurs qui y était. Puis elle raconta un soir de 14 juillet et dévoila à sa fille sa rencontre et son aventure avec Mathieu. Elle essaya, par ses mots à elle, de décrire l'intensité de cet amour. Cet amour qui était tel qu'elle en était encore emplie malgré le vide de l'absence éternelle.

Mathilde ne disait rien. Jusque-là, rien d'extraordinaire. Sa mère avait aimé un autre homme. Avant. Et alors ? Où voulait-elle en venir ?

Lulu en vint à l'accident et à la retombée en enfer. Encore plus profond qu'avant. Elle essaya d'expliquer la douleur, l'arrachement, le rire de la mort qui emplit le silence. Et puis l'annonciation de toi, Mathilde, fille de Mathieu Lafayette. Et puis la décision : Raymond junior en bouée de sauvetage. Lulu raconta tout quoi. Une tragique romance d'amour comme il y en a beaucoup, comme il y en a toujours eu. Une romance de plus, tenue secrète pendant dix-huit ans.

– Mais pourquoi ne m'as-tu jamais rien dit ?

– D'abord la peur. La peur que tu sois encore plus malheureuse que moi dans ce bazar. Puis le temps qui passe sur ton enfance d'insouciance. Et l'habitude qui creuse un peu plus le trou du passé, avec une plus grande difficulté de sortir d'un trou toujours plus profond. Mais pas assez profond pour que j'oublie. Parce que chaque jour j'ai vu Mathieu dans tes yeux.

Mathilde regarda un long moment sa mère dont

elle découvrait une part qu'elle comprit bien sombre, si sombre qu'elle en fut aveuglée. Après un temps de stupéfaction, de déglutition, de rumination, pendant lequel elle réfléchit, c'est par une moue de dédain qu'elle entama un virulent réquisitoire :

– Ben c'est dégueulasse ce que tu as fait à papa. Ton Mathieu, je ne sais pas qui c'est, moi. C'est ton histoire, ça. Si je comprends bien, pendant toutes ces années, j'ai aimé une mère qui me mentait, qui me cachait la vérité. J'ai aimé un père qui n'était pas le mien. J'ai porté un nom qui n'aurait pas dû être le mien non plus. Comment je m'appelle alors ? Teyssou ? Rousselle ? Ou… Lafayette, tu dis ? Et pourquoi pas Napoléon ? T'es sûre que c'est ce Mathieu au moins ?

– Ho ! Sois pas méchante ! Bien sûr que je suis sûre.

– Et qui est au courant ? Tout le village sauf papa ?

– Juste Solange.

– Marraine ?

– Oui, Solange. Ta marraine. Notre meilleure amie. Elle l'a toujours été. Dans le meilleur et surtout dans le pire. C'est elle qui m'a fait entrer à la mairie et qui m'a aidée à reprendre le bistrot. Elle nous a toujours protégées.

– N'empêche que mon père, c'est Raymond. Ce n'était peut-être pas une lumière, mais il a toujours été gentil avec nous. Et toi, tu lui as menti toutes ces années. Comment as-tu pu faire l'amour avec lui et avec un autre homme dans le cœur ?

– Avec beaucoup d'imagination, ne put s'empêcher de répondre Lulu.

Ce que Lulu ne précisa pas, c'est que les caresses ne s'échangeaient plus depuis bien longtemps.

– Et tu l'as tué à petit feu. Pour te venger. C'est ça ? Avec de la mort-aux-rats, du cyanure, ou quoi d'autre ?

– Sois pas idiote en plus, la coupa l'accusée. Je sais bien que c'était pas sa faute. Mais t'as encore jamais aimé. Tu peux pas comprendre. L'amour, c'est quand tu rencontres enfin la vie, ta vie. Mathieu me complétait et était mon indispensable différence. Je respirais par sa bouche. Mon cœur battait au rythme du sien. Je voyais avec ses yeux. Mes pensées étaient les siennes et les siennes miennes, sans rien à cacher. L'amour, c'est l'osmose de deux esprits. C'est quand tu fais plus qu'un avec l'autre. C'est la réunion de deux cellules qui avaient été séparées par ce con de destin. Alors quand ces deux petites cellules sont à nouveau, subitement, et définitivement désunies, c'est comme si chacune retournait au bagne avec des chaînes dans la tête, du feu dans les entrailles, des clous dans le cœur. Avec l'envie de mourir pour abréger tes souffrances et l'espoir de retrouver, dans un autre monde, ta moitié volée.

Mathilde ne disait plus rien. Tout s'éclairait dans sa tête. Elle comprit son prénom. Elle comprit les robes noires de sa mère. Elle comprit ces airs de blues qui bercèrent son enfance. Elle comprit toutes ces années de faux-semblants. Elle comprit ce qu'au fond elle avait toujours su ; elle était la fille d'amours malheureuses, la fille de plein de drames et de tout un tas de résignations.

Lulu ouvrit le sarcophage en carton que depuis le début de ses aveux elle serrait contre son ventre. Écartant la première photo de sa fille bébé dans les bras de Solange, une autre sur son tricycle rouge et plusieurs enveloppes colorées, elle sortit un vieux *Journal de chez nous* datant du 22 septembre 1978. Elle déplia le saint suaire avec douceur, délicatesse, recueillement. Elle relut, une fois encore, comme tous les 21 septembre, mais pour la première fois à voix intelligible, la page une où s'étalait le gros titre signalant l'accident et, en page huit, les détails entourant la photo d'un jeune homme souriant. Comme tous les 21 septembre elle embrassa du bout des lèvres l'image de ce jeune homme qui souriait toujours.

– Je sais même pas où il est enterré. Alors comment faire mon deuil ?

– Pourquoi tu me racontes ça maintenant ?

– Je sais pas non plus s'il a encore de la famille qui pense à lui de temps en temps. Moi j'y pense tous les jours. Mais un de ces quatre, eux comme moi, on va mourir. Peut-être que grâce à toi, Mathieu Lafayette finira pas dans le néant éternel sitôt que je l'y aurai rejoint.

Mathilde découvrait une face de l'amour sur laquelle elle n'avait jamais porté son attention. Elle entendait, attendait, ce sentiment comme un truc heureux, un état de béatitude que tout le monde cherche, attend, espère. Elle en connaissait le côté pile sur lequel sont gravées toutes les passions et toutes les extases présentées dans tant de bouquins, tant de films, tant d'opéras et de chansonnettes. Mais les risques du côté face, elle, candide, les ignorait encore. Pourquoi se soucierait-elle des histoires d'infidélités et de remords. Pourquoi s'inquiéterait-elle de la maladie qui, salope, prévient que l'indispensable aimé va partir plus tôt que prévu. Pourquoi imaginer l'abandon, ou pire, la mort accidentelle.

Elle n'eut rien à ajouter. Les larmes coulaient de ses yeux grands ouverts sur cette femme dont elle découvrait la sempiternelle affliction. Et des larmes coulaient des yeux grands ouverts de sa mère qui fixait sa fille adorée.

La jeune Mathilde passa plusieurs nuits difficiles, angoissées, cauchemardesques. Elle eut chaud. Elle eut froid. Elle mangea peu. Elle évita sa mère. Elle eut la diarrhée et une semaine de retard pour ses règles.

Un matin, elle se sentit bizarrement plus légère, soulagée. Soulagée de ce non-dit qu'elle aussi avait supporté tant d'années. Alors, en fait ravie d'être libérée de l'alcoolique qu'elle venait de découvrir comme père imposé, elle feint de ne pas accepter la révélation et profita du coupable aveu maternel pour se sauver de cette oie étouffante, du bistrot qui l'avait toujours rebutée, de tous ces paysans primitifs, et du village trop réducteur pour elle.

Au tout début de ce mois de juin, Mathilde prépara et endossa son sac à dos, embrassa sa mère, s'engouffra dans une auto en compagnie de deux copines, et monta à Paris pour un concert de Björk.

– Fais attention à toi, ma chérie ! précisa Lulu déjà inquiète, en oubliant de lâcher la main de sa fille.

– Ne t'inquiète pas, maman. Je t'appelle. Promis.

Lulu vit partir sa petite devenue grande et libre, et déjà elle attendait la sonnerie du téléphone.

Certaines rumeurs rapportèrent quelque temps que Mathilde avait fugué et mal tourné, mais sa mère écrasa dans l'œuf ces ragots. L'idée même que sa fille pût sombrer était inconcevable, et pour tout dire insupportable. Mais Lulu avait du mal à comprendre ce rejet de la part de son bébé. Après tout, elle n'était coupable de rien, si ce n'est de l'avoir trop aimée. Mais voilà, Mathilde était partie en Amérique où elle avait obtenu des diplômes. Elle était devenue consultante en avocateries. Elle travaillait dur, et c'était pour ça qu'elle ne pouvait pas venir la voir, juste une carte postale de temps en temps, avec la statue de la Liberté, de longues avenues entre de hauts immeubles, des taxis jaunes…

Lulu les scotchait sur le miroir près des verres à bière.

– Elle ne te téléphone jamais ? lui demanda Tristan.

– Si. Mais pas assez souvent à mon goût. La première fois, j'ai à peine reconnu sa voix et j'ai tellement pleuré de joie et de tristesse qu'elle a raccroché après m'avoir juste dit qu'elle allait bien et de pas m'inquiéter. Mais je crois qu'elle m'en veut encore de lui avoir caché la vérité.

– Elle ne revient jamais en France ?

– Pas pour l'instant. Bientôt. Ils ont une fille. Mais je ne la connais pas encore. Juste en photo. Elle est belle comme une libellule.

Lulu se tourna derrière son bar pour que le jeune homme ne la voie pas se passer un coup de torchon sur les yeux. Et dans une plainte à peine audible :

– Quand la vie veut pas !

Juin 2016.

– Tu repars ?

– Juste une petite quinzaine. Je vais à Berlin pour une expo. Je laisse la galerie à Vincent.

Deux ans déjà que Solange avait pris sa retraite et était redescendue pour habiter au village. Les bruits, les odeurs, la surpopulation et tous les inconvénients de la mégapole et de sa banlieue lui étaient devenus insupportables. Depuis, à chaque montée à la capitale pour rejoindre son amant, Solange ne manquait pas de le relancer afin qu'il la rejoigne définitivement dans le Sud. Jean avait dû rester à Paris le temps de trouver et de former un assistant pour la galerie. Il avait enfin, semble-t-il, trouver l'oiseau rare et allait, ce soir, le présenter à sa partenaire de cœur et de décisions.

– Tu es toujours aussi content de lui ?

– Oui, il est parfait. Ce n'est ni un illuminé ni un orthodoxe, et il est très au fait de notre travail. Comme tu sais, cela fait presque un an qu'il m'aide et je n'ai aucun regret. Intelligent, et un charme certain. Ils vont arriver. Tu pourras en juger par toi-même.

– Je suis ravie de découvrir celui sur qui se porte enfin ta confiance. Et qui sont les autres personnes ?

– L'autre personne. Sa femme. Depuis quelque temps elle travaille également avec nous, au service juridique d'expertise et de vente. Je pense que tu seras très heureusement surprise. Le hasard fait si bien les choses.

– Tu sais bien que je n'aime pas cette idée de hasard. Je ne dis pas que tout est écrit, mais je crois que si on se donnait vraiment la peine de remonter à la source des choses, quitte à utiliser un de ces super-ordinateurs, on constaterait que de très nombreux désagréments et bonheurs étaient prévisibles. Les systèmes sont sans doute complexes, mais tellement mécaniques. Il y a toujours cette bonne vieille loi de « cause à effet » rappelant que chaque bienfait et chaque erreur se paie un jour. Je crois aux horloges du temps, à la mathématique de l'espace et à la musique des mouvements.

– Je sais. Ne t'emballe pas. Nous avons souvent développé ces thèmes. Mais là, quand tu la verras, je suis sûr que tu admettras que les probabilités étaient plus que réduites.

Solange reprit sa lecture du dernier Art Press. Jean avait terminé de dresser le couvert mais il ne pouvait pas s'empêcher de vérifier chaque détail de la mise en place. Il changea de sujet :

– As-tu pensé aux photos de ton jeune artiste ? Nous pourrions profiter de cette rencontre pour voir ça tous ensemble et en converser.

– J'ai surtout des photos d'une statuette qu'il cache encore. Surprenante. Magique. Je t'appellerai quand il sera prêt à la montrer.

Leur conversation fut interrompue par la discrète sonnerie à l'entrée. Jean se dirigea vers la porte. Au passage, il saisit délicatement la main de Solange pour y déposer un baiser avant d'aller ouvrir au couple attendu. Comme il se doit, Vincent avait la clé de la galerie, mais pas celle de l'appartement privé.

Sous son *trench*, le collaborateur s'était fendu d'une cravate néanmoins desserrée sur le col de sa chemise blanche. Il affichait un large sourire sincère, amical et nonchalant. Jean et lui se connaissaient suffisamment maintenant pour ne plus avoir à faire semblant. Ce sourire adoucissait son visage de rapace.

Son épouse l'accompagnait. Une solide et belle femme aux yeux bleus. De blonds cheveux mi-longs encadraient un visage grave au sourire à peine souligné par un trait de rouge à lèvres. Ses hanches un peu larges étaient sculptées par une courte jupe en tweed écossais à carreaux rouges et noirs d'où s'échappaient de fortes jambes portées par des bottines noires à boucles argentées. La veste sœur s'ouvrait sur un tee-shirt blanc moulant une avantageuse poitrine. Elle correspondait tout à fait au cliché de la femme parisienne dynamique. Elle assumait fièrement et sans rancœur une superbe trentaine finissante, atteinte sans effort grâce à une saine ascendance rurale.

– Entrez donc, proposa l'hôte.

Il ferma la porte derrière le couple avant de l'entraîner vers le salon où attendait patiemment Solange. Tout en avançant, Vincent força Jean à saisir la bouteille traditionnelle qu'il avait apportée.

– C'est du gaillac. Un très bon gaillac, m'a dit le caviste. J'ai pensé que c'était de circonstance.

– Merci à vous deux d'avoir accepté cette improbable et étonnante rencontre.

La femme dégageait une excitation retenue.

– Elle est là ?

Solange attendait près de la fenêtre et regardait les allées et venues des touristes toujours plus nombreux. Le couple avait découvert le quartier du Marais lors des folles années d'avant-sida. Ils n'avaient pas vraiment participé aux nuits déjantées, mais leur curiosité polie leur avaient offert de riches rencontres dans tous les domaines artistiques. Les carnets d'adresses de Jean et Solange s'étaient emplis de noms de peintres et de sculpteurs, de photographes et de stylistes, de musiciens et de danseurs. Aussi, avec l'assentiment et l'aide de Solange, Jean décida-t-il d'installer une galerie dans ce quartier, juste après l'ouverture du musée Picasso en 1985.

Solange laissait ses pensées vagabonder sur l'identité de cette invitée surprise. En quoi le hasard pouvait-il la surprendre ? Une ancienne d'Ariège ? Une collègue d'un des lycées traversés pendant sa carrière ? Une élève peut-être ? Elle cessa le jeu en entendant les voix approcher.

L'inconnue mystère entra la première. Elle était impatiente mais elle avançait avec mesure. Elle prenait le temps de redécouvrir cette femme qu'elle n'avait pas vue depuis presque vingt ans, mais qui était pourtant toujours restée présente dans son esprit. Solange lui faisait face, pétrifiée. Elle ne put retenir très longtemps l'expression de sa stupéfaction :

– Mathilde ? C'est bien toi ? Mais…

Mathilde ne la laissa pas continuer sa phrase. Elle se jeta dans les bras de sa marraine, la serra chaudement dans ses bras avant de la couvrir de tendres baisers. Jean interrompit les effusions :

– Chérie, je te présente Vincent. Comme je te l'ai dit, en plus d'être l'époux de Mathilde, il est plein de qualités, même si je n'arrive pas à le convaincre d'abandonner ses foutus jeans. Qui vivra verra, ajouta Jean.

– Enchanté, Solange. Je rencontre enfin celle dont

j'ai tant entendu parler.

Celle-ci n'hésita pas à poser deux bises sur ses joues comme à un vieil ami, avant de lancer l'interrogatoire :

– Mais, Mathilde et vous…

– Et toi… ! l'invita Vincent.

– Et toi, donc. Où, quand, comment ? Jean a-t-il raison de remettre en question ma logique sur le hasard ?

Chacun prit place autour de la table et Jean déboucha une bouteille de champagne en rappelant le sujet de leur préambulaire conversation. Les verres emplis s'étant joints et harmonisés à petites notes claires, Vincent dévoila les arcanes du destin :

– Nous nous sommes rencontrés il y a dix-huit ans, par hasard en effet, lors d'un concert. Cette ravissante personne à l'accent ensoleillé était assise près de moi. Elle venait d'arriver à Paris. Elle était seule, semblait abandonnée, triste et perdue. Alors, après le concert, je l'ai invitée à boire un verre pour en savoir un peu plus, et nous nous sommes promis de nous rappeler. Le surlendemain nous nous retrouvions par hasard à visiter le Centre Pompidou. Nous ne nous sommes plus quittés. Elle voulait étudier le droit, moi l'art. Six mois plus tard, nous nous sommes mariés avant de partir pour New York. Un jour, de passage à Paris, j'ai lu par hasard une petite annonce de proposition d'emploi dans une galerie. Cela m'a paru intéressant et j'en ai parlé à Mathilde. Nous nous sommes renseignés et quand elle a appris que la J&S Gallery appartenait à un certain Jean Malart et qu'il était associé à une Solange Bichet, ce fut l'agréable surprise de la providence. Nous avons rencontré Jean. Lui aussi s'est interrogé sur les effets du hasard. Il nous a embauchés, nous sommes rentrés en France, et nous voilà. Je crois que Jean a raison, ça fait tout de même beaucoup de hasard.

– Et le 18 mai 1999 naissait Lisa, ajouta Mathilde.

Le repas fut très agréable. Il fallut raconter la vie à New York et la vie au village. Solange présenta et raconta Gari, Tristan, et même Yoda…

– Tenez. Sur celle-ci, c'est Tristan qui fait le beau. Et sur celle-là, c'est Gari, avec ta mère sur la moto.

Mathilde rit.

Vincent connaissait l'histoire de cœur qui rongeait encore sa belle-mère. Mathilde la lui avait racontée. Le sujet semblait l'intéresser. Il chercha quelques détails dans la version de Solange. Elle raconta la ferme, les grands-parents de Mathilde, l'amour de Raymond et l'accident malheureux de Mathieu.

Mathilde pleura.

Pudiquement, Solange se tourna vers Jean pour obtenir un morceau de pain. Elle le vit blême. Il ne lâchait pas des yeux la photo de Tristan.

– C'est quoi, cette voiture ? demanda-t-il avec un ton policier qui imposait une réponse immédiate.

– Ça ne va pas, chéri ? Calme-toi. C'est une Triumph, je crois. Elle est chez Léon depuis la nuit des temps. Il laisse Tristan jouer avec depuis qu'il a le permis.

– Je connais cette voiture.

– Ha ? Eh bien, raconte.

Juin 2016.

Depuis la fameuse soirée en l'honneur de son anniversaire, Tristan et Gari passaient beaucoup de temps ensemble. Les deux bestioles, comme disait Lulu, s'étaient découvert quelques points communs et, au cours de ces temps de fréquentation, ils prirent l'habitude de se promener comme de vieilles connaissances, cherchant toujours à rire ensemble, cherchant toujours à se mieux connaître. Gari et Tristan étaient devenus amis. Ils ne se demandaient rien ; ils s'offraient ce qu'ils avaient. Ils ne se jugeaient en rien ; ils n'avaient rien à condamner. Gari nourrissait le petit frère d'informations sur les aléas de la vie. Tristan lui apprenait à voir les beaux côtés du monde.

– J'ai souvent discuté avec mon père. On s'est même engueulés des fois. Par contre, j'ai toujours écouté ma mère, même quand je pensais qu'elle avait tort. Je crois que nous, les mecs, on est plus cons que les filles. Je crois qu'on a le cerveau divisé en quatre. Un cerveau droit, un cerveau gauche, et un dans chaque roubignole.

Gari n'abordait pas la philosophie comme Solange, ni avec passion comme Lulu, mais avec sa bonne grosse sagesse personnelle. Lui aussi avait un regard personnel sur les choses.

– Il y a un âge où un homme ou une femme ne provoque plus du tout l'envie parce qu'ils n'exhalent plus le désir. Ils sentent juste la sueur ou l'eau de Cologne.

Ce matin-là, Tristan avait accepté de laisser tomber son *footing* pour une longue promenade avec son pote. Yoda était de la balade et, tout en trottinant, la truffe à l'affût, elle semblait toujours attentive au discours de ses deux compères.

– Dis, Gari, c'est quoi ce nom : Yoda ? C'est un Jedi le *iench* ? Il a des super-pouvoirs ?

– Alors là, demande à Solange. Mais tu aurais peut-être préféré Lassie, ou Poupette ? Tu as quelque chose contre les drôles de prénoms ?

Tristan avait entendu dix fois la légende locale d'Athanase. Il préféra éviter le grossier piège :

– Laisse *béton* la *story* du *keum*.

Gari lui répondit par un clin d'œil et ils exécutèrent un *check* complice.

Ils arpentaient depuis presque deux heures les abords du village, du sommet de la colline aride jusqu'au lavoir ombragé. Il leur tardait d'arriver au bar. La descente se fit sans parole. Seules deux buses tournoyantes percèrent de leurs cris stridents le silence qui les accompagnait.

– Alors, c'est quoi les super-pouvoirs ? insista le garçon alors que la place des Halles se devinait maintenant au bout de la rue.

– Ben, déjà, elle est toujours souriante. Ensuite, tous les matins elle va chercher le journal et le ramène à Lulu.

– Il y a plein de clebs qui savent faire ça.

– Pas tant que ça, monsieur Je-vois-tout. Bien sûr, elle sait faire tous les trucs qu'un chien devrait savoir faire, mais le plus, c'est qu'elle comprend et sait d'avance ce à quoi pensent les gens. Pas la peine de lui dire où on va, elle le sait déjà. Le plus du plus, c'est qu'elle renifle un connard à des kilomètres. Et je te jure que pour ce pouvoir-là, elle ne se trompe jamais. Quoi qu'il en soit, fais-lui confiance et écoute-la. Yoda, il ne lui manque que la parole, comme on dit.

La chienne se retourna vers les promeneurs. Elle leur souriait.

– J'ai l'impression qu'elle est vachement souvent collée à moi. Alors je voulais savoir si elle était à toi ou à Lulu ?

– Pourquoi ? Tu veux te plaindre à quelqu'un ?

– T'es *ouf*. Elle est *cool*. C'est juste pour savoir.

– Je crois qu'elle n'a pas l'intention de se choisir un maître, ni d'appartenir à qui que ce soit. Hélène, la mère de Solange, l'a trouvée un matin couchée dans son jardin, à la porte de ton atelier. Pas de collier. Pas de puce. Et personne ne l'avait jamais vue au village.

– Elle était perdue ?

Yoda stoppa nette sa marche, s'assit devant Tristan, et pointa ses yeux noirs dans ceux du garçon.

– Solange dit que Yoda ne s'est jamais perdue, qu'elle ne se perdra jamais. Qu'elle n'est pas arrivée là par hasard, parce que le hasard, ça n'existe pas.

– Donc, en vérité, elle est à Solange. C'est pour ça que des fois tu viens squatter ma piaule ? lança-t-il à la chienne qui lui sourit avant de reprendre sa marche.

– Pas obligé, reprit Gari, parce que, quand la maman de Solange est morte, elle a demandé à Lulu de garder Yoda jusqu'à sa retraite de prof et son retour ici. Tu parles que le clébard a découvert vite fait l'intérêt de Lulu et qu'elle a adopté la cuisinière avec un grand plaisir.

– Donc elle est à moitié à Lulu maintenant ?

– Pas plus. Parce qu'elle n'accepte que moi pour les balades, les câlins chatouillis-grattouille, et les jeux. Et des fois elle passe la matinée chez le boulanger. Elle prend un air triste et les gens lui filent un bout de croissant – elle adore les croissants –, même si tout le monde a repéré son manège depuis longtemps.

Tout en trottinant, Yoda se retourna à nouveau. Elle souriait encore.

Ils arrivèrent sur la place et elle accéléra des pattes pour atteindre au plus tôt le bar et s'y désaltérer. Sous les arcades, la terrasse était pleine de touristes et Carine slalomait entre les tables avec son plateau.

– Alors, les hommes. On se balade ?

Ils entrèrent et s'accoudèrent au bar. Il faisait plus frais à l'intérieur. Après avoir vidé son écuelle d'eau, Yoda alla se coucher sous une table. Lulu rangeait ses piles de tasses à café.

– Lulu chérie, un blanc et un café, s'il te plaît, commanda Gari avant d'ajouter :

– Tristan veut savoir qui est le maître de Yoda.

– Un maître, pour Yoda ? Ça va pas, chaton ? Qui a envie d'un maître ? Vaut bien mieux se donner du mal pour un ami ou un amoureux.

– Et tu sais d'où elle vient, toi ? insista Tristan.

– Sûr qu'elle a été abandonnée par des cons qui se barraient en vacances, proposa aussitôt Gari.

– Moi, je crois qu'elle est née chez des cons et que sitôt qu'elle a pu, elle s'est sauvée, certifia Lulu en posant sur le zinc leurs consommations.

– Finalement, elle habite où et chez qui, alors ?

– C'est elle qui choisit. Chez Solange, ou ici, au bistrot, ou chez ton gorille de copain. C'est selon son envie ou son besoin. Mais elle peut tout aussi bien disparaître pendant deux ou trois jours sans que personne sache où elle est partie.

– J'ai bien ma petite idée, mais Lulu dit que c'est parce que je ne pense qu'au cul.

– Tu crois qu'elle va baiser ?

– Quoi d'autre ? Solange lui a appris à être gentille avec les gens comme avec la volaille et les autres clébards, c'est dire. Ça doit être depuis qu'elle est toujours en train de sourire. Remarque, si un canard, un caniche ou un con l'emmerde, elle fronce les sourcils et montre ses canines, et chacun passe son chemin sans provocation supplémentaire inutile. Parfois elle descend seule vers le lavoir pour dire bonjour aux écolos, ou à Émile. Elle connaît tous les coins et tous les habitants par cœur. Léon m'a dit qu'un jour il l'a croisée vers Combe-Haute. Ce n'est tout de même pas tout près.

– Ça lui fait un putain de territoire, constata Tristan.

– Je crois qu'elle voit plutôt ça comme une putain de responsabilité, précisa Gari.

– En tout cas, faut qu'elle arrête de traverser les routes ! Un jour, il va arriver un malheur.

Après cette noire prédiction, Lulu saisit son torchon et se mit à essuyer consciencieusement ses verres.

Elle ne put s'empêcher de marmonner :

– Quand la vie veut pas !

Février 2017.

Tristan s'épanouissait au village. Il semblait maintenant rassuré, équilibré. Dans sa chambre-atelier, des dessins, des peintures, des collages, des masques, des sculptures, s'étalaient et s'entassaient en un rangement à la logique secrète dont la première règle était « là où il y a de la place ».

Solange regardait avec étonnement et confiance l'esprit créatif de son poulain feu-d'artificer en tous sens, sans retenue, dans des contrées parfois surprenantes alliant les visions surréalistes de son monde onirique, les symboles traditionnels de peuples oubliés, et ce qu'il nommait la « Volonté Impérieuse d'Être », la V.I.E. de matériaux particuliers qui lui montraient, à lui, d'autres aspects de leur nature.

Certains matins, avant que Gari ne se pointe, Tristan s'autorisait à présenter son travail à Lulu. Il arrivait avec un paquet sous le bras et le posait sur le zinc. Puis il saluait Lulu de deux bisous bien claqués, s'asseyait sur un tabouret de bar et attendait. Bien sûr, systématiquement, la complice curieuse l'interrogeait en désignant l'objet d'un index fouineur :

– Je peux voir, chaton ?, demandait-elle sitôt la tasse de café posée devant son client chouchouté.

Après une hésitation marquée, encore et toujours,

par une morsure de lèvre, le garçon se levait, déballait l'objet avec précaution et le reposait sur le bar.

D'un « hum ! » bref et grave, Lulu entrait dans le rôle du critique artistique souhaité. Elle commençait par regarder longuement la chose sous tous les angles, puis elle balançait un regard interrogatif allant alternativement de l'artiste à sa création. Elle finissait toujours par déclarer :

– C'est trèèès original. J'aime beaucoup. Continue comme ça, chaton.

Elle allait alors poser l'œuvre parmi les siennes, sur une des étagères murales qui faisaient face à l'entrée, puis, les mains sur les hanches, elle se reculait jusqu'à ce que son cul touche la dernière chaise. De là elle pouvait contempler le résultat. Elle se félicitait d'un hochement de tête, se tournait vers l'artiste pour une confirmation, et concluait par un enthousiaste :

– Je vais pas la garder longtemps celle-là !

Il arrivait que la matrone pousse plus ou moins délicatement un client à se fendre d'un billet ou deux pour l'acquisition d'une œuvre :

– T'inquiète pas, Raoul. Ce tableau-là, c'est un très bon investissement.

Peu osaient refuser de peur de subir les foudres de Lulu, voire d'être obligé de remettre une tournée prématurément. Il arrivait même aux beloteurs de se cotiser pour un achat avant de l'offrir à Lulu. De toute façon, elle ne rendait aucune des œuvres repoussées. Lorsque Tristan apportait la suivante, Lulu achetait la précédente injustement négligée.

– Celle-là, je la garde pour moi. Elle est trop bien. Tiens, voilà cinquante euros.

Lulu investissait, elle aussi.

Bien sûr, seules celles que Tristan jugeait sans importance, des brouillons, des ratées, des expériences, prenaient ces chemins conservatoires. Mais Dieuse.

Tristan était très satisfait de son travail. Il avait transformé une bûche boursouflée en une Vénus polymorphe, celle qu'il avait vue derrière les apparences, celle qu'il avait aidée à naître. Son travail révélateur était achevé depuis plusieurs mois et l'initiateur laissait somnoler sa créature sur le socle qu'il lui avait confectionné. Elle était toujours dissimulée sous une espèce de couverture bariolée que seul Tristan levait certains soirs pour ce qu'il appelait « une séance de contemplation mystique ». Il n'était pas son père, à peine son créateur, sûrement pas son Dieu. C'était elle la déesse, la séductrice, l'Aphrodite à laquelle aucun ne résiste, la Salomé dont les ombres dansaient, ondulaient, se contorsionnaient, voluptueuses, sur les murs.

Ce soir-là, Tristan et Dieuse se consultèrent longuement. L'œuvre désira. L'artiste hésita. L'idole frémit d'impatience. Le jeune homme trembla de trouille. Elle insista. Il permit.

Il était donc temps.

Le lendemain matin, ils sortirent ensemble pour la première fois. Le soleil était de la fête. Tristan traversa la place des Halles avec, dans les bras, sa Dieuse toujours pudiquement couverte de son voile.

La voix éraillée de Bob Dylan se promenait dans le bar et Yoda vint saluer son ami. Tristan posa son lourd trésor sur le zinc sous le regard surpris de Lulu face au volume inhabituel et, semblait-il, pesant de l'œuvre.

– Tu fais dans le monument maintenant, chaton ?

Elle lui servit son café. Il lui taxa un croissant qu'il partagea avec la chienne.

– Tu la pousses au vice, chaton.

Puis, montrant le colis :

– On peut voir ?

Tristan fit glisser doucement le voile de sa belle. Lulu resta bouche bée devant la nudité révélée.

– C'est trèèèès… Comment dire…? Très original. Tu nous as jamais fait un truc comme ça, chaton. Tu veux bien m'expliquer ?

Yoda sourit et alla s'installer sous une table.

Une demi-heure plus tard, Dieuse trônait sur la meilleure étagère, face à l'entrée, juste éclairée par un petit spot bien placé. Tristan finissait de se laver les mains et Lulu de ranger les outils utilisés pour l'installation, quand Gari fit tinter la clochette.

– Salut la compagnie ! Un blanc, siou plaît, … ma Lulu chérie, ajouta-t-il sur un ton badin.

Tristan reprit sa place sur son tabouret. D'un coup de menton et du bout de l'index, il invita son pote à mater vers l'étagère.

Gari ne comprit pas le concept. Par nature sylvestre, il considéra et respecta l'œuvre comme un excellent travail de nettoyage mettant en valeur et en parallèle les courbes et les veines du bois. Mais après ses sincères félicitations artisanales, il ne put s'empêcher de lancer :

– J'aime bien les sculptures de femmes à poil. Mais tu appelles ça une représentation de la femme, toi ? T'as pas dû en voir beaucoup des femmes à poil. Elle a la tête difforme, pas de bras, pas de pied, les épaules de travers, et des seins et des fesses même pas de taille égale. Si tu rencontres une gonzesse comme celle-là, tu me la présentes. Juste par curiosité.

– Qu'est-ce que t'y connais en femmes à poil et en

art, toi ? interrogea ironiquement Lulu en lui servant son blanc.

– Ce n'est pas parce que je n'ai plus trop souvent les outils sous la main que je ne sais plus m'en servir. Et je ne m'y connais peut-être pas en art, tu as raison, mais quand je vois une fille en string, je me dis qu'il serait temps qu'elle ôte ce petit reste de pudibonderie hypocrite. Ça mettrait les pendules à l'heure. Allez hop, les couilles et les moules à l'air, et tout le monde est pareil. Ni beau ni moche.

Après cette sentence révélant toute la richesse emphatique du bonhomme, Gari s'approcha de la statuette. Il se planta devant elle. Glissa à droite :

– Mais c'est vrai que, tournée comme ça, j'aime bien ce nichon-là.

Avant de repartir à gauche :

– Et sous cet angle-là, je préfère son cul, précisa-t-il avant d'ajouter :

– Tu as bien nettoyé le bois et fait de très jolies courbes, mais en quoi y vois-tu maintenant une beauté particulière ? N'était-elle pas belle avant, ta bûche, quand elle était encore habillée ?

– Tais-toi donc, l'aveugle, et regarde.

Pour appuyer cet ordre, Lulu repassa derrière le bar et agit sur un interrupteur. Cinq rais de lumière traversèrent la salle, caressèrent les courbes de Dieuse et projetèrent sur le mur une multitude d'ombres de la déesse.

Gari ne put retenir sa stupéfaction et il l'exprima à sa manière :

– Putain con ! Ça c'est beau !

Tous doutes, scepticismes, oppositions étant maintenant refoulés, Tristan, souriant, épanoui, triomphant comme celui dont les juges viennent de *buzzer* avec ferveur la prestation, proposa de remettre sa tournée.

– Laisse, l'artiste ! Ça s'arrose, t'as raison. Mais c'est la maison qui rince, lança la tenancière.

Pendant qu'en fond sonore Dylan cherchait encore *une réponse dans le vent*, Lulu bisa son chaton avec ferveur. Gari se contenta de l'enlacer, à l'écraser, à l'étouffer, contre sa poitrine.

– Haaa ! Mon Tristan ! Tu seras un grand. Si les petits cochons ne te mangent pas !

Septembre 2017.

Lulu s'était levée plus tôt que de coutume. Comme d'habitude tous les vingt et un septembre de chaque année. Comme d'habitude depuis bientôt quarante ans. Comme si le souvenir la poussait toujours et encore à endurer sa peine. Comme si elle devait subir le cycle pesant d'un irrévocable thème astral. Comme si l'Aigle du Caucase ne se rassasiait plus du vieux foie de Prométhée, mais préférait se repaître du cœur tendre de Lulu.

Comme d'habitude, après son bol de café habituel et ses ablutions habituelles, Lulu posa le vieux vinyle habituel sur la vieille platine. Une fois encore, la voix chaude de Nina Simone interrogea : *Isn't it a Pity* ? N'est-ce pas dommage ?

Après s'être laissé pénétrer par les premières notes de piano et que la chanteuse commença sa plainte, la veuve éternelle sortit du tiroir du bas de l'armoire sa votive petite valise en carton. Elle l'ouvrit avec autant de précaution que de tendresse et en sortit le *Journal de chez nous* commémoratif. Elle embrassa délicatement la photo de son toujours jeune et beau Mathieu. Encore une fois, elle caressa du doigt la joue de son amant en psalmodiant quelques longues déclarations tendres avant de s'enfoncer dans un religieux silence jusqu'à la dernière note de son hymne à l'amour.

Elle essuya une larme. Deux peut-être. Elle posa un autre baiser sur l'icône, puis, renforcée, rassurée d'aimer encore et autant, la suppliciée se dressa pour se transformer en une rayonnante vestale. Ses dévotions terminées, elle remisa avec soin les objets liturgiques dans l'armoire. Elle en profita pour y prendre un tablier propre. Un à damiers. Comme toujours les jours de fête. Elle réajusta son chignon devant la glace de l'entrée. Elle se tourna une dernière fois en direction de sa Mecque, et lui envoya un dernier baiser.

En cet instant de rédemption, Lulu se sentait requinquée. Tout en protégeant le trône de Mathieu, elle allait partager son regain de dynamisme en ressemant de l'amour dans le cœur des autres. Aujourd'hui, Lulu aimait tout le monde. Aujourd'hui plus encore elle allait éclairer le cœur des clients ravis de cet excès de bienveillance et de luminosité dans son sourire. Comme en état de grâce, elle descendit au bar.

Lulu avait du boulot. Elle attendait du monde à midi. Toutes les tables étaient réservées. Elle avait même dû dépasser son quota de bouches à nourrir. Et c'était jour de marché en plus. Carine arriva un peu avant huit heures avec deux paniers de légumes et de fruits. Vers onze heures, la terrasse était pleine et la serveuse dansait entre les clients avec son plateau.

– Salut, beau gosse !

Tristan répondit par une bise chopée au vol entre deux tourbillons, avant d'entrer. Ça sentait grave la pâtisserie et tout le monde avait l'air heureux. L'artiste aussi avait l'œil *happy* sous la courte visière de son *trilby* tout neuf. Il s'approcha du bar. Lulu préparait les consos commandées.

– Bonjour, chaton. Je m'occupe de toi.

Il salua de la tête les quelques clients attablés avant de s'arrêter deux minutes pour charrier les beloteurs concentrés. Il s'accroupit pour grattouiller derrière les oreilles et sous le menton de Yoda qui attendait près de leur table sur laquelle était précisé « réservée ». La chienne sourit et le gratifia d'un gros *slurp* mouillé étalé du bas en haut du visage. Enfin, Tristan s'installa et attendit Gari avec le souhait de lire la revue qu'il s'était achetée en chemin.

– Ça va bien, chaton ?

Lulu venait de poser un café devant lui. Tristan leva la tête vers la petite mère qui lui souriait avec plein d'éclats d'amour dans les yeux.

– Ça va être une belle journée, chaton. Tu vas voir.

Elle restait là, les mains sur les hanches, souriante, à mater le garçon perplexe.

– Je vous ai fait des jarrets de porc au chou vert pour midi. Et du gâteau aux figues.

Elle ne voyait pas que Tristan aurait bien aimé entamer sa lecture. Non. Lulu campait. Elle qui était toujours à courir derrière un train qu'elle craignait de louper avait posé ses bagages devant la table du garçon. Il chercha une réponse vers Yoda. La chienne sourit et laissa dépasser un bout de langue :

– C'est bon, le jarret de porc.

Un autre double ding fit taire la cuisinière et força l'attention de tous vers trois nouveaux sujets de réflexion. Les voyageurs n'hésitèrent pas à s'installer à la première table libre venue dans un grognement de chaises insatisfaites de leur brusque retour à la réalité de leur fonction.

Reculant encore son plaisir littéraire, Tristan s'amusa à son jeu du *kikifèkoa*.

Le trio provenait manifestement de la capitale occitane. Peut-être même des Parisiens. Leurs vêtements autant que leurs manières dénonçaient des citadins proches du monde de l'argent. Ce n'était pas des banquiers. La femme était trop bien maquillée, trop bien coiffée, trop volubile. Elle était moulée dans une trop courte robe dévoilant de parfaites longues jambes allongées encore par de fins talons aiguilles. Elle portait une chaînette dorée à la cheville et un gros chouchou rose tuteurait un palmier de cheveux sur le sommet de sa tête. Ce n'était pas des geeks. Aucun n'était affublé de lunettes de vue ni de ces tee-shirts imprimés d'un slogan idiot, en anglais, vantant les bienfaits de l'ère GAFA. Nul ordinateur ou téléphone portable posé sur la table dans l'attente pathologique d'une connexion à ne pas rater. Ce n'était pas des assureurs. Pas des notaires. Peut-être des traders.

Le premier sortait d'un défilé *street style* japonais. Sur sa tête une casquette baseball noire brodée d'un N et d'un Y d'or enchevêtrés. Le visage d'un trentenaire, un peu pâle et les joues creuses. Deux brillants à la même oreille, et plusieurs bagues aux doigts. Sur ses épaules, un léger blouson de cuir noir sur un tee-shirt marinière. Un jean faussement usé laissant voir qu'il ne portait pas de chaussettes. Des *sneakers* noir et blanc complétaient le costume. Il avait toutes les attitudes du mec qui se prend pour une pile électrique. Il parlait fort et ses remarques sur la petite statuette qui les surplombait provoquaient les éclats de rire de la jeune femme qui jouait à grands tours de bras avec ses lunettes de soleil, semblant mimer les prouesses de la petite majorette. L'autre homme présentait une belle quarantaine. Un visage taillé à la serpe et des fringues qui sentaient la thune. Sans aucun doute, c'était lui le chef. L'alpha. Yoda ne s'y trompa pas en allant lui présenter ses respects. Elle y gagna une caresse et revint aux pieds de Tristan, sourire aux babines.

Le boss ne participait pas à la conversation futile de ses compagnons. En fait, il détaillait chaque partie de la salle. D'abord le comptoir, avec en fond la grande glace entrecoupée par les étagères où s'alignaient des verres et des cartes postales de New York. Un sourire à peine perceptible lui échappa. Puis le sol de cassons gris et bleus, les tables en noyer avec leurs boules à neige, entourées de chaises à coussin coloré. Il mata les clients aussi. Il fit rapidement la différence entre les tables assiégées par des touristes et celles défendues par des locaux. Le comptoir était occupé par des gaillards en salopette qui s'apostrophaient d'amitiés en tombant les Ricard. Les deux vieux, à droite, assis à la même table, s'occupaient à décrypter chacun son *Journal de chez nous*. Il pensa que, plus jeunes, ils ne se seraient pas plus parlé, occupés à pianoter leurs iPhone. Quatre autres belotaient en silence. Il jeta un regard furtif vers le jeune homme au petit chapeau de cuir noir attablé plus loin avant de glisser sur chaque dessin encadré et sur chaque objet exposé. Il était évident qu'il cherchait quelque chose. Peut-être l'unicité de l'esprit du lieu.

Soudain, toutes ensemble, les têtes se tournèrent vers la porte d'entrée :

– Salut la compagnie ! Lulu chérie, tu nous en mets une, s'il te plaît ? C'est la mienne.

Gari parlait fort. C'était sa manière d'affirmer son territoire aux locaux autant qu'à ces drôles de nouveaux venus qu'il remarqua dès son entrée dans la salle.

– Deux minutes, mon canard !

Lulu, toute souriante, s'avançait vers les urbains endimanchés afin de prendre leur commande. Deux cafés serrés et un thé au jasmin pour la petite dame qui essayait de cacher un fou rire derrière ses deux mains aux ongles colorés façon arc-en-ciel. Gari profita de l'intermède pour aller aux toilettes nettoyer les traces noires d'un nouveau caprice de sa moto.

Retenant élégamment les pans de sa courte veste, l'investigateur quitta sa chaise pour s'avancer lentement vers l'étagère où posait Dieuse. Il s'immobilisa face à elle et dodelina lentement de la tête à plusieurs reprises. Son compagnon abandonna la majorette à sa marche immobile et la fille à ses poufferies juvéniles pour rejoindre son collègue. Les deux examinèrent longuement l'idole en échangeant quelques mots à voix basse. Finalement, le mec *style* se tourna vers le client le plus proche et lui sourit poliment en ajoutant un salut de la tête :

– Bonjour monsieur ! Savez-vous si je peux la saisir pour la contempler ?

Tristan resta dans l'expectative. Un *keum* venait de lui donner du « monsieur ». Il finit son café et répondit avec un haussement d'épaules :

– Pas de *prob,* si vous savez la remettre pile en place. Mais gaffe ! Elle fait son poids.

Averti, le curieux préféra approcher deux chaises sur lesquelles les deux admirateurs montèrent après en avoir soulevé les coussins colorés. Retenue derrière son bar, Lulu fronça les sourcils. Le plus jeune suivit les courbes du doigt en marmonnant quelques mots à son compagnon aussi concentré et admiratif. De l'extrémité de l'index il caressa le petit « D » qui ornait une épaule. Ils détaillèrent l'œuvre encore un instant avant de redescendre de leur escabeau provisoire. Il était temps. Aux caresses osées des hommes, un court éclair de jalousie avait zébré les pupilles de Tristan qui s'en mordait encore la lèvre.

– Elle est très intéressante. Vous en connaissez l'origine ? Peut-être l'auteur ?

Ces deux mecs issus de nulle part trouvaient Dieuse « intéressante ». Pourtant ils n'en avaient encore rien vu. Que la surface. Que des courbes et des veines à fleur de peau. Leur réaction était un copier-coller des pauvres observations de Gari avant qu'il voie.

– Elle est bien mieux comme ça, j'vous jure ! leur cria Lulu de derrière son comptoir.

Et les lumières furent.

La petite nana de luxe ne put, malgré ses deux mains à nouveau plaquées sur sa bouche, retenir une exclamation orgasmique. Les deux hommes reculèrent avec leurs chaises. S'assirent. Restèrent muets. Le casquetté fut le premier de retour sur terre. Il pointa son regard sur Tristan dans l'attente d'une réponse. Elle fut timide :

– C'est moi… l'auteur. Je m'appelle Tristan.

– Ha ! Quelle heureuse coïncidence.

– Et vous, vous êtes qui ? s'enquit le garçon qui se méfiait un peu d'un type capable de se moquer des fantasmes d'une jolie petite majorette et de trouver Dieuse « intéressante ».

– Je suis Manu. Je suis l'artiste, clama l'homme en s'inclinant pour une théâtrale courbette. Je peins, je photographie, je soude, je sculpte. J'amalgame, je réunis, j'écrabouille les matières et déchire les images. J'ouvre des fenêtres en proposant un regard différent sur les choses. J'invente des histoires où les choses s'entrechoquent. J'interroge nos certitudes. Je teste la beauté et la laideur. En somme, et pour tout dire, je crée.

Au terme de sa tirade, il rit aux éclats.

Tristan en avait déjà rencontré, avant, dans la zone, des déjantés qui se poudraient le nez. En général, ça les rendait bavards, surex', violents. Bref, chiants. Celui-là était plutôt du genre marrant. L'autre se présenta :

– Enchanté Tristan. Je suis Vincent… Galeriste. ajouta-t-il plus posément que son collègue en tendant une fine main vers l'artiste qui répondit poliment mais prudemment à sa proposition.

L'homme empoigna le dossier de la chaise la plus proche, sollicitant ainsi la permission de s'attabler avec le jeune homme. Il les y invita d'un hochement de tête.

– Pas celle-là ! C'est la mienne.

– Lui, c'est Gari, indiqua Tristan.

L'inconscient retira vivement sa main de la chaise brûlante. Gari s'assit sur son trône à coussin rouge et les deux touristes prirent place sur les autres chaises libres sans relever l'injonction.

– Tiens, Gari. En même temps que mon *book*, j'ai pris ton Loto. Cadeau.

– Merci, gamin. Avec de la chance, je te rembourserai un jour.

La jeune femme les rejoignit, bientôt accompagnée d'une Lulu épanouie qui, d'un pas léger, apportait les commandes. Elle avait ajouté des viennoiseries.

– Je vous ai mis des croissants. Et pour toi, Gari, j'ai mis une carafe de blanc. Mais c'est pas tout pour toi, canard. J'ai mis cinq verres.

Yoda pointa sa truffe. Elle commença son tour de table par un Gari troublé. La fille venait de s'asseoir près de lui.

– Moi, c'est Marjorie. Je suis mannequin, et la muse de cet idiot de Manu.

Après quelques caresses, elle refila tout son croissant à la chienne qui n'en fit que deux bouchées silencieuses.

Gari n'en croyait pas ses yeux et ses oreilles. Un mannequin, une vraie, et un artiste, un vrai, là, assis à leur table. Ce n'était pas par admiration adolescente qu'il s'étonnait, c'était l'incongruité de la visite de ces martiens dans leur petit village qui lui posait question. Son naturel reprit vite le dessus :

– Et ça sert à quoi, un galeriste ?

Vincent se tourna vers lui, le scruta et, après un court silence finissant sur un petit sourire légèrement goguenard, donna sa définition :

– Longtemps les religieux ont nourri et maîtrisé les artistes. Puis les bourgeois ont dépossédé l'Église et ont mis la main sur le marché de l'art. Aujourd'hui, le galeriste est un intermédiaire entre des artistes et des acheteurs. En fait, je découvre et présente sur ce marché de l'art un créateur – un peintre, un sculpteur, ou autre –, dont je présuppose pouvoir vendre les œuvres à des gens plus ou moins fortunés – plutôt plus que moins –, à des institutions, des musées, ou à d'autres galeries. C'est une grosse industrie qui permet à beaucoup de gens de payer leurs factures : les artistes et leurs employés, le personnel des salles des ventes, du commissaire-priseur aux femmes de ménage, les transporteurs, les banquiers, etc. Et les galeristes bien sûr.

– Et ça marche bien ? insista Gari, curieux, pendant que Yoda patientait près de Vincent.

– Oui ! Quand le système économique bat son plein. Il suffit alors de pousser le vice de certains princes, grands chefs d'entreprise ou responsables culturels qui sont obligés de suivre le mouvement. Comme tous les autres, ils écoutent nos conseils et suivent les modes.

– *Show is beautiful* ! s'exclama Manu en papillonnant des mains au-dessus de sa tête.

– C'est un système mondial qui nourrit toute une chaîne d'intermédiaires, et qui, à son sommet, répond aux besoins de gens qui ont beaucoup d'argent à placer, ou pas mal d'impôts à réduire, voire à annihiler.

Yoda se glissa vers Tristan quand Vincent ingurgita la dernière bouchée de sa viennoiserie. Lulu grogna :

– Yoda ! T'as pas assez bouffé comme ça ?

– Et en quoi ça me concerne, l'industrie de l'art ? demanda Tristan.

– Votre œuvre m'intéresse, dit Vincent avec un léger clin d'œil. Elle est sincère. Vous en avez d'autres ?

– Il en a plein sa piaule, et plein sa tête, se permit de répondre Gari avant de terminer son verre d'un trait. Tenez. J'ai des photos de celles que Lulu a exposées ici.

Gari présenta son vieux portable à Vincent qui détailla chaque image, chaque idée, chaque matière. Après un moment de réflexion silencieuse, il rendit l'appareil à son propriétaire.

Il désigna Dieuse du doigt.

– Je vois que celle-ci n'est pas signée. À part, peut-être ce petit « D » sur l'épaule. C'est votre signature ?

– Non. Je ne signe pas, répondit Tristan. Je ne suis qu'un intermédiaire entre les choses et nous.

– Et tu en as mis beaucoup sur le marché… Euh… Vous en avez donné beaucoup, de vos œuvres ?

– Je ne sais pas. Faut demander à Lulu.

Gari déconnait avec Marjorie qui gloussait pendant que Manu finissait la carafe de blanc.

– Il faut vous trouver un beau nom d'artiste. Tristan,

c'est déjà pris. Vous avez une idée ?

– Bat ! lança Gari.

– Ouais ! C'est *in* et c'est *bath*, s'esclaffa la fille.

– *Cool*. Mais pourquoi *bath* ? interrogea Manu.

– Parce qu'il voit ce que les autres ne voient pas. Comme les chauves-souris : bat. Pas Batman. Juste Bat.

– Comme B.A.T., Bon À Tirer, insista Manu.

Marjorie pouffa. Elle l'aurait bien tiré, le Tristan.

Lulu resservit une tournée et chacun papota sur la météo, l'architecture du village, l'ambiance du bistrot et la gentillesse de Lulu.

Vincent posa sa main sur celle de Tristan :

– Ça vous intéresserait d'exposer vos œuvres ?

Les conversations s'arrêtèrent net. Tous les yeux se dirigèrent vers Tristan qui baissa les siens vers la main qui maintenait la sienne avant de les plonger dans le noir de son café. Comme l'image floue d'une fille nue au fond d'une tasse de saké, il y vit le sentiment de reconnaissance semé en lui par Solange. Un sentiment qui avait germé dès sa rencontre avec Léon et son arrivée au village, qui s'était épanoui avec Lulu et Gari, et qui fleurissait aujourd'hui à la lumière de ces professionnels de l'art émus par son travail.

Sa poitrine s'emplit d'une grande et profonde bouffée d'oxygène. Il était seul au centre du monde. Seul à la croisée des chemins. Seul sur le quai où un nouveau train attendait. Tristan se tourna vers Gari dont les dix doigts piaffaient d'impatience en grattant la table, puis vers Lulu restée à écouter, les mains sur les hanches, la poitrine gonflée, la tête légèrement penchée et les yeux écarquillés :

– Qu'est-ce que t'attends ?

– Faut que j'en parle d'abord à Solange.

– Elle peut être que d'accord. T'inquiète pas chaton.

– Madame Lulu a raison. Je vous assure qu'il n'y a pas lieu de vous inquiéter.

Les yeux noirs de Yoda pénétrèrent ceux du garçon. Elle sourit et posa la tête sur sa cuisse. En fond sonore, par hasard ou prémonition, Woody Guthrie harmonica son *Train Blues*.

Alors Tristan prit ce train en espérant qu'il mène quelque part, quelque part où il ferait beau, où les gens seraient gentils, où il n'aurait plus peur d'être seul, et toutes ses conneries de psys qui l'enchaînaient depuis toujours. L'artiste avait des choses à montrer au monde.

– Ok. Ça roule !

– *Show is beautiful* ! lancèrent-ils tous en chœur.

Ils rirent. Ils trinquèrent à l'avenir. Gari raconta une blague pour chauffer un peu plus Marjorie.

C'est à ce moment qu'elle entra.

Septembre 2017.

Elle entra et rien ne fut plus comme avant.

Peut-être était-ce la réverbération sur une vitre de la porte servant de miroir qui fit lever la tête de Tristan, mais, soudain, le soleil entra dans la salle. Aussitôt il éclaira et échauffa jusqu'au tréfonds du garçon médusé. En fond sonore, J.J. Cale implorait déjà : *Stay around*.

... Reste à proximité,
Reste à proximité fille,
Il n'y a rien comme toi,
Tu es si bien...

Seuls les légers battements de cœur de la batterie et les effets de guitare laissèrent croire à Tristan que le temps ne s'était pas arrêté. Ce n'était pas une apparition de la Vierge Marie ; il était totalement areligieux. Ce n'était pas une star à paillettes ; les Marjorie et ses consorts ne lui faisaient pas grand effet. Il n'était pas du genre à baver comme le loup de Tex Avery devant un Petit Chaperon rouge aux courbes aphrodisiaques. Rien de tout cela. Mais la fille qui venait d'entrer était d'une beauté époustouflante, joyeuse et sans fard. Une *meuf* comme il n'en avait jamais vu. Il aurait été incapable de la décrire tant c'était nouveau. Il n'aurait pas eu les mots. Il avait juste l'émotion, le ressenti. Il était traversé par les vibrations de ce corps qui avançait en volant à trois pas du sol. Il voyait toutes les nuances colorées de son aura. Il caressait déjà les lignes qui se croisaient à chaque mouvement en suivant la souple démarche. Il aimait déjà ses ombres. Elle était plus que belle. Elle était la vie à l'œuvre. La vie lumineuse. Et rien qui puisse assombrir son éclat ou la ralentir n'était imaginable. Elle portait une légère, courte et fleurie robe à fines bretelles.

Et une grosse marguerite à l'oreille.

Ce prodigieux détail fut plus que la cerise sur le gâteau. Tristan arrêta de penser, arrêta de respirer.

Alors qu'il était à la limite de la suffocation, la voix de Lulu ramena la plus grande partie du garçon sur sa chaise. Il entendit distinctement :

– Ha ! Voilà mes chéries.

Encore sous le coup de l'illumination qui venait d'entrer, Tristan fut plus surpris encore lorsqu'elle se jeta dans les bras de Lulu en riant aux éclats. La fille était aussi canon de profil que de face.

– *Hello, Granny* ! Tu vas bien ? Mum arrive. Elle *park* la voiture.

– Bonjouuur, ma Liliiiii, ma « Lilibellule ». Que je suis heureuse. Enfin vous voilà. Allez, vas t'asseoir avec les autres là-bas. J'arrive pour vous servir l'apéro et tout ça.

La lilibellule s'avança vers la table et après avoir saisi une chaise au vol, elle s'adressa à Vincent :

– *Dad. It's too beautiful here. I love this village. Hello Manu. Hello Marjo.* Ho, pardon ! Bonjour Monsieur. Moi, c'est Lisa.

Le rayon de soleil se pencha pour biser la rude joue d'un Gari presque aussi stupéfié que son jeune ami.

– Salut Lisa. Moi c'est Gari.

Gari pensa que c'était bien une sacrée belle journée comme il n'en avait pas vécu depuis longtemps. Il se sentait enjoué et ragaillardi par l'ambiance du jour.

Tristan n'arrivait pas à savoir si Lisa parlait américain avec un accent français ou l'inverse. Cernée par toutes ces émotions, sa lèvre attendait la morsure habituelle. Mais non. Rien. Lui aussi pensa que c'était bien une putain de belle journée, comme Lulu l'avait prévue. Le garçon planait, fondait, se diluait pendant que la fille approchait, les mains dans le dos, les épaules tenues en arrière comme une danseuse de Degas. C'était maintenant le point de non-retour. Il ôta son *trilby* et le posa sur la table. Une courte étape préparatoire. Ils allaient devoir s'embrasser.

Il se décolla mollement de sa chaise et se cassa prudemment en deux pour approcher son visage de celui de Lisa. Elle prit la même précaution. Un bref instant, ils se frottèrent presque le nez, presque les paupières, avec leurs culs qui pointaient à dix mètres. C'en était cocasse. Ils ne surent quoi faire de leurs mains. Elle sentait bon. Les lèvres du garçon se posèrent en caresse sur la première joue. La peau était douce et tiède. Puis leurs regards, leurs souffles, leurs sourires niais se croisèrent à se toucher. Sur l'autre joue, il appuya sans doute un peu plus sa bise et resta un quart de millième de seconde plus longtemps qu'il ne fallut. Il sentit qu'elle l'avait remarqué. Pour sa part, elle le bisa vivement. Un petit claquement sur chaque joue. Comme deux secs petits coups de tisonnier pour aviver le feu. Par jeu ? Par provocation ? En tout cas, il en était sûr, pas par rejet. D'ailleurs, pour clore le tête-à-tête, elle lui offrit un sourire enjoué. Il remarqua et apprécia, de chaque côté de ses lèvres, deux petites fossettes qui dénonçaient sa tendance au plaisir.

Tristan retomba sur sa chaise. Après avoir posé la marguerite sur la table, Lisa s'assit près de son père. Le garçon ne regardait, ne voyait plus qu'elle. Elle faisait semblant de ne pas s'en apercevoir. Et maintenant elle torturait la fleur entre ses doigts.

Une femme blonde entra dans le bar. Elle aussi fut aussitôt avalée par les bras de Lulu et couverte de baisers. Vincent se leva et approcha une chaise supplémentaire. Coussin bleu.

– Messieurs. Je vous présente Mathilde. Mon épouse.

– Et ma fille chérie, ajouta Lulu en étranglant le pan de son tablier pour ne pas laisser éclater son bonheur comme une baudruche trop longtemps gonflée.

Les gènes de Vincent avaient réussi à corriger ceux des Roussel. Ceux de Mathilde leur avaient rendu la pareille. Le résultat était concluant. Lisa n'avait pas le nez empâté de son grand-père maternel, ni aquilin comme son père. Elle l'avait fin et un peu en trompette. Mais la mélanine n'avait pas su se décider pour la couleur des yeux. Elle avait les yeux vairons. L'un vert, comme ceux de Lulu, l'autre bleu, comme ceux de Mathieu Lafayette. Difficile d'ignorer ce détail.

– Maintenant, les enfants, à table. Carine vous a installés là-bas. Vous serez tranquilles, assura Lulu.

– Mamie, arrête tes trucs de vieux, mets-nous du Public Enemy. *A good New York rap, please !*

– J'ai pas ça, ma Lilibellule. Mais j'ai un bon Lou Reed : *Walk on the ride side.* Ça met du baume au cœur.

Chacun alla s'installer. Gari s'assit entre Manu – bien accroché par le Gaillac – et Marjorie qui, blanc aidant là aussi, se collait de plus en plus au gorille. Mathilde s'assit près de son mari. Tristan se trouva entre Vincent et Lisa.

Sous la table, Yoda posa son cul sur les pieds du garçon et sa tête sur ceux de la jeune fille. Elle comptait bien leur servir d'antenne.

– C'est ton chien ? demanda Lisa.

Mars 2018.

Malgré le froid, les passants stoppaient leurs pas, intrigués. De l'autre côté de la façade de verre, à gauche, dans la grande, haute et blanche salle de la J&S Gallery, une énorme caisse de transport aux planches irrégulièrement disjointes et mal peintes de bleu azur tournait lentement sur un solide axe d'acier. Issus d'une lumière solaire emprisonnée dans cette boîte, des rais multicolores discontinus fusaient par les interstices. Du trottoir, les piétons ne pouvaient imaginer que de cet écrin de fortune s'échappaient le doux chant du vent dans les feuilles de peuplier, les rebonds glouglouants d'un ruisseau guilleret sautant d'un rocher à l'autre, des trilles de rossignol et des gazouillis de mésanges, des crissements de cigales gavées d'été, des aboiements joueurs interrompus par quelques rires humains, des phrases incompréhensibles ou des mélopées en langues inconnues. Sur chaque face, d'énormes coups de tampon indiquaient : FRAGILE. Par intervalles inattendus, la lumière se colorait d'un bleu froid et acide. Des sirènes d'ambulances, des explosions, des tirs d'armes lourdes et légères, des pleurs, des cris, des hurlements, remplaçaient les chants de la nature.

À l'opposé de cette allégorie planétaire, juchée sur une colonne « minéral anthracite », Dieuse ne pouvait qu'attirer les regards. De discrets petits spots l'éclairaient par intermittence. Parfois l'un. Puis un autre. Parfois deux. Parfois tous. Chacun projetait sur le mur immaculé, jusqu'au plafond même, une, deux, parfois de nombreuses ombres démesurées de la statuette. Toutes ces différentes ombres rebondissaient, se croisaient, se juxtaposaient, dansaient et se mêlaient dans les diverses tonalités de couleurs créées par les projecteurs. Se dévoilaient là toutes les différentes courbes de toutes les différentes femmes du monde. Les courbes des Vénus préhistoriques de Willendorf, de Lespugue, de Brassempouy. Les galbes des modèles de Milo, de Rodin, de Botero ou de Mascherini. Les silhouettes de toutes les Maryse et de toutes les Marie-Jeanne, de toutes les Amira et de toutes les Géraldine, de toutes les Solange, les Lulu, les Mathilde et les Lisa. Qui aurait pu percevoir, pressentir, prédire, que c'était dans une pauvre bûche, rejetée à cause de ses malformations, que les esprits de toutes seraient réunis en une seule, une unique : Dieuse.

Jean, Vincent et Mathilde s'affairaient encore aux derniers détails. Accompagnant une trentaine d'œuvres de Tristan mises à l'honneur, d'autres artistes étaient exposés. Face à la vitrine, les grandes, chaudes, solaires peintures contemporaines d'une artiste libanaise associaient leurs paysages magiques à la caisse scintillante. À droite, les collages d'un New-Yorkais exprimaient la beauté et le désespoir d'une tribu amazonienne emplumée face à l'avancée des buildings. Ils s'étonnaient de voir leur forêt envahie par des *fast-foods* et des taxis jaunes. Enfin, dans la petite salle contiguë, une série de photographies de Manu mettait en valeur tous les charmes du corps nu de Marjorie savamment recouvert de gommettes multicolores, ou quadrillé de longues chaînes de petits coquillages, ou bariolé de calligraphies internationales et intemporelles.

Dans cette salle se trouvait aussi le buffet où attendaient les coupes et les toasts surveillés par trois serveurs en tee-shirts noirs sur lesquels, en petites paillettes argentées, on pouvait lire « *Bat is born* ».

– Ils arrivent à quelle heure ? demanda Mathilde.

– Solange doit nous rejoindre vers dix-huit heures. Les autres, quand ils seront sortis des bouchons. Bientôt j'espère. Ce serait dommage qu'ils manquent le coup d'envoi.

Jean n'était pas fébrile, pas même inquiet. Il laissait ça à Vincent et à Mathilde. À soixante-dix ans révolus, il était temps qu'il passe la main. Après avoir répondu positivement à Solange, il allait se retirer vivre avec elle au village, sans pression, sans appréhension.

– Ils sont partis tôt ce matin, ils ne devraient plus tarder, insista Mathilde.

Vincent tournait en rond, piétinait en large et en travers, sortait jusqu'au pas de la porte, pour voir, puis il vérifiait une fois encore un éclairage, contrôlait pour la dixième fois la mise en place du buffet, ou se mêlait à la conversation des serveurs accaparés par un Manu surexcité.

– Nettoie ton nez, Manu, et calme-toi un peu par pitié.

– *Show is beautiful*, mon ami ? On va faire un carton.

– On verra, on verra. Tu sais bien que la vie réserve toujours des surprises.

– C'est ça qu'est *cool*.

Une Solange épanouie fit son apparition. Son sourire de Joconde rayonnait tout azimut. Son plan avait fonctionné à merveille. Comme elle l'avait imaginé. Comme elle l'avait espéré. Tristan allait enfin pouvoir se sentir exister. Elle en était ravie. Elle avait su reconnaître la bonne graine. Elle l'avait nourrie de tendresse. Elle avait tuteuré et arrosé la jeune plante lorsque le besoin s'était fait sentir. Aujourd'hui, la fleur s'épanouissait et la jardinière du cœur était certaine que les fruits seraient bons pour tout le monde, et surtout pour lui.

Justement, il arriva, tout fier au volant de la Triumph empruntée à Léon, accompagné d'une Lisa explosée de joie. Par la fenêtre ouverte, elle agita les mains pour saluer les amis qui accouraient sur le trottoir pour les accueillir. Enthousiasmé par son jouet, Tristan fit ronfler le moteur et klaxonna frénétiquement. Le bateau arrivé à bon port sans encombre se signalait selon la tradition par de longs beuglements de sirène. Enfin descendus du véhicule, l'artiste se jeta dans les bras de Solange, et Lisa dans ceux de Mathilde.

Vincent interrogea :

– Gari n'est pas venu ?

– Gari vous salue de tout son cœur, répondit Tristan.

– Mais, il ne vient pas ? insista Solange.

– Ben non… Dans un mot qu'il nous a laissé chez Lulu la semaine dernière, il écrit qu'il a rencontré et s'est mis à la colle avec une beauté occitane. Il a décidé de partir quelque temps avec elle au bout du monde. Il vous demande de bien vouloir l'excuser. Il a ajouté qu'il ne peut pas se passer de nous et qu'il nous reviendra vite. Il termine en disant que je lui ai porté super-chance et qu'il me revaudra ça.

Juin 2018.

Les longues feuilles des cocotiers palpitaient, bruissaient, applaudissaient respectueusement le rayon vert signant l'agonie du soleil qui disparaissait là-bas, loin, à l'ouest, derrière l'horizon. Il renaîtra demain, comme chaque matin ici depuis l'aube des temps. Après leur longue course autour du monde, les vaguelettes s'allongeaient enfin dans un dernier clapotis sur la large plage de fin sable blanc. Elles proposaient de tièdes caresses aux pieds nus des touristes nonchalants, des couples et des petits groupes qui chuchotaient en cherchant le meilleur endroit pour s'installer. Un peu plus haut, à l'orée de la palmeraie, un petit bar de bois avait été construit. Il s'en envolait les modulations d'un ukulélé. Quelques athlétiques jeunes hommes et jeunes femmes aux sourires avenants des gens heureux apportaient des cocktails rafraîchissants jusqu'aux plagistes. Dans le ciel crépusculaire, une à une, les lucioles célestes prenaient aussi place dans l'attente du spectacle. Le temps était immobile. Tout était calme, reposé, reposant. Aucun tracas du monde extérieur ne venait perturber la quiétude des quelques rares et privilégiés îliens locaux ou de passage. Des milliers de kilomètres carrés de surfaces aquatiques et des milliards de mètres cubes d'eau préservaient ce petit bout de terre de tout tracas.

Elle laissa tomber son paréo sur le sable, puis elle roula le haut de son maillot jusqu'à sa taille, dévoilant, sans pudeur, ses seins tout aussi bronzés que le reste de son harmonieux corps. À trente-deux ans, elle commençait à vérifier si les regards des hommes étaient toujours aussi gourmands. Elle n'avait pas encore eu d'enfant. À ce sujet, elle venait d'apprendre que le monde changerait pour elle d'ici quelques mois. L'amante allait devoir rencontrer la mère.

C'est en ondulant des hanches qu'elle avança dans l'eau jusqu'à pouvoir plonger. Elle disparut un instant dans les remous, réapparut un peu plus loin, et fit quelques brasses vers le large, jusqu'à la plateforme. Elle y monta, leste, envoya un large appel des bras en direction de la plage et offrit une courte chorégraphie langoureuse au soleil couchant. Elle replongea presque sans troubler l'onde et revint vers le sable. C'est avec une allure aguicheuse que la sirène rejoignit son intime spectateur attentif, bien installé sur son transat.

Enfin la nuit se fit, limpide, profonde. Les étoiles, les vagues, les arbres et les vacanciers retenaient leur souffle.

Après quelques longues modulations aiguës poussées par la puissance des cuivres de Haendel, les feux emplirent le ciel en crépitant. Suivit le ballet d'une longue série de tableaux pointillistes étincelants accompagnés d'acclamations, de « hoooo ! » étonnés et de « haaaa ! » satisfaits. Les explosions orgasmiques qui escaladaient le ciel en grandes gerbes lumineuses et multicolores semblaient vouloir prétentieusement féconder les étoiles imperturbables. Les fleurs de feu s'étalaient en vastes bouquets, et tous d'applaudir la belle bleue ou la belle rouge avant que les pétales ne retombent lentement, s'affaiblissant un à un avant de disparaître dans les flots. Ils éclairaient au passage un petit voilier amarré au large.

– C'est beau la neige qui tombe au paradis ! dit-elle.

L'arrivée lumineuse d'une petite torche de bambou suspendit sa contemplation.

– Vous prendrez bien un apéritif ? demanda Lucia, la serveuse autochtone, en s'adressant à la belle touriste à peine couverte par les quelques centimètres carrés de tissu qui ne cachaient aucune de ses gracieuses courbes.

Cela faisait trois mois que la cliente était installée dans cet hôtel de luxe avec son compagnon, le gagnant de l'EuroMillions. Ils étaient aussi gentils qu'amoureux l'un de l'autre. Lucia jalousait un peu les yeux noisette et la longue nuque nacrée que dévoilait une courte chevelure rousse. Mais ce qui l'étonnait toujours autant, c'était cette étrange petite cicatrice sur son épaule. Elle dessinait la lettre « D ».

« D » comme Diane ? Ou « D » comme Désir ?

Près d'elle, un homme à la fine moustache et au torse aussi velu que ses épaules, profitait de cet instant idyllique. Tout son être semblait repu de bonheur. Ce matin, grâce à sa nouvelle tablette numérique, il avait pu converser avec ses deux filles dont les rires, comme les vaguelettes, avaient traversé les océans.

– Je boirais bien un royal mojito. Et toi, chéri ?

– Je préférerais une bouteille de Gaillac bien fraîche, répondit Athanase.

Juin 2018.

Tristan avait pris l'habitude, ces soirs où elle l'avait choisi, de laisser la porte de sa chambre ouverte sur le jardin. Il ne craignait pas la fraîcheur nocturne et n'avait jamais souffert de cette protection rapprochée que lui imposait Yoda :

– Tu peux laisser ouvert. Tu ne risques rien. Je suis là.

Le soleil était déjà bien levé, il faisait encore pile-poil frais, et le ciel était dégagé. Depuis trop longtemps elle n'avait pas flairé son vaste territoire. À s'occuper des humains, elle en avait oublié ses devoirs de chienne. C'était le super-moment pour faire une ronde. Ses protégés dormaient profondément, dans le même souffle, bien serrés l'un contre l'autre. Elle les regarda un moment. Elle aurait bien remué la queue pour accompagner le plaisir de ce tableau, mais elle ne voulut pas risquer de les réveiller.

En silence, elle sortit de l'atelier et franchit le portillon du jardin. Elle ira d'abord par le chemin du lavoir puis elle longera la route qui mène à la ville et reviendra par la colline. Ça sentait l'été et les touristes commençaient à débarquer. Ça promettait beaucoup d'humains qui ne faisaient pas trop attention où ils marchaient. Yoda n'appréciait guère les coups de pied, même involontaires. Autant en profiter pour aller ailleurs.

Sur la place et sous les arcades se répandaient déjà les odeurs matinales de croissants et de café. Elle ne s'arrêta pas chez le boulanger. Elle y mangera au retour.

« Chez Lulu » était ouvert. Elle y entra comme chez elle. Quelques particules du cognac du boulanger flottaient encore autour du zinc. Yoda échangea une caresse avec la patronne.

– Bonjour, Yoda. T'es bien matinale. T'as rendez-vous ? Allez, reste pas dans mes pattes.

La chienne sniffa le cul des artisans qui prolongeaient un peu leur conversation avant de partir au boulot. Elle ne flaira pas sous la jupe d'Alice. Sûre, la secrétaire de mairie avait ses chaleurs.

Après deux coups de langue dans sa gamelle d'eau, Yoda repartit de bonnes pattes et la queue haute.

– Combien de perdreaux et de faisans cette année ? s'interrogea-t-elle.

Allait-elle humer le suint du chevreuil ou, quelle merveille, la soie du sanglier ? Vers la Donzelle, ce seront les ragondins qui suintent la vase. Peut-être, en chemin, rencontrera-t-elle une bonne odeur de mâle. Celle du vaillant berger allemand, Gengis, par exemple, ou le chaud labrador, Rocco. Pas pour consommer sur place. Juste pour le plaisir d'une agréable odeur normale, juste pour essayer d'oublier ce continuel fond de museau où traînaient les constants effluves d'humains qui flottaient partout dans le village. Pour la plupart, elle les connaissait nom par nom, cul par cul. De la grande majorité émanait des odeurs grossières, de sueur, de crasse et de mauvaise cuisine, le tout souvent noyé d'eau de toilette. En plus de ces odeurs de fluides corporels divers, elle y reconnaissait des sentiments, des peurs et des peines, des colères, des haines, parfois de tendresse ou de sérénité… Tous ces nuages olfactifs d'humains en mouvement et en émotions se mêlaient dans sa truffe.

Ils sont rares les humains à bonnes odeurs. Et Yoda s'y connaissait en odeurs. Elle avait appris à différencier les bons des méchants, les tristes des joyeux, les inutiles des indispensables. Elle savait apprécier chacun-chacune selon des valeurs qui étaient propres à sa nature et à ses besoins de chienne. Avec une drôle de nature et de drôles de besoins tout de même.

Elle aimait bien les jeunes jardiniers. Ils exhalaient de bonnes sueurs sèches, ni trop fromageuses, ni trop grasses, accompagnées d'odeurs de légumes pourris, d'humus et de compost. Des odeurs tranquilles, naturelles et uniques. Constant ne sentait pas Carine, ni Carine, Contant, mais les deux sentaient aussi bio.

Émile sentait le bois. Celui de tous les arbres qu'il avait entretenus toute sa vie et qu'il ne quittait plus guère depuis la mort de sa femme. Yoda fréquentait avec plaisir le placide pépère qui ne rechignait pas à une caresse et savait partager son casse-croûte du matin : pain, saucisson et figues sèches. Le vieux avait une arrière odeur de pisse qui révélait que sa prostate déraillait un peu, mais la camarde ne l'avait toujours pas remarqué. Ils pourraient bien partager quelques petits plaisirs gourmands pendant encore quelques bonnes années.

L'infirmière aura été enterrée comme un vieil os d'ici là. En plus de toutes les pestilences d'escarres, d'ulcères, de pus, et des relents de médicaments dont elle était imprégnée, elle traînait avec elle les souffrances, les angoisses et les chagrins de tous les malades qu'elle visitait chaque jour. À trop fréquenter les grabataires, les infirmes et leurs peurs, elle sentait la mort à pleine truffe. Pas étonnant qu'aucun mâle ne reste longtemps avec elle. Comme mère porteuse, il y a mieux. Mais comme mère courage, elle allait bien.

– Ha ! Le lièvre a gîté là cette nuit. Taïaut !

Léon, lui, ne sentait ni le compost, ni l'urine, ni les médicaments. Le gay *bodybuildeur* empestait le tan autobronzant et la vaseline. Pareil que son copain Charles, celui qui arrivait au village tard, le samedi soir, en essayant de passer inaperçu.

– Et maintenant, coquin, tu poursuis la hase ?

Lulu, quant à elle, changeait chaque jour de fumet. Au doux parfum de sa bonne graisse badigeonnée de savon de Marseille s'ajoutaient des restes d'arômes de cassoulet, de daube ou de travers de porc. Ça donnait à Yoda l'envie de la câliner plus que de raison. Et elle en avait bien besoin la Lulu, malgré qu'elle fasse toujours semblant d'avoir le poil hérissé et la canine pointée.

Jusqu'à il y a peu, Gari sentait la graisse de moto, les Golia et la nostalgie. Mais il avait mué d'odeur sitôt qu'il avait rencontré la rousse. Ça sent bon une rousse, au demeurant. Ce changement de senteur arrivait parfois chez certains, des fois en pire, des fois en meilleur, jusqu'à dégager une ultime puanteur d'enfer ou exhaler un parfum de renaissance. Pour son copain de jeux, le changement était de bon augure.

Si on lui avait demandé son avis, Yoda aurait dit que Tristan et Lisa sentaient bon les moiteurs amoureuses du printemps, les madeleines, la confiture de groseilles et le croissant. Mais elle n'aurait pas su être objective.

Et si elle avait eu à choisir un foyer, cela aurait été celui de Solange qui embaumait la paix et la sécurité, aussi pour le délicat parfum jasminé de Jean, et parce que les deux s'accompagnaient à ravir.

Le maire, Christian Malart, puait le sexe usagé, le pouvoir érodé et l'argent stérile. Il puait surtout la peur de perdre ce qu'il lui restait de tout ça. En cas de rencontre accidentelle, donc inopportune, la chienne passait toujours au large.

– Par Anubis, il est où, ce lièvre ?

Elle n'allait pas lui faire de mal au *speed* rongeur. Elle voulait juste jouer à la chasse. C'était pour elle une manière d'entretenir les traditions et les réflexes de chacun. Et le lièvre était bon joueur.

– Je ne te lâcherai pas, ami.

Maintenant le soleil était haut. Au village, la vie battait son plein. La terrasse de « Chez Lulu » était bondée. Carine avait encore accepté d'aider au service pour la journée. Elle abandonnait alors le jardin aux uniques soins de Constant.

– Les carottes, c'est très bien, mais ça laisse pas de pourboire, lui avait fait remarquer Lulu.

Elle apporta elle-même le thé et le café à ses amis et ne put s'empêcher de les interroger :

– Les amoureux sont pas là ?

– Ils vont arriver, ne t'inquiète pas, Mamie. Ils ont dû aller se promener sur la colline, répondit Solange.

Elle et Jean étaient attablés à la terrasse. Eux aussi attendaient les enfants. En partant, ils les avaient entendus rire dans l'atelier. Ils n'allaient pas tarder. Sur la table, les croissants les attendaient sans enthousiasme. Après les nuits énergiques que le jeune couple passait à s'aimer, les viennoiseries n'avaient aucune chance de survie.

Christian Malart ne manqua pas de s'afficher, accompagné de sa femme Mélanie, son bichon maltais sur un bras. Les prochaines municipales étaient prévues pour dans deux ans et le maire savait que les élections ne se préparaient pas la veille. À soixante-dix ans, il pouvait encore espérer un mandat, d'autant plus que nul ne semblait avoir l'ambition de prendre sa place. Ces derniers temps, le statut de maire, devenu plus « responsable » que « représentant », n'attirait plus grand monde.

Après avoir salué la tablée et passé commande auprès de Carine, le couple s'assit à la table de Solange et Jean qui ne purent refuser cette invasion familiale. Tout souriant, Chris se fendit de quelques politesses :

– Hum ! Quel plaisir de vous retrouver ici. Vous comptez rester parmi nous ? C'est avec beaucoup de plaisir que tout le village vous trouve ensemble. Vous connaissez ma nouvelle femme, Mélanie ? Grâce à elle, je revis.

Mélanie était une belle métisse à peau dorée, bien portante, toujours joviale. De presque une vingtaine d'années plus jeune que Chris, elle avait été suffisamment charmante, autant que rusée et tenace, pour pousser le dragueur invétéré au mariage et occuper ainsi une place inespérée pour cette fille de petit tisserand de Casamance. Le maire avait le pouvoir et l'argent et Mélanie était sa femme. Elle ne manquait pas de le rappeler d'une manière ou d'une autre, autant à son époux qu'aux imbéciles. Surtout aux derniers rares obtus qui considéraient encore sa couleur de peau et ses épais et bouclés cheveux noir de jais comme déplacés dans un village occitan. Toutes les deux minutes, elle se tournait vers son chien qui ne manquait pas, aussitôt, de passer sa minuscule langue sur les lèvres de sa maîtresse. C'était plutôt écœurant, mais personne n'osait le lui dire. Après tout, elle préférait peut-être les baisers du chien à ceux de son mari.

Une Triumph noire, décapotée, entra sur la place en ronflant doucement. Elle stoppa un instant devant la terrasse. Tristan, en une manœuvre, profita d'un emplacement vide pour garer l'auto face au bar.

– Yououuu ! On arrive, lança Lisa vers Solange et Jean en ajoutant quelques grands coups d'éventail de ses deux mains.

Le visage de Christian se figea un instant avant de reprendre son sourire commercial habituel, mais le masque trembla à la question posée :

– Tu as vu ? C'est une Triumph ! Toujours aussi belle. Tu te souviens de la tienne, hein, Chris ? lui rappela son frère avec un sourire faussement complice. On en a fait des conneries avec cette voiture.

Mélanie regardait alternativement les frères se remémorer leur jeunesse. Ça la réjouissait. Elle savait leurs relations plutôt houleuses et son beau-frère avait l'air charmant. Chris ne disait rien.

– Un soir, pendant le repas, tu m'as demandé si le lendemain, en repartant chez moi, je pouvais amener ta petite bombe chez le garagiste. Parce que l'aile était toute déglinguée. Tu te rappelles ? Tu m'as dit qu'en rentrant de la ville, vers Combe-Haute, tu venais de percuter un chien, ou un blaireau, tu ne savais pas trop.

Solange, toute « mona-lisante », avait planté son regard dans celui, fuyant, de son presque beau-frère.

Tristan et Lisa prirent place à la table. Ils saluèrent discrètement comme s'ils ne voulaient pas interrompre la conversation et s'attaquèrent aux croissants en silence pendant que Jean continuait de relater l'événement :

– Le lendemain, un vingt-deux septembre si je me

souviens bien, je devais retourner en Angleterre. J'ai laissé la voiture au garage, comme promis. C'est dans le train pour Toulouse que j'ai lu, dans le *Journal de chez nous*, un article relatant un accident. Un étudiant en médecine s'était encastré dans un platane. À Combe-Haute justement. Et vers dix-neuf heures, précisa Jean.

Tous les regards de la tablée convergeaient vers Christian. Des regards calmes, calmes comme les nuages un lourd soir d'été où chacun sent l'orage venir.

Carine amena les cafés pour les jeunes, posa les verres et la carafe de gaillac pour les autres.

– Et tu insinues quoi ? reprit Christian.

– Je n'insinue rien. Mais comme tu vois, la voiture est réapparue. À l'époque, je n'avais pas trop fait le rapprochement et j'ai vite oublié cette histoire. Sans doute ne voulais-je pas m'en souvenir, ou que tu ailles en prison. En tout cas, tu m'as menti, une fois de plus. Mais cette fois-là, c'était un mensonge criminel, ajouta-t-il en haussant sa voix d'un ton.

Christian ne réagissait pas. Ses yeux étaient rivés sur la plaque d'immatriculation de la Triumph. C'était bien la même. Il avait obtenu le 1048 CM 81 grâce à un ami de leur père à la préfecture. Octobre 1948 : sa date de naissance. CM : Christian Malart. Un caprice difficile à camoufler.

Il se tourna vers son frère qui ressortait une ridicule affaire enterrée depuis longtemps, pour l'emmerder, une fois encore, et à la veille des élections. Feignant la surprise, il haussa ses sourcils avant d'avancer sa défense, d'abord mielleusement :

– Tout cela n'est que supposition Jeannot. Nous étions jeunes. Inconscients…

Puis plus nerveusement :

– … Et même si… ? Et puis je n'ai pas vu que l'autre… De toute façon, il y a prescription depuis tellement longtemps.

– Mais prescription n'est pas pardon, ni oubli, Chris. Ce serait trop facile. Et nous pensons qu'aujourd'hui Lulu a besoin de pardonner pour oublier.

– Ha ! Parce que vous vous êtes tous ligués contre moi. Et pourquoi Lulu ? s'étonna sincèrement l'accusé.

Il sentit deux lourdes mains s'abattre sur ses épaules. Le choc de ce fardeau soudain s'accompagna d'un long cri de douleur. Un cri qui avait débuté presque quarante ans plus tôt. Un cri qui sortait des tripes d'une Lulu qui hurlait à la mort, le visage tourné vers le ciel, vers les témoins célestes, vers les deux buses qui planaient au-dessus du village. Et comme l'eurent fait ces rapaces, elle crispait ses serres sur sa proie.

Elle expira les dernières notes dans un long râle. Puis le silence sembla avoir gagné.

Mais Lulu parla. Elle parla fort. Très fort. Suffisamment fort pour être entendue de tous sur la terrasse, sur la place, dans le village, jusqu'à un platane, et partout dans le monde au-delà de ce platane.

– Je t'ai jamais aimé, Chris. Mais Jean m'a tout raconté. Maintenant je sais pourquoi.

Mélanie serra un peu plus son chien entre ses seins en silicone. La tempête promettait d'être violente. Elle se rapprocha de Solange qui lui sembla être le meilleur paratonnerre présent.

La veuve noire raconta beaucoup, et longtemps. Tout le monde entendit son histoire d'amour inachevée à cause de l'autre connard, là. Celui-là même qui comptait se représenter à la mairie. Celui qui traînait déjà une ribambelle de casseroles dont il avait toujours réussi à assourdir le tintement, faute de preuves ou pour vice de forme. Mais elle en avait à dire, elle, la Lulu. Elle le connaissait depuis toujours, le Chris. Elle avait caché, gommé, tu, ses malversations à la mairie, pendant plus de quinze ans.

L'inculpé voulut se redresser, mais la poigne de la dénonciatrice sur ses deltoïdes lui en coupa l'envie. Il fit semblant de se sentir coupable en baissant la tête, mais personne ne fut dupe. Il se tourna vers sa femme qui se mit à caresser frénétiquement son toutou en regardant ailleurs.

– Tu as volé la vie de Mathieu. Tu as gâché celle de Raymond et de Mathilde. Tu as trahi tout le village en vendant la Malart, et faillit tuer notre Gari…

La liste de ses griefs n'avait pas de fin. Des « hoo ! » et des « houu » ponctuaient le discours.

– … Tu as même fait couper les vieux peupliers de nos derniers baisers.

Elle reprit sa respiration et essuya les larmes libératrices enfin déversées.

– Notre malheur n'a pas été causé par Dieu ou par Diable. Le destin n'est pour rien dans nos tourments, et nous ne sommes ni coupables ni redevables. C'est toi le coupable. En fait, tu es l'expression du mal. Tu es tout ce que nous détestons tous en l'homme.

Deux touristes japonaises versèrent une larme. Elles n'avaient pas trop compris, mais sûr, c'était d'un amour malheureux que parlait la dame, et c'était triste à en pleurer. Un petit groupe de randonneurs crut à une mise en scène, à un petit spectacle estival. Tous applaudirent à la fin du monologue de la bistrotière. Les autochtones n'en perdirent pas un mot. La prochaine séance du conseil municipal promettait d'être animée.

Solange constata avec soulagement que son amie avait réemployé la négation.

Enfin Lulu libéra le prévenu. Elle allait déjà mieux. Elle ne put retenir l'ultime estocade :

– Maintenant, casse-toi, Chris. Et ne reviens plus jamais ici, plus jamais.

Christian se décolla avec peine de sa chaise. Il jeta deux éclairs réprobateurs en direction de Jean et Solange avant de quitter la terrasse du bar. En passant près de la Triumph, il ne put s'empêcher de sortir ses clés et d'en user pour rayer l'auto tout le long des portières.

Le nez pincé, la mèche blanchie en bataille, il rejoignit sa voiture d'un pas militaire.

Mélanie ne le suivit pas. Elle finit son verre de blanc d'un trait et s'en resservit un autre qu'elle but aussitôt et aussi vite. Elle voyait son mari partir vert de rage, rouge de colère, noir de honte. Elle était dans l'expectative. Elle avait la certitude que son statut social allait être fortement ébranlé si elle ne prenait rapidement garde à le préserver.

La Jaguar filait maintenant vers la ville et Christian éructait intérieurement, la main collée au petit levier de vitesse et le pied pesant sur le champignon.

– Tournez à droite, ordonna la chaude voix du GPS.

– Ta gueule, toi aussi.

Mais pourquoi cette Triumph était-elle encore là ? Et merde pour les élections. Ils allaient le regretter, tous autant qu'ils fussent. Il allait larguer Mélanie et son stupide bichon. Il allait vendre ses dernières parts de la Malart. Il forcerait la vente du manoir rien que pour emmerder Jean. Il allait rejoindre sa nouvelle maîtresse et partir avec elle aux antipodes.

– Tournez à droite, insista le robot indicateur.

– Ta gueule, je t'ai dit ! répéta à son tour Christian tout en se penchant pour éteindre cette saloperie de machine.

C'est ce moment que le lièvre choisit pour traverser, mais, sans raison apparente, il stoppa sa course à mi-chaussée.

Le pilote n'eut pas le temps de réfléchir. D'un coup de volant instinctif, il fit un écart pour éviter l'animal – en fin de compte, n'y avait-il pas quelque chose de bon en cet homme ? – il manqua le virage de Combe-Haute et percuta de plein fouet un platane.

Yoda avait freiné son élan elle aussi, mais avant de sauter le fossé. Elle avait vu l'auto arriver et regardé la scène sans broncher. Assise, les pattes et le regard droits, elle sourit en voyant son ami lièvre repartir et sauter hors du fossé, de l'autre côté de la route.

– Bien joué, ami.

Était-ce le même platane ? Personne ne sut. Mais le lendemain, en lisant l'article circonstancié dans le *Journal de chez nous*, Lulu n'en lut pas mention. Pas plus qu'un rappel au souvenir de Mathieu Lafayette ?

– Quand la vie ne veut pas !

Épilogue.

Solange et Jean ont laissé la J&S Gallery aux mains de Vincent et Mathilde. Pour leur part, ils continuent de promouvoir l'art qu'ils aiment en organisant des *master classes*, avec résidence, au gré de leurs amicales relations artistiques. Cette activité amène le régulier passage de grands noms de l'art qui, à l'incitation du couple, décorent à peu de frais les rues et places du village.

Lulu a acheté la maison mitoyenne. Elle y a installé une vraie cuisine de chef capable de satisfaire bien plus de douze gourmets :

– Vous pensez bien qu'à la ville ils mangent n'importe quoi. Au moins ici, je les requinque un peu, lance-t-elle en se dandinant dans sa belle robe à fleurs.

Le premier étage est une galerie d'art, exclusivement réservée aux artistes habitant à moins de cinquante kilomètres du village.

– La beauté, on l'a sous notre nez. Pas la peine d'aller la chercher au bout du monde, insiste-t-elle bien campée sur le pas de porte rouge sang de bœuf du vieux bistrot devenu une escale incontournable en Occitanie.

Lisa et Tristan sont partis quelque temps à Rotterdam. Elle veut être architecte et la « Manhattan de la Meuse » est un bel et bon endroit d'études. Grâce à Vincent devenu son manager, Tristan a pu l'accompagner. Une galerie de la ville a accepté d'exposer quelques œuvres de « Bat ». Les retours sont déjà excellents.

Après leur escapade au bout du monde, les amoureux du Loto gagnant reviendront au village pour la naissance de leur bébé. Gari a décidé de se remettre au bois. Il prévoit déjà de réaliser du mobilier à la demande de tout créateur à son goût.

– Il aura intérêt de savoir ce que c'est que de l'yeuse.

Alice, élue maire par défaut, a célébré le mariage de Léon et Charles, le beau *black* rencontré dans une salle de musculation. Tristan l'a déjà présenté au monde par une série de photos que les amis du quartier du Marais se sont arrachées.

Carine et Constant sont maintenant les fournisseurs officiels de la table de « Chez Lulu ». En dignes représentants du bon, du frais, du local, ils pourvoient également quelques grands restaurants régionaux.

Quant à Yoda, c'est avec un intérêt toujours renouvelé qu'elle renifle le cul des artistes en visite. Tous ces « visionneurs » étant éblouis de fulgurances par son sourire et, de plus, apaisés par sa fréquentation, les salles de « Chez Lulu » se voient embellies par de nombreuses représentations – peintures, photographies, sculptures, et même enregistrements – de cette chienne qui n'appartient à personne.

Le lièvre court toujours la hase.

Éditeur : BoD - Books on Demand
12/14 rond-point des Champs Élysés, 75008 Paris
Impression BoD - Books on Demand, Allemagne

ISBN 9782322181582
Dépôt légal : janvier 2021